KB022953

백불 白佛

존재에서 기억으로

백불 白佛 존재에서 기억으로

펴낸날 | 2011년 9월 26일 초판 1쇄

지은이 | 츠지 히토나리
옮긴이 | 김훈아
펴낸이 | 이태권
펴낸곳 | (주)태일소담
　　　　서울시 성북구 성북동 178-2 (우)136-020
　　　　전화 | 745-8566~7　팩스 | 747-3238
　　　　E-mail | sodam@dreamsodam.co.kr
　　　　등록번호 | 제2-42호(1979년 11월 14일)
　　　　홈페이지 | www.dreamsodam.co.kr

ISBN 978-89-7381-699-6　03830

• 책값은 뒤표지에 있습니다.
• 잘못된 책은 구입하신 곳에서 교환해드립니다.

존재에서 기억으로

백불

白佛

츠지 히토나리 지음

김훈아 옮김

소담출판사

돌아가신 조부님께 바칩니다.

철포장이 에구치 미노루의 눈이 희뿌연 하늘 저편에서 섬으로 쏟아지는 한 줄기 빛을 바라보고 있다. 기억 속에 아로새겨진 그리운 풍경에 미노루가 마지막 의식을 집중한다.

치쿠시 평야 끝에 있다고 해서 치쿠시지로라 불리는 오오노지마大野島. 치쿠고 강에 떠 있는 섬 위를 조용히 가르는 마파람이 멀리서부터 푸른 벼 이삭을 일렁이게 해 섬은 마치 의지를 가진 생물체처럼 너울거렸다. 지금껏 수없이 보아온 익숙한 풍경이 미노루를 서글프게 했다. 하지만 그런 애달픔도 잠시, 이윽고 시야 가장자리가 검게 변해갔다.

철포장이 미노루가 턱을 들고 눈동자 깊은 곳에 힘을 주었다. 현기증이 밀려왔다. 흰 부처가 의식의 갈림길에서 모습을 드러낼 것만 같았다.

"아아."

하는 사람들의 탄식 소리와 함께 빛이 닫혀갔다. 미노루가 코와 입에 연결되어 있는 튜브를 끌듯이 턱을 치켜들었다. 침대의 녹슨 스프링 소리가 귀에 거슬렸다.

"비둘기다."

누군가의 목소리가 들렸다. 하지만 그것이 누구의 소리인지 알 수가 없었다. 미노루는 거친 호흡을 몰아쉬며 병실 창문 한쪽에 비둘기들이 내려앉는 것을 보았다. 천장까지 난 긴 창문을 덮은 비둘기 떼가 빛을 먹어치우려 하고 있다.

병실 안 불빛이 침침해지더니 시간을 거슬러 올라가기 시작했다. 뇌 속에 있는 것들을 끌어내는 것 같은 둔중한 통증에 의식이 분명치 않았다. 아내 누에와 형제, 친척, 다섯 명의 아이들과 열다섯 명의 손자 손녀들이 자신을 부르는 소리가 들렸지만, 그 소리는 안개가 낀 듯이 몽롱하고 너무도 멀었다.

눈에 힘을 주니 어렴풋이 장녀 린코의 얼굴이 보였다. 린코가 입을 일자로 깨물고 눈물이 그렁한 눈으로 미노루의 손을 잡았다. 하지만 미노루는 린코의 체온을 느낄 수가 없다.

몸에 끼운 튜브를 통해 인공적으로 액체가 흘러들었다. 생각만 해도 견디기 힘들었다.

"링거를 뽑아다오."

미련 따윈 없었다. 해야 할 일을 마쳤다는 충일감에 자신이 겨우 숨 쉬고 있다는 것을 미노루는 알고 있었다.

링거를 빼면 견딜 수 있는 시간은 20분 정도일 거란 의사의 말에 가족들은 결단을 내려야 했다.

"그렇게 하고 싶으세요?"

린코가 미노루의 귓가에 대고 물었다.

"이걸 빼주면 편할 것 같다."

미노루가 대답했다. 린코가 가족과 친지들의 얼굴을 둘러보며 암묵의 양해를 얻은 다음 의사를 향해 고개를 끄덕였다.

"기요미는 어찌 되었느냐?"

미노루가 마지막 힘을 모아 물었다. 아저씨는 어제 돌아가셨어요, 하고 린코가 정직하게 고했다. 미노루가 크게 고개를 끄덕였다. 각오를 더욱 단단히 할 수 있었다.

아버지. 아들들이 큰소리로 불렀다. 모두 소리 내 울기 시작했다. 미노루가 흐릿한 시야 너머로 손을 뻗었다. 아들과 딸, 손자 손녀 들이 차례차례 손을 잡았지만 그것이 누구의 손인지 분간할 만한 기운이 미노루에게는 남아 있지 않았다. 그저 힘껏 손을 잡을 때마다 이제까지의 삶에 대한 고마움이 가슴속에 온화하게 밀려왔다.

"날 데리러 온 이가 발끝에 있구나. 만져보렴."

당황한 린코가 미노루의 발을 만져보았다. 이미 체온이 사라진 발은 광물처럼 차가웠다. 미노루는 이제 자신이 이 세상을 떠날 때라는 것을 확신했다. 죽음을 직시할 수 있음에 감사했다. 의식이 멀어지기 시작했다. 자식들과 손자들 사이로 오랫동안 함께한 여인의 얼굴을 찾았다.

"누에."

미노루가 이름을 부르자 어렴풋한 시야 저편에서 작은 그림자가 나타났다. 손을 뻗었지만 목소리가 나오지 않았다. 누에도 조용히 미노루의 손을 잡았을 뿐이다. 미노루가 누에의 눈동자를 똑바로 들여다보았다. 그 촉촉한 눈동자 속에 미노루가 걸어온 인생의 장면들이 주마등처럼 스쳐 지나갔다.

멀리서 시베리아의 만년설을 밟는 보병부대의 발소리가 들리는 것 같았다. 굳은 표정으로 호령하는 장교의 새된 소리와 작렬하는 폭탄의 화염이 차례차례 미노루의 머릿속에 나타났다 사라졌다. 끝없이 펼쳐진 하늘에 수시로 모양을 바꾸며 떠가는 구름, 화장터에서 피어오르는 보라색 연기, 검실검실 굽이치는 치쿠고 강물에 반사되는 빛을 이렇게 높은 곳에서 내려다볼 수 있는 더없이 냉정한 이 의식이 두려움 속에서도 동경했던 죽음의 감각일까, 하고 미노루는 생각했다. 나타났다 사라지는 섬광 같은 잔상에 몸을 맡기면서도 의식 없는 한숨이 미노루의 입에서 새어 나왔다. 문득 창에 내려앉아 있던 비둘기들이 일제히 날갯짓하며 유리창을 두드리기 시작했다. 창 한가운데서부터 어둠이 녹아내리듯 부서지면서 사람들의 윤곽이 그려졌고, 다시 비쳐든 빛에 철포장이 미노루는 그 거룩한 모습을 확인할 수 있었다.

오토와 ―

미노루가 마음속으로 중얼거렸다.

마중을 와주었군 ―

시간이 완만히 흐르면서 의식이 점점 사라지더니 이윽고 멈추려 하고 있다. 유리창을 덮었던 수많은 비둘기들은 철

포장이 미노루의 영혼을 하늘로 인도하는 사자使者로 변했
다. 남아 있는 육체는 오오노지마 사람들이 완성을 기다리는
저 흰 부처를 향해 조용히 손을 모았다.

제1장

1

"미노루!"

갈대밭 저편에서 들리는 열뜬 소리에 두꺼비 항문에 폭죽을 집어넣고 있던 미노루와 하야토, 데츠조가 뒤를 돌아보았다. 그러자 자기 키보다 두 배나 높은 갈대를 헤치면서 화장장이 아들 기요미가 붉게 단 얼굴로 튀어나왔다. 커다란 검은 테 안경을 낀 데츠조가 서둘러 가스리(물감이 살짝 스친 것 같은 무늬가 규칙적으로 배치된 면직물—옮긴이)로 된 기모노 소매에서 성냥을 꺼내 미노루가 고안한 두꺼비 폭탄 도화선에 불을 붙여 기요미를 향해 냅다 던졌다. 4, 5미터 날아간 공중에서 폭발한 두꺼비의 내장과 피를 피하려던 기요미가 진흙탕에 발이 빠져 엉덩방아를 찧고 말았다.

"일본이 러시아를 무찔렀어!"

기요미가 크게 소리쳤다. 배를 잡고 웃고 있던 미노루의 입가가 굳었다. 용수로를 따라 군생한 갈대가 바스락바스락 바람에 일렁이며 소년들의 마음을 부채질했다. 흥분한 기요미는 좀처럼 다음 말을 뱉지 못했다.

"바, 발트함대를 일본함대가 쳐부쉈대. 아까 우리 아버지가 관청 사람한테 들었대!"

정말이야? 하고 미노루가 앞으로 나가며 물었다. 그래, 기요미가 떨리는 목소리로 대답했다.

미노루는 그 자리에 가만히 있을 수가 없어 달리기 시작했다. 논두렁길은 구불구불했지만 갈대숲을 힘차게 가로지르고 있었다. 미노루의 맨발에 진흙탕 물보라가 하늘 높이 튀어 올랐다. 길 양쪽의 휘어진 갈대 끝이 하늘과 미묘하게 겹쳐 보였다. 주위 소리들이 점점 사라지는 대신 힘차게 고동치는 심장 소리가 들렸다. 눈동자만이 냉철하게 세상을 바라보았다. 어린 미노루에게 세상이란 반경 5킬로미터도 안 되는 이 작은 섬뿐이었지만.

2만 년 전, 아리아케 해는 세토나이 해와 연결되어 있었고, 규슈는 남과 북, 두 개의 섬으로 나누어져 있었다. 아소 화산의 대폭발로 생긴 분출물이 양 섬 사이의 수로를 메워 규슈는 하나가 되었다. 치쿠고 강은 아소쿠쥬 산에서 흘러내린 물로 시작되어 이윽고 아리아케 해로 흘러들었다. 오오노지마는 전국시대까지 바다로 덮여 있었다. 전국시대 말인 1530년대에 치쿠고 강 하구에 서서히 갯벌이 쌓이면서 삼각주가 형성되었고, 1570년대에는 갈대가 서식하기 시작했다.

1601년 봄에 치쿠고 지방의 츠무라 사부로자에몬에 의해 간석지개발이 시작되었다. 같은 시기에 섬 서쪽을 흐르는 하야츠에 강 맞은편인 히젠사가 번藩에서도 간척사업이 시작되어 한때는 영유권 분쟁이 끊이지 않았으나, 1644년에 다치바나 번과 나베시마 번 사이에 화해가 이루어져 경계가 정해졌다. 폐번치현廢藩置縣(메이지유신기인 1871년 8월 이전까지 지방통치를 담당하였던 번을 폐지하고 중앙정부가 지방정치를 통제하는 부府와 현縣으로 일원화한 행정개혁—옮긴이) 이후, 이 경계는 그대로 후쿠오카 현과 사가 현의 관할이 되었다.

당시의 개척이란 오로지 가래와 괭이를 든 사람들에 의한 목숨을 건 사업이었다. 홍수와 태풍, 해일이 일 때마다 둑이 터지고 집과 논밭이 쓸려나갔으며 수많은 사람들과 가축이 죽었다. 1615년 개척지 북쪽을 오오노지마, 남쪽을 오오타쿠마로 부르게 되면서 많은 사람들이 이주해오기 시작했다. 미노루의 선조도 그들 속에 있었다.

치쿠고 강 하류, 아리아케 해와 접한 하구의 가장 큰 이 섬을 어린 미노루는 달렸다. 두꺼비의 피가 달라붙은 것같이 새빨갛게 불타고 있는 하늘 끝을 바라보려 있는 힘껏 달렸다.

2

철포장이 미노루는 그 무렵부터 하루에도 몇십 번씩 기시감을 경험하게 되었다. 철이 들 무렵부터 이십 대 중반까지가 가장 심했고 그 뒤로는 서서히 줄어들었다. 그러나 목숨이 다하려는 지금, 그는 어디선가 본 적이 있는 듯한 전에 없을 정도의 커다란 기억의 파도 위를 오가고 있었다.

소년 미노루는 기시감을 하품이나 졸음처럼 자연스러운 신체적 감각으로 받아들이고 있었다. 기시감을 느끼기 직전에는 시각신경이 당기는 것처럼 긴장됐다. 그럴 때마다 미노루는 눈을 한 곳으로 모으고 움직이는 것을 멈춰야 했다. 몇몇 기억들이 교차되면서 스파크가 일어나는 것 같은 때도 있었고, 심한 현기증 때문에 환각처럼 눈앞이 흔들릴 때도 있었다.

미노루는 갈대 터널을 질주하면서 끊임없이 일어나는 기시감에 시달렸다. 언젠가도 이렇게 달렸었지. 그게 언제였더라. 아주 오래전 일인 것도 같다. 기억보다도 훨씬 전의……

3

미노루의 아버지 나가시로가 처음부터 철포업에 종사했던 것은 아니다. 섬에서 유일하게 칼을 다루는 대장장이였지만, 섬의 개척에 종사한 농민 출신의 사무라이(地사무라이, 농민이나 사무라이의 지위를 얻음—옮긴이)였다. 메이지 시대가 되어 일본이 세계열강을 목표로 삼을 무렵부터 철포 끝에 다는 총검 제작을 전문적으로 맡게 되었다.

어슴푸레한 작업장에서 나가시로가 쇠망치를 추켜올렸다.

나가시로의 아내 가네코가 풀무질로 모루에 바람을 불어넣으면 철은 마치 생명을 불어넣은 것처럼 새빨갛게 달아올랐다. 어둠 속에서 깜박거리는 불빛은 나가시로의 팔에 빨갛게 선을 둘러 근육을 도드라지게 했다.

나가시로가 망치를 내리치자 요란한 소리와 함께 철이 튕기며 불꽃이 튀었다.

"이, 이시, 이시타로!"

갑자기 미노루의 어머니가 소리치자, 나가시로가 한숨을 쉬며 들고 있던 망치를 바닥에 집어던졌다. 세 사람이 눈동자를 굴리며 서로의 얼굴을 주의 깊게 살펴보았다. 다시 어디선가 알 수 없는 기억들이 배어나왔다. 이 광경을 전에도 본 적이 있다. 그것이 언제였는지를 알 수 없어 미노루는 당혹스러웠다.

"똑바로 봐, 저건 이시타로가 아니야. 미노루지."

어머니 눈동자에 머물렀던 빛이 퇴색하며 어둠 속으로 떨어지는 것을 알 수 있었다. 미노루가 가만히 어머니를 바라보았다. 어머니는 더 이상 미노루를 보지 않았다. 미노루는 어머니의 눈동자 깊은 곳에서 치쿠고 강의 검푸른 물결을 보았다. 소년의 창백한 손이 강물 위에서 천천히 힘없는 손짓을 하고 있었다.

나가시로가 미노루를 보며 어딜 갔던 게냐, 하고 언성을 높였다. 큰소리를 치는 것으로 울적한 마음을 지우려는 것 같았다. 그리고 턱으로는 어머니의 풀무질을 대신하도록 재촉했다. 대장간 일을 싫어하는 미노루의 형들은 보이지 않았다.

"일본이 발트함대를 쳐부쉈다는 게 정말이에요?"

미노루의 심장이 아직도 크게 뛰었다. 나가시로는 아무런 대답도 않고 허리를 굽혀 망치를 줍고는, 6척이나 되는 장방형 나무상자에 시선을 돌렸다. 미노루는 어머니 대신 풀무 옆에 쭈그리고 앉았다. 풀무의 손잡이를 힘껏 밀었다가 반동을 이용해 잡아당겼다. 쇠망치를 내려칠 정도의 중노동은 아니지만, 아직 일곱 살인 미노루에게는 힘든 일이었다. 그러나 미노루는 열 살 이상 차이 나는 형들과 달리 힘들고 단조로운 대장간 일을 거들었으며, 일찍부터 아버지에게 일본도의 제조과정을 배웠다.

나가시로가 팔을 내리쳤다. 다시 새빨간 기운을 되찾은 철이 요란한 소리를 울렸다. 새빨간 섬광이 사방으로 튀었다. 미노루는 동해의 거친 파도 위에서 서로 포격하는 러시아와 일본군함의 용맹스런 모습을 상상하며 뜨거워진 마음을 그대로 풀무질에 옮겼다.

4

그 후 한동안 소년들에게는 화제가 끊이지 않았다. 해전에서 보여준 도고 헤이하치로의 침착함과 대담함에 대해, 혹은 황색인종이 처음으로 백인을 무찌른 쾌거에 대해, 사령선 미사카의 장두에 걸려 있던 '황국의 흥패가 이 한 싸움에 걸렸으니 한층 분발하자'라고 명하는 신호 깃발에 대해. 끊임없이 이어지는 상상이 아이들의 마음을 불태웠다.

소년들은 오오노지마의 부드러운 땅을 츠시마 앞바다라 하고, 거기에 주먹만 한 돌을 전함처럼 이열로 배치해 신문 호외가 전한 승리를 재현했다. 마른 나뭇가지를 흔들어대며 환성을 질렀다. 모두가 남자다움과 일본군의 용맹무쌍함을 외쳤다.

기요미에 대한 가혹한 체벌이 시작된 것 역시 소년들이 남자다움에 대해 이야기하기 시작하면서였다. 마음이 약한 기요미에게 체벌이 집중되었다. 기요미는 살이 쪄서 움직임이 둔한 데다 말까지 더듬었다. 기요미가 말을 더듬을 때마다 소년들은 놀려대며 재미있어했다.

미노루는 방관자마냥 개구쟁이 하야토와 데츠조가 남자다움을 보여준다며 집요하게 기요미를 못살게 굴 때도 못 본 척했다. 기요미가 도망치면 도망칠수록 두 아이는 신이 나 쫓아가 때리거나 발로 찼고, 때로는 돌을 던졌다. 그런 무리가 싫으면서도 거기서 빠져나갈 생각은 않고 졸래졸래 다시 매를 맞으러 나타나는 기요미를 미노루는 이해할 수 없었다.

소년들은 점점 '용감하다'는 눈부신 단어의 포로가 되어갔다. 그중 냉정한 편인 미노루조차 때로는 안에서 끓어오른 충동 때문에 도움을 청하러 온 기요미를 갑자기 흠씬 두들겨 패기도 했다.

"좋아, 이제부터 오오타쿠마를 공격하러 간다!"

어느 날 소년들은 자신들의 용기를 시험하기 위해 사가 현 쪽을 공격하러 갔다. 오오타쿠마는 섬 남쪽에 도로를 끼고 접해 있었다. 아리아케 해에 위치한 오오타쿠마는 오오노지마보다 수십 년 뒤에나 본격적인 간척이 이루어졌다. 농민을 대거 유입해온 것은 1690년경이었다. 나베시마 번에 속했던 오오타쿠마의 젊은이들과 다치바나 번에 속했던 오오노지마의 젊은이들 사이에는 그 때부터 사소한 경쟁과 분쟁이 끊이지 않았다. 역사적 대립은 그대로 어른들의 경제적인 대립으로 이어졌다. 이웃해 있는 두 마을의 정신적인 균열은 일란성 쌍둥이인 이 두 섬을 오랫동안 괴롭혔다.

소년들이 오오타쿠마에 들어가 같은 또래의 소년들과 한바탕 싸움을 벌이는 것은 윗세대를 그대로 흉내 낸 것이었다. 주말마다 되풀이하는 싸움을 통해 손쉽게 용기를 증명해 보일 수 있었기 때문이었다. 소년들은 막대기와 돌멩이를 쥐고 사가 현과의 경계인 도로를 넘어갔다.

사가 현이라고는 하나 오오노지마와 마찬가지인 작은 삼각주에다 친척도 많이 살고 있어 미노루와 아이들에게는 늘 보아온 익숙한 곳이었다. 상급생들이 곧잘 싸움을 벌이는 강가 갈대숲에 숨어 소년들은 적이 나타나기를 기다리기로 했다. 구름이 낮게 머리 위를 덮고 있었다. 습한 바람이 온몸을 감싸고 때때로 딱딱한 물방울이 얼굴을 때렸다. 무성한 갈대 그늘에 숨어 또래의 적이 지나가기를 꼼짝 않고 기다렸다. 침묵과 긴장과 기대 속에서 소년들은 적의로 가득 차 있었다.

해가 기울기 시작할 무렵, 강가 저편에서 사람 그림자가 나타났다. 작은 동물처럼 까맣고 걸음걸이도 어설픈 아이의 그림자였다. 소년들은 터질 것 같았던 인내심을 발산하기라도 하듯 아무런 주저 없이 한꺼번에 나무토막을 쳐들고 괴성을 지르며 튀어 나갔다. 머릿속에 일본군의 여순旅順고지 전투를 상상하지 않은 녀석은 없었다.

작고 까만 그림자는 소년들의 습격에 놀라 얼른 발걸음을 돌렸지만 그만 발을 헛디뎌 양 팔에 안고 있던 목탄을 떨어뜨리며 진창에 넘어지고 말았다. 이슬비가 차갑게 소년들의 얼굴을 때렸다. 미노루가 눈을 가늘게 뜨고 앞장서서 웅크리고 있는 새까만 아이에게 덤벼들었다. 아이의 멱살을 쥐고 가지고 있던 나무토막을 번쩍 쳐든 미노루는 그것이 소년이 아닌 자기들과 같은 또래의 소녀라는 것을 알았다. 얼굴이 새까맸지만 분명히 여자아이였다. 몸은 영양상태가 좋지 않은 고양이처럼 비쩍 말랐고 피부는 거칠거칠 갈라져 있었다.

"계집애야."

미노루를 뒤쫓아 온 소년들이 허리를 굽혀 소녀를 들여다보았다. 미노루가 움켜쥐고 있던 소녀의 멱살을 놓자 진흙투성이의 소녀가 얼른 가슴을 손으로 가렸다. 데츠조가 쳇, 하고 혀를 찼다. 하야토가 쭈그리고 앉아 두려움을 감추지 못하는 소녀의 곱슬머리를 잡아당겼다.

"정말로 계집애야? 이렇게 새까만 계집애는 본 적이 없는데."

그러고는 소녀의 가슴을 더듬었다.

"계집애가 아니야. 이것 봐, 가슴도 없어."

소년들이 웃었다. 안개비가 점점 세차게 내렸다. 해가 지면서 주위에 뿌연 어둠이 내려앉기 시작했다. 바람도 세져 으스스 추위가 밀려왔다.

갑자기 하야토가 기요미의 등을 쿡쿡 찌르면서 오줌 질러 버려, 하고 모두가 들을 수 있는 귀엣말을 했다. 무슨 말인가 싶어 소년들이 슬쩍 서로의 얼굴을 바라보았지만, 하야토는 소녀에게서 시선을 떼지 않았다. 눈이 가늘게 치켜 올라가 웃고 있을 때도 화가 난 것처럼 보일 듯한 섬뜩함이 있었다.

기요미는 이를 거절했을 때 자신에게 내려질 벌에 대해 생각했다. 소변을 지르는 정도로 자신의 용감함이 입증된다면, 하고 망설였다. 열 개의 눈동자가 서로의 감정의 틈을 기어 다니고 있었다. 비를 맞으면서도 열이 사라지지 않았다. 목덜미와 이마에 미세한 물방울이 달라붙은 것 같아 모두가 부글부글 속이 끓고 있었다. 오줌, 이란 말이 미노루의 머릿속에서 점점 크게 메아리쳤다.

"우물쭈물할 거야!"

빨리 해! 하고 하야토가 다시 기요미의 등을 찔렀다. 기요미는 도움을 청하듯 미노루를 바라보았다. 떨고 있는 얼굴은 이미 생기를 잃었다. 화가 난 하야토가 기요미를 뒤로 밀치며 겁쟁이! 하고 소리를 지르고는 갑자기 소녀 앞에서 기모노 자락을 걷어 올렸다. 당황한 미노루가 야, 하지 마! 하고 소리를 쳤지만, 하야토의 페니스에서 쏟아지는 소변을 멈추게 할 수는 없었다. 소녀가 눈을 감고 견디었다. 목덜미에 묻은 진흙이 하야토의 따뜻한 소변에 씻겨 흘러내렸다. 미노루는 양손으로 얼굴을 감추고 있는 소녀를 정면으로 볼 수가 없었다. 데츠조는 입을 쩍 벌리고 바라보고 있을 뿐이었다. 기요미는 얼굴을 돌리면서도 소녀의 얼굴을 비겁한 눈으로 좇고 있었다. 안개비가 아이들을 감싸고 있었다. 하늘이 더욱 어두워지자 그들의 열기와 전의도 차갑게 잦아들었다.

하야토가 기모노 자락을 내리자 소년들은 소녀에게 시선을 떼었다. 하야토가 가장 먼저 발길을 돌렸다. 소년들이 차례차례 그 뒤를 따라갔다. 미노루는 몇 번이고 뒤를 돌아보았다. 작고 새까만 소녀는 울지도 않고 멀어지는 미노루를 올려다보았다. 미노루는 소녀의 몸에서 김이 피어나는 것을 보았다.

소녀의 검은 두 눈동자가 미노루를 똑바로 노려보았다.

5

미노루가 처음 이성으로 의식한 여자는 옆집 마도위의 딸 오토와였다. 오토와는 미노루보다 일곱 살 많은 열네 살이었지만, 갸름하고 오뚝한 콧날에 조숙한 얼굴은 섬에서도 유명했다. 어렴풋한 저녁 무렵에 마주치면 어른으로 착각할 정도로 키와 몸집이 어른스러웠고, 왠지 가까이 하기 어려운 요염함이 있었다.

오오타쿠마에서 돌아오는 길에 소년은 집 앞에서 우연히 오토와와 마주쳤다. 창으로 스며 나온 불빛 때문에 오토와의 얼굴이 엷은 오렌지색으로 떠올랐다. 안개비가 미노루의 옷을 적시고 머리에서 물방울을 만들어 이마와 볼을 타고 떨어졌다.

"어디 갔다 오니?"

부끄러워 황급히 지나가려는 미노루 앞에 오토와가 팔을 벌리고 막아섰다. 어디든 무슨 상관이야. 그녀의 존재가 늘 마음에 걸리면서도 미노루는 언제나 제대로 말을 하지 못했다. 그 마음을 아는 오토와가 일부러 미노루 앞을 막고는 무슨 나쁜 짓 하고 왔구나, 하며 놀려댔다. 실제로 나쁜 짓을 하고 온 가책에 미노루가 위축되었다.

"너랑 같이 노는 데츠조랑 하야토, 걔네들 개차반이야."

미노루가 자기를 만지려는 오토와의 손을 뿌리치며 시끄러워, 하고 소리쳤다. 안개비가 오토와의 가슴팍에 무수한 물방울을 만들었다. 비에 가스리 기모노가 달라붙어 옷 속의 몸을 상상하게 만들었다. 미노루의 가슴이 갑자기 쿵쿵 뛰기 시작했다. 미노루의 시선이 오토와의 목덜미에서 귀와 입가로 천천히 옮아갔다. 처음으로 느끼는 욕망이었지만, 그것이 성욕이란 감정의 싹인 것을 일곱 살 소년이 알 턱이 없었다.

"뭘 그렇게 뚫어지게 보니? 이상한 애야."

하며 오토와가 갑자기 미노루를 안았다. 누나와 같은 마음으로 소년인 미노루를 안았을 뿐이다. 하지만 미노루는 안개비에 젖은 가스리 기모노를 통해 전해지는 탐스러운 여인의 육체에 어찌할 바를 몰랐다. 여인의 향기가 미노루를 감싸자 미노루는 반사적으로 힘껏 오토와를 밀쳐냈다.

"뭐 하는 거야!"

미노루가 뒤로 물러났다. 오토와로부터 멀어지면 멀어질수록 소년을 끌어당기려는 오토와의 유혹이 뒤쫓았다. 하얗고 매끈한 얼굴은 떠도는 말대로 외국인의 피가 섞여서일까, 꽉 막힌 감정 속에서 미노루는 해답을 알 수 없는 의문에 필사적으로 매달렸다. 기모노 끝에서 삐져나온 그녀의 하얀 팔이 숨겨진 그녀의 몸뚱이를 상상하게 만들었다.

"이상한 애네. 너야말로 왜 도망치니?"

윗몸을 구부리며 뻗는 오토와의 손을 보고 더 이상 참을 수가 없어 미노루는 집 안으로 뛰어 들어갔다.

그날 밤, 소년은 오토와의 윤기 나는 얼굴에 힘껏 오줌을 누는 꿈을 꾸었다.

6

미노루는 섬 한가운데 논 속에 있는 화장터에서 피어오르는 연기를 보고 있었다.

하얗지도 까맣지도 않고, 보라색처럼도 보이는 연기가 오오노지마의 푸른 하늘에 박혔다가 쓱 하고 사라지는 모습은 몇 번을 보아도 마술처럼 신기했다.

인간의 죽음에 대해 관심을 갖게 된 것은 미노루가 다섯 살 때 두 살 위의 형 이시타로가 치쿠고 강에 빠져 죽자, 그 시신을 다비가마라고 부르는 화장터 가마에 넣고 태워 연기로 피워 올린 다음부터였다.

어머니와 형, 누나들과 친척들의 오열을 들으며 처음으로 사람의 죽음을, 그것도 매일 함께 놀던 바로 위 형의 죽음을 두려움과 존재하던 것이 존재하지 않게 된다는 부조리함과 함께 호기심 섞인 눈으로 바라보게 되었다.

미노루는 이따금 홀로 형을 그리워하며 지금 이 순간 형이 어디에 있는지가 궁금했다. 저 다비가마 어딘가에 갇혀 있는 것이 아닐까 생각한 적도 있었다. 철로 된 다비가마 문을 열면 지하세계로 빠져나가는 계단이 있어, 죽은 사람들은 거기로 내려간 것이 아닐까 하는 상상도 해보았다. 하지만 몰래 다비가마를 들여다보고 그 속에는 검댕과 어둠뿐이란 것을 알았을 때 그런 상상은 사라졌다.

이시타로가 죽은 후, 미노루는 화장터에 연기를 보러 다니기 시작했다. 화장터는 소학생들이 노는 곳이 아니라고 관에서 정해놓았지만, 화장장이 기요미 아버지는 미노루가 오는 것만은 나무라지 않았다. 미노루 아버지 나가시로가 기요미 아버지의 월급을 올리도록 관청에 가 담판을 지은 적이 있기 때문이다.

"왜 사람이 죽으면 태우는 거예요?"

미노루가 자주 기요미 아버지에게 물었다.

"안 그러면 썩으니까."

미노루는 기요미 아버지가 웃고 있는 것이 이상했다. 자기가 안고 있는 의문을 그는 이미 포기한 것 같다는 생각이 들었다.

"사람은 죽으면 어디로 가요?"

기요미 아버지는 글쎄다, 다들 저세상으로 간다고들 하지만 나는 본 적이 없구나, 하고 웃었다.

누가 죽으면 유족들은 먼저 관청에 가서 화장증명서를 받아 와야 했다. 이시타로가 익사했을 때도 나가시로는 슬픔을 참으며 관청으로 갔다. 그리고 그것을 가지고 기요미 아버지에게 가서 화장을 부탁했다. 화장을 부탁한 쪽은 그 답례로 화장장이에게 좋은 음식을 담은 도시락과 술을 가지고 가는 것이 이 섬의 관례였다.

기요미 아버지는 울며 쓰러지는 가족들 앞에서 담담하게

작업을 진행했다. 장작으로 화력이 약한 화로에다 시체를 태우려면 하루가 걸렸다. 가족들이 돌아간 후에도 화장장이는 그곳에 남아 한동안 상태를 지켜보아야 했다. 뼈는 대개 다음날 아침 화장장이의 입회하에 거두게 되어 있었는데, 이시타로의 화장 때 역시 화장장이가 혼자 화장터에 남는 건 당연한 게야, 하면서 기요미 아버지는 아침까지 가마 옆에서 선잠을 자며 이시타로의 혼을 배웅했다.

다비가마에서 올라가는 보라색 연기가 점점 가늘어졌다. 저녁 무렵 기요미 아버지의 모습만 화장터를 조용히 오갔다. 넓은 논 한가운데 솟아 있는 다비가마 굴뚝이 붉게 물든 하늘을 찌르고 있었다. 기요미 아버지가 담배를 피우면서 미노루 곁으로 다가왔다. 죽은 사람을 치우느라 지저분해진 손끝에서 짧은 담뱃불이 반짝였다. 얼굴 가득 주름을 만들며 웃어 보였다.

"오늘은 기요미랑 같이가 아니냐?"

미노루가 고개를 저었다. 기요미 아버지는 그래, 하고 혼자서 고개를 끄덕이더니 다비가마 쪽을 보고는 다시 미소를 지었다. 지금 저기서 사람이 타고 있는데……. 미노루는 그의 웃는 얼굴이 마음에 걸렸다. 늘 죽음을 가까이서 보기 때문에 익숙해진 것일까. 아니면 죽음이란 원래 슬퍼할 것도, 그리 신기할 것도 없는 것일까.

"사람은 반드시 죽죠?"

미노루가 묻자, 기요미 아버지가 그래, 하고 고개를 끄덕였다. 화장장이 얼굴에서 웃음이 지워졌다. 하지만 그것은 잠시 잠깐, 다시 원래의 웃는 얼굴이 되었다. 그러고는 담배연기를 빨아 먼 곳을 바라보며 천천히 내뱉었다.

7

아들 넷과 딸 셋을 낳은 미노루의 어머니 가네코가 잘하는 음식은 '가메니'라는 토종닭 조림이었다. 미노루에게는 이가 날 무렵부터 먹어온 친숙한 음식이었다. 닭조림을 만드는 날이면 반드시 막내아들인 미노루가 닭을 잡았다. 철이 들 무렵부터 뒤뜰에서 키우는 닭을 골라잡아 목뼈를 부러뜨렸다. 잡는 법은 아버지에게 배웠다. 닭을 잡는 일은 즐거웠다.

어머니가 미노루에게 한 마리 잡아 오너라, 하기만 기다렸다. 지시가 떨어지면 여동생 둘을 데리고 뒤뜰로 뛰어갔다.

동생들이 거들며 닭을 전후좌우에서 몰았다. 때로는 화려한 격투까지 벌이며 공포심을 자극하기도 했다. 닭이 죽어라 도망치는 것이 재미있었다.

"도망쳐도 소용없어. 여기서 도망칠 수 있을 것 같아?"

여동생들에게 자신의 용감함을 보여주는 것도 기분 좋았다.

"막내오빠, 힘내!"

동생들의 성원에 답하기 위해 미노루는 양손을 높이 쳐들고 위협해댔다.

날개를 퍼덕이며 저항하는 닭의 목을 잡고 힘껏 비틀었다. 목이 부러지는 순간에는 우두둑하는 맹근하고 둔한 감촉이 손에 전해졌다. 절규하는 듯한 소리를 질러대는 여동생들의 웃음소리가 고막을 간질였다. 닭이 축 늘어지면 알 수 없는 만족감이 일었다.

미노루는 더 이상 움직이지 않는 닭을 오랫동안 아무런 의문 없이 자랑스럽게 어머니에게 가져다주었다. 하지만 성장과 함께 조금씩 살아 있는 것에 대한 이해를 하게 되면서 어느 순간부터인가 식탁에 오른 닭고기를 먹을 수 없게 되었다. 날개 표면에 좁쌀처럼 돋아 있는 돌기를 보면 구토가 일기도 했다.

8

미노루 어머니 가네코가 다시 나룻배를 타기 시작한 것은 이시타로가 죽은 지 1년이 지난 다음이었다. 이시타로가 치쿠고 강에 빠졌을 당시, 강은 며칠 동안 계속된 큰 비로 물이 불어 물살이 빨랐다. 미노루와 이시타로는 데츠조 아버지가 젓는 나룻배 머리에서 칼싸움을 하며 놀고 있었다. 강 중간쯤에 이른 배가 갑자기 급류에 휘말리면서 이시타로와 미노루가 균형을 잃고 말았다. 가네코가 허둥대며 미노루를 붙잡았지만, 이시타로는 이미 강물에 내던져졌다.

그때의 어머니의 절규와 검게 굽이치던 차가운 강물을 미노루는 잊을 수가 없었다. 탁한 강물은 마치 거대한 구렁이 같았다. 구불구불 넘실거리는 물줄기에 이시타로의 작은 몸은 너무도 나약했다. 이시타로를 구하기 위해 강으로 뛰어든 보조 뱃사공 청년까지 탁류에 휩쓸려가, 결국 청년의 시체는 떠오르지 않았고, 이시타로의 시체는 다음날 아리아케 해에 김 양식을 위해 꽂아둔 대나무 기둥에 걸려 발견되었다.

미노루가 다섯 살 때의 일이지만, 평생 미노루의 뇌리에 가장 오래된 기억으로 박혀 죽음의 문턱이란 이미지로 굳어졌다.

다시 나룻배를 타게 된 다음부터 가네코는 배가 선착장을 떠나 맞은편에 도착할 때까지 결코 미노루에게서 손을 떼지 않았다. 그것이 아무리 맑고 온화한 날이라도 강물을 바라보지도 않고 꼼짝 않고 맞은편 기슭만을 바라보았다. 자신을 끌어안는 어머니의 팔에 힘이 들어갈수록 미노루는 죽음이라는 이해할 수 없는 세계에 대한 두려움과 호기심이 동시에 밀려왔다.

데츠조 아버지의 표정도 굳어 있었다. 똑바로 가네코의 등을 바라보며 입을 일자로 다물고 오로지 노 젓는 손에 힘을 실었다.

미노루는 금빛으로 반짝이는 강물을 바라보았다. 강기슭으로 끌어올린 배들이 상류에까지 점점이 이어져 있다. 멀리 화장터에서 피어오르는 연기가 흐릿하게 보였다. 부드러운 바람이 불면 강물은 잘게 물결치며 상류에서 하류로 금물결 은물결 춤을 추었다. 미노루는 부둣가 끝으로 가 가만히 강물을 바라보았다. 그때 어머니가 붙잡은 것이 자신이 아니고 아시타로였다면 나는 이 세상에 없겠지, 하는 생각에 몸을 떨었다.

9

며칠 후 그 부둣가에 군인이 모습을 나타냈다. 군인이 돌아
온다는 소문은 이미 며칠 전부터 미노루와 아이들 귀에도 들
어왔다. 봉천대회전奉天大會戰(1905년 3월 1일부터 10일까지 치러
졌던 러일전쟁의 마지막대전—옮긴이)에 출병했던 유일한 도민
으로 구루베에 있는 보병 제48연대에 소속된 이였다. 일주일
정도 휴가를 받아 개선 귀향하는 것이다. 군에 들어가기 전
에는 그다지 눈에 띄지 않는 평범한 청년이었으나 러일전쟁
의 승리가 그를 고향의 영웅으로 만들었다.

홍백의 천으로 둘레를 친 나룻배 앞에서 환영 나간 관청 사
람들에 둘러싸인 군인은 씩씩한 모습으로 소년들의 기대를
저버리지 않는 연출을 했다.

미노루 눈에 가장 먼저 들어온 것은 늠름한 군복이었다. 평
소 섬사람들이 입고 있는 낡고 지저분한 기모노가 아니라 몸
에 딱 달라붙은 활동적인 양복이었다. 무릎 아래는 흰 마로
된 행전을 팽팽하게 조여 군화 윗부분을 덮었다. 가슴과 어
깨에 붙어 있는 계급장이 빛났다. 이제 겨우 열여덟 살의 신
병이었지만 깊게 눌러쓴 모자 밑으로 보이는 눈빛은 예리했
고 쭉 뻗은 긴 팔다리는 그동안 그려온 군인의 이미지를 뛰어

넘어 미노루는 크게 만족했다.

군인은 섬사람들의 박수와 환호 속에 유유히 선착장에 내려섰다. 당당하게 가슴을 펴고 걷는 모습은 영웅다웠다. 선착장에서 기다리던 촌장 앞으로 오자 날렵하게 경례를 했다. 그 모습이 미노루에게는 더할 나위 없이 멋있어 보였다. 저렇게 멋진 사람이 있다니, 처음으로 섬 밖의 넓은 세상을 동경하게 되었다.

준비해놓은 말에 올라타 사람들의 호위를 받으며 집으로 향하는 군인의 뒤를 소년들이 쫓았다. 하늘을 향해 가슴을 편 씩씩한 군인의 모습을 보며 소년들은 몇 번이고 한숨과 같은 탄성을 쏟아냈다. 데츠조가 다가가 군인 허리에 찬 총검을 만지자, 군인은 얼굴색도 바꾸지 않고 빈틈없는 눈초리로 힐끗 쳐다보았을 뿐이다.

10

군인이 지내는 곳과 집이 가까웠던 미노루는 아침에 잠이 깨어 밤에 다시 잠이 들 때까지 군인을 보러 나갔다. 며칠 후면 다시 섬을 떠나야 하는 영웅의 일거수일투족을 관찰했다. 뭐라 이해하기 힘든 감정이 소년을 지배했다. 그것은 데츠조 나 하야토처럼 영웅에 대한 단순한 동경과는 다른, 훨씬 정신 의 근본과 통하는 호기심이었다.

군인의 방은 생활도로 반대편의 마구간 옆이었다. 미노루 는 섬에서는 보기 드문 마구간 옆의 방풍림 나무 뒤에 몸을 숨겨 창가의 불빛을 지켜보고 있었다. 군인은 이따금 창문을 열고 바깥공기를 들이마셨다. 놀랍게도 그는 밤에도 군복을 벗지 않았다. 예리한 실루엣에 미노루는 수긍이 갔다. 자부 심이란 그렇게 단련되는 것이라며 군인의 군더더기 없는 영 웅적인 움직임을 뚫어지게 바라보았다.

한참 동안 별을 바라보던 군인이 다시 창문을 닫고 책상 앞 에 앉아 뭔가를 쓰기 시작했다. 전등불 밑의 늠름한 남자의 모습이 젖빛유리 너머로 그림처럼 비쳤다. 목을 조금 구부리 거나 이따금씩 어깨를 조금 올리기도 했지만 오랜 시간 거의 움직이지 않고 편지를 쓰는 태도를 미노루는 군인기질에 의 한 근면함으로 이해했다. 하지만 잠시 뒤 자부심의 수련과 근면함 모두가 어리석은 상상이었다는 것을 미노루는 알게 되었다.

어디선가 갑자기 유리창을 두드리는 그림자가 나타났다. 군인이 창문을 열자 새어 나온 불빛에 그 그림자가 오토와라는 것을 알았다. 당황한 미노루가 작은 나뭇가지를 밟고 말았다. 두 사람이 동시에 눈동자가 튀어나올 정도로 눈을 크게 뜨고 이쪽을 돌아보았을 때, 미노루는 그들이 숨기고 있는 불온한 연장자의 관계를 엿본 것만 같았다.

미노루는 뛰는 심장을 가라앉히며 숨을 죽이고 두 사람이 다시 움직이기를 기다렸다. 이윽고 아무 일이 없음을 확인한 군인이 방의 불을 끄고 창문을 통해 밖으로 나왔다. 두 사람이 달빛 아래서 포옹을 되풀이했다. 미노루는 포옹이라는 의미조차 아직 모르는 나이였지만, 오토와에게 안겼을 때의 아련한 설렘을 떠올리며 뜨겁게 질투했다.

군인은 오토와에게 보이기 위해 군복을 벗지 않았던 것이다. 군인이 오토와를 끌어안을 때마다 군복의 서걱거리는 소리가 미노루의 귀를 태웠다. 두 사람은 숨을 죽이려고 애썼지만 젊음과 욕망을 이기지 못한 고통스러운 한숨이 어둠을 덮었다.

이윽고 두 사람이 미노루 쪽으로 다가왔다. 그러고는 살짝 문을 밀고 마구간 안으로 사라졌다. 미노루는 납작 엎드려 심장이 터질 것 같은 고통을 누르며 마구간 문 밑으로 기어갔다. 군인과 오토와는 마구간에 쌓인 골풀 위에서 다시 끌어안았다. 마구간으로 스며든 달빛에 간신히 그들의 모습이 떠올랐다. 어둠에 눈이 익숙해지자 먼저 오토와의 하얀 살갗이 눈에 들어왔다. 열네 살 소녀의 가슴은 이미 성숙해 있어 기모노 밑에 저런 것을 감추고 있었다니, 하고 미노루를 놀라게 했다. 어둠 속에서 흔들리는 그 자태가 어린 미노루의 마음 깊숙한 곳에 욕망이란 불을 지폈다.

군인이 오토와의 기모노를 벗겼지만, 오토와는 부끄러워하면서도 저항하지 않았다. 군인도 입고 있던 자신의 옷을 벗어 던졌다. 미노루를 가장 실망시킨 순간이었다. 군인이 너무나 함부로 군복을 다루었기 때문에, 군복은 오토와의 기모노보다 더욱 초라한 모습으로 마구간 흙바닥에 떨어졌다. 이제는 그저 헝겊이 된 군복은 그 밑에 육체를 감추고 있었을 때와 같은 군건함과 위엄을 완전히 포기하고 걸레처럼 바닥에 뭉쳐져 있었다.

두 사람은 건초투성이가 되어 서로 얽혀 있었다. 젊은 군인의 육체는 잘 단련되어 있었고 작은 엉덩이만이 이쪽을 향해 천장을 바라보고 있었다. 오토와의 부드럽고 하얀 몸이 군인의 몸에 감싸이듯 웅크려서는 불결하게 몸을 뒤틀었다. 달빛을 받은 두 사람의 모습은 희부옇고 아름다웠지만, 동시에 불건전한 정체된 그림자를 업고 있었다. 살갗은 매끄럽게 빛났지만, 두 사람의 앳된 모습 또한 감추지 못했다. 특히 군복을 벗어 던진 군인은 그저 순진한 젊은이, 욕망에 지배당한 사내에 지나지 않았다. 시골청년의 겉으로만 치장된 군인 혼에 간단히 속아 넘어간 오토와를 미노루는 용서할 수가 없었다.

군인이 등 뒤에서 오토와의 머리카락을 끌어올려 말에 올라탄 것처럼 자랑스럽게 활모양을 만들었다. 오토와는 미노루를 안았을 때의 사랑스러움은 잃고, 노예처럼 군인 밑에 깔려 있었다. 오토와의 단정하고 아름다운 얼굴이 흉하게 일그러지며 감정을 표출하기 시작하자, 군인은 더욱 보잘것없는 미완의 젊은이로 전락했다. 두 사람의 육체가 더욱 거칠게 부딪쳤다. 미노루가 눈길을 돌렸을 때, 군인이 오토와에게서 급히 몸을 떼고 뻣뻣하게 늘어난 그 하반신을 소녀의 배 위에 쑥 내밀었다. 미노루는 도대체 두 사람이 무엇을 하고 있는지 알 수가 없었다. 오토와가 굴욕적인 체벌을 받으며 오오타쿠마의 새까만 소녀처럼 소변이 끼얹어지고 있다고 생각했다. 그러나 놀랍게도 오토와는 체벌을 받으면서도 어쩐

42

지 행복한 얼굴을 하고 있었다. 오토와의 자랑스러운 듯, 마치 나라를 위해 스스로 몸을 바치기라도 한 듯한 청렴한 표정이 미노루를 환멸하게 만들었다. 미노루는 어째서 오토와가 저렇게 괴롭힘을 당하면서도 얌전하게 있는지 이해할 수 없었다.

미노루는 자기도 모르게 소리를 지르고 말았다. 안에서 참고 있던 감정이 터져 무너져버린 것이다. 갑작스러운 소리에 놀란 두 사람이 뒤를 돌아보자 미노루는 순간적으로 땅에 던져져 있던 군복을 집어 들고 어둠 속으로 쏜살같이 도망쳤다.

미노루는 달렸다. 군복을 안고 한없이 달렸다. 몸 안에서 웅크리고 있는 노여움을 토해내듯이 거칠게. 논을 지나고 용수로가의 논두렁을 지나 둑을 넘어 치쿠고 강 줄기와 함께 달렸다. 달이 다가붙듯 미노루와 함께였다. 얼굴로 바람을 맞으며 폐 깊숙이 군인 냄새를 맡으며 달렸다. 젊은 땀의 야성적인 냄새가 미노루의 코를 간질였다.

제2장

1

다소 군인에 대한 동경심을 잃은 미노루와는 달리 소년들
의 기대는 날로 커져 매일같이 군대놀이에 열중했다. 소년들
에게 군인이 된다는 것은 가장 쉽고 빨리 섬에서 도망칠 수
있는 길이었다. 데츠조는 언젠가 아버지의 뒤를 이어 나룻배
를 젓게 될 테고, 기요미는 화장터를 벗어나지 못할 것이다.
하야토는 농사꾼이 될 테고 미노루는 대장간을 잇게 될 것이
다. 가업을 잇는 것이 이 섬에서는 법도와 같은 것이었다. 어

느 쪽으로 구르던 그 이상을 바랄 수 없다는, 섬의 인과와도 같은 길을 어린 나이에 이미 체념하고 있었다. 때문에 소년들은 자신들의 놀이에 열중하며 마음을 달랠 수밖에 없었다.

하야토와 데츠조는 기요미를 신병처럼 다뤘다. 미노루는 소년들의 어리석은 놀이터에서 조금 떨어진 나무 그늘에 앉아 혼자 먼 곳을 바라보고 있었다. 기요미는 데츠조와 하야토의 명령에 따라 나무로 만든 총을 들고 들판을 달렸다. 두 아이가 큰 소리로 명령을 내리고 때로는 군기가 빠졌다며 기요미를 향해 힘껏 돌멩이를 던지기도 했다. 몸이 둔한 기요미는 돌멩이들을 맞아 얼굴에서 피가 났다.

"미, 미노루 도와주라."

기요미가 손으로 얼굴을 감싸며 나무 그늘에 앉아 있는 미노루 발치로 도망쳐 왔다. 미노루는 매달리는 기요미를 가엾은 듯 바라보다 뿌리치듯 시선을 다시 먼 곳으로 돌렸다. 도와주는 것은 어려운 일이 아니었다. 데츠조나 하야토가 겁나는 것도 아니다. 하지만 여기서 구해준다 해도 기요미가 그들로부터 자유로워질 리 없었다. 나약함을 유일한 무기로 몸을 피하려는 딱한 모습을 미노루는 경멸했다. 때때로 기요미 아버지가 미노루에게 아들을 살펴주길 부탁했지만, 한 번도 고개를 끄덕인 적이 없다.

"야, 미노루! 왜 같이 안 노는 거냐?"

하야토가 엎드려 있는 기요미 등에 발을 얹어놓으며 물었다.

"중사 시켜줄 테니까 같이 놀자."

기요미의 커다란 엉덩이를 걷어찬 데츠조가 콧등에서 미끄러진 안경을 손등으로 올리고 입술을 일그러뜨리며 웃었다. 데츠조는 하야토 곁에 있으면 기세가 좋았다.

"나는 기요미처럼 굼벵이 같은 녀석이 맘에 안 들어. 나는 하야토 같은 용감한 남자가 되고 싶다고."

데츠조는 섬 아이들이 잘 쓰지 않는 '나는'이란 말을 연발했다. 젠체하기를 좋아해 늘 새로운 유행이나 냄새에 민감했다.

미노루는 발치에서 입을 헤벌리고 허덕거리는 기요미를 보았다. 입술을 적신 콧물에 선명한 피가 섞여 있었다.

"이것 좀 봐, 이렇게 뚱뚱해가지고."

데츠조가 기요미의 볼을 꼬집었다. 잘게 떠는 기요미가 마치 작은 동물 같은 눈으로 미노루에게 구원을 청했다. 흘금흘금 불안한 눈동자가 허공을 헤매며 호소했다.

하야토가 웃었다. 미노루는 들판 멀리 이어진 둑을 바라보았다. 섬사람들이 까치카라스라 부르는 까치가 낮게 날아갔다. 그 예리한 부리를 바라보던 미노루가 결심한 듯 일어나더니 내뱉었다.

"시시하게. 나한테는 더 중요한 일이 있다고."

미노루 머릿속에 군인과 얽혀 있던 오토와의 알몸이 떠올랐다. 군인이 섬을 떠나고 시간이 지날수록 어둠 속에서의 비밀스러운 일이 자나 깨나 미노루의 마음을 집요하게 유혹했다.

"뭐야, 중요하다는 게?"

하야토가 미노루 앞에 쭈그리고 앉았다.

"모르는 게 너무 많잖아."

"모르는 거?"

"예를 들면 남자랑 여자가 하는 씨름 같은 거."

씨름이라고? 하고 큰 소리로 웃은 것은 데츠조였다.

"나, 군인이 마구간에서 여자랑 벌거벗고 씨름하는 걸 봤다고."

여덟 개의 눈동자가 재빨리 서로의 눈동자를 들여다보았다. 일곱 살 난 소년들이 남자와 여자가 벌거벗고 벌이는 씨름에 대해 상상해보았다.

잠시 후 하야토가 툭 하고 내뱉었다.

"그건 씨름이 아니야. 우리 큰형한테 들은 적이 있는데, 그거 붕가붕가야."

붕가붕가가 뭐야? 하고 데츠조가 물었다.

"어른이 되면 안다고 안 가르쳐줬지만, 아무튼 굉장히 음란한 거야."

하야토가 아는 척 지껄이자 미노루가 입을 다물었다. 모두가 미노루의 다음 말을 기다렸다.

으, 음란? 기요미가 쉰 목소리로 중얼거렸다.

"음란이란 건 징그럽고 칠칠치 못한 거야."

이번에는 데츠조가 미노루의 얼굴을 들여다보았다.

"군인이 마구간에서 누구랑 음란한 걸 했어?"

당황한 미노루가 몰라, 어두워서 안 보였어! 하고 얼른 고개를 저었다.

"내가 하려고 한 말은 그러니까, 아직 모르는 게 너무 많다는 거야. 우리가 너무 어려서. 군대놀이 같은 건 남자랑 여자가 벌거벗고 하는 씨름에 비하면 애들이나 하는 거라고."

미노루가 벌떡 일어서서는 안절부절 못하는 자신을 어쩌지 못했다. 하야토는 천천히 몸을 일으키고 데츠조도 입을 벌린 채 어렵다, 하고 중얼거렸다. 미노루가 소년들의 어깨를 밀었다.

"어차피 사람들은 다 죽어. 우리 형처럼. 언젠가 죽을 텐데 이런 시시한 놀이나 하고 있을 새가 있냐고."

하야토가 웃자 데츠조가 따라 웃었다.

"죽는다고? 언제?"

"야, 그런 걸 왜 벌써부터 걱정해? 아직 먼 이야기잖아. 그렇게 깜깜하게 먼 나중 일을 걱정하는 게 더 한가한 사람 아니야?"

미노루가 엷은 웃음을 띤 기요미의 턱을 걷어찼다. 기요미가 반사적으로 뒤로 구르더니 턱을 감싸고 아픔을 참았다.

"난 군대놀이 같은 건 안 해. 한다면 사형놀이야. 정말로 죽이는 거라고. 그리고 그 다음은 어떻게 되는지 지켜보는 거야. 화장 같은 걸로 속이는 건 안 돼. 죽인 사람을 아무도 모르는 데다 숨겨놓고 그걸 지켜보는 거라고."

미노루가 한동안 기요미를 노려보자 기요미가 얼굴에 경련을 일으키며 등을 돌려 그대로 달아나려 했다. 미노루가 재빠르게 달려가 기요미를 걷어차고는 등 뒤에서 양손으로 목을 졸랐다. 닭을 잡을 때의 밍근한 감촉이 손 안에서 되살아났다. 목이 조인 기요미는 얼굴이 새빨개져 몇 번이고 기침을 했다.

"저 덤불에다 이 녀석을 그대로 묻은 다음에 가끔씩 파서 얼마나 썩었는지 확인해볼까?"

미노루가 큰소리로 묻자 하야토와 데츠조가 기세에 눌려 아무 말도 못했다. 미노루가 손을 풀자 기요미가 목을 감싸며 땅에 얼굴을 박고 쓰러졌다. 미노루는 흥분해 있었다. 늘 함께 놀던 이시타로가 뇌리를 스쳤다. 이시타로와의 기억이 이렇게 선명한데 형은 이제 이곳에 존재하지 않는다. 알 수 없는 생이 미노루를 불안하게 하고 마음을 뒤흔들었다.

"다들 따라와. 재밌는 거 보여줄게."

미노루는 우선 군복을 처형하기로 마음먹었다.

2

오오노지마 섬 끝자락에 방치되어 있는 낡은 어선에 미노루는 군복을 감추어두었다. 소년들이 반신반의하며 따라갔다. 미노루가 마치 마술이라도 부리듯 군복을 꺼내자 너 나 할 것 없이 환성을 질렀다.

"그건 도대체 어디서 난 거야?"

하야토가 흥분하며 물었다.

"전리품이야."

미노루가 하야토를 향해 군복을 던졌다. 소년들이 앞다투어 군복을 집으려고 달려들었다.

"냄새를 맡아봐. 군인 땀 냄새가 날걸."

소년들은 미노루가 시키는 대로 코를 갖다 대고 냄새를 맡았다.

"그 군인이 군인정신을 벗어던지고 음란한 짓을 하고 있을 때 내가 용감하게 가로챈 거야."

"들키면 사형 아니야?"

데츠조가 쭈뼛쭈뼛 미노루의 얼굴을 살피며 물어본 바람에 미노루는 당황스러웠지만, 금세 눈을 치켜뜨고 입가에 힘을 주며 고개를 저었다.

"아니야. 그 군인은 겉만 번지르르한 가짜였어. 날 잡으면 그날 밤에 마을 처녀와 한 짓을 들키는 걸. 난 아직 이렇게 아무렇지 않아. 그날 밤 내 작전행동은 완벽했어. 얼굴을 들키지 않았단 말이야."

미노루가 소년들을 노려보았다.

"그런 시시한 군인을 동정할 필요는 없어. 그런데 어떻게 했을까? 군복도 없이 부대에 돌아갔단 말이야? 나라면 그런 부끄러운 모습으론 못 가. 자결로 잘못을 빌어야지."

소년들이 군복과 미노루를 번갈아 보며 한숨을 내쉬었다. 동경의 대상이던 군복을 손에 넣은 기쁨과 미노루가 저지른 행동에 대한 순수한 감탄 때문이었다.

"내가 군대놀이 같은 건 시시하다고 한 걸 알겠지?"

미노루가 조금 격앙되어 말했다. 그날 밤을 떠올리자 미세하게 다리가 떨렸지만 소년들은 눈치채지 못했다.

"미, 미노루는 정말 용감하다."

기요미가 말했다.

뭘, 하더니 미노루는 하야토가 들고 있던 군복을 뺏어 들고는

"지금부터 군복을 처형할 거다. 보고 싶은 사람은 따라와."

하고 걸음을 옮기기 시작했다.

미노루를 선두로 소년들이 둑 위를 걸어갔다. 이제부터 무슨 일이 벌어질까 가슴을 두근거리면서도 얌전히 미노루의 뒤를 따랐다.

미노루는 사람 눈에 띄지 않는 논으로 가 논두렁에 서 있던 허수아비에게 군복을 입혔다. 그리고 미리 준비한 성냥과

기름을 꺼내자 소년들이 웅성거리기 시작했다. 뭐하는 거야! 하며 하야토가 말렸지만 미노루는 얼른 군복에 기름을 끼얹고 불을 붙였다.

"들키면 정말로 사형감이야."

기요미가 말했다. 데츠조 얼굴도 굳어갔다.

"증거를 없애버리면 아무도 날 벌하지 못해!"

미노루가 소리쳤다. 군복에 불꽃이 새빨갛게 타들어가며 파란 하늘을 배경으로 선명한 검은 연기를 피웠다. 화장터에서 태운 사람의 혼이 먼 세상으로 여행을 떠나는 것과 비슷하다고 미노루는 생각했다.

"야, 다들 경례해."

미노루가 소리치자 소년들이 서둘러 일렬로 서 경례를 했다.

3

미노루는 그날 이후 오토와를 피해왔지만 할머니가 돌아가신 지 7주기가 되는 제삿날에는 얼굴을 마주치지 않을 수 없었다. 시치미를 떼고 있으면 괜찮겠지, 하고 미노루는 아무

일도 없었던 것처럼 평소처럼 행동했다.

집으로 스님을 모셔 와 불단이 놓인 방과 연결된 다다미 스무 장 정도 되는 객실에 친척과 이웃사람들이 모여 제사를 올렸다. 이웃에 살며 가족처럼 지내는 오토와 가족들도 왔다. 오토와는 미노루와 멀찌감치 떨어져 부모님, 그리고 오빠 셋과 함께 앉아 있었다. 어머니가 나가사키 출신이라 오토와는 외국인의 피가 섞인 게 아닐까 하는 소문이 그럴듯하게 퍼져 있었다. 하지만 키가 작고 얼굴도 까무잡잡한 어머니와 오토와는 너무도 달랐다. 때문에 한편에서는 데려온 아이라는 소문도 있었다. 이시타로가 살아 있었을 때, 너 외국사람 피가 섞여 있다는데 정말이야? 하고 오토와에게 물은 적이 있었다. 그건 가짜 소문이야, 하고 오토와는 그 자리에서 부정했지만 외국인의 피란 말이 어린 미노루의 호기심을 더욱 자극했다.

제가 시작되어 스님이 염불을 외자 사람들이 무릎을 꿇고 일제히 불단을 바라보았다. 미노루는 어머니 곁에 앉아 몰래 오토와 쪽을 보았다. 멀리서 작은 얼굴이지만 이목구비가 또렷한 그녀가 보였다. 턱을 당기고 얌전한 얼굴로 불단을 바라보고 있었다. 촛불 때문에 볼록한 눈동자가 흔들려 그것이 미노루에게는 더욱 아름다워 보였다. 그러자 다시 그날 밤 군인과 벌였던 광경이 되살아났다. 음란, 이란 말이 가슴을 스쳐 미노루는 얼른 시선을 스님 등 뒤로 돌렸다.

염불을 외는 스님의 낮은 목소리와 그 가락이 미노루의 오장육부를 흔들어놓았다. 그날 밤 애처로우면서도 왠지 행복해 보였던 오토와의 얼굴이 머릿속에서 떠나질 않았다. 미노루가 다시 오토와를 돌아보았다. 순간 차갑고 투명하게 반짝이는 오토와의 시선과 부딪쳤다. 창槍처럼 날카로운 눈빛에 미노루는 얼버무릴 틈도 없이 얼굴이 굳어졌다. 모든 것을 꿰뚫어 보는 자만이 가능한 온화한 표정. 입가에는 엷은 미소마저 띠고 있었다. 당황한 나머지 시선을 돌렸지만 심장이 뛰고 제멋대로 떨리는 얼굴을 더 이상 감출 수가 없었다.

제사가 끝나자 저린 발을 참고 일어서려는 사람들을 헤치고 미노루는 가장 먼저 집을 빠져나와 벼 이삭이 물결치는 논두렁길을 잰걸음으로 달려갔다. 오토와에게 붙들려 추궁을 당하는 것이 두려웠다. 용수로를 따라 가늘게 난 길을 한참 걷다 이제는 괜찮겠지 하고 뒤를 돌아보자 저쪽에서 오토와가 뛰어오는 것이 보였다.

"미노루!"

오토와의 날카로운 목소리가 바람을 거슬러 와 닿았다. 귓속에서 바람과 함께 소용돌이치는 소리에 미노루는 현기증이 났다. 미노루가 당황해 달아났지만 완전히 도망치지는 못했다. 둑과 이어진 갈대밭에서 오토와가 미노루를 따라잡았다. 오토와가 미노루를 등 뒤에서 안는 바람에 두 사람이 그대로 갈대숲으로 넘어지고 말았다. 미노루는 구루베 가스리의 부드러운 기모노를 통해 전해지는 연상인 소녀의 육감과 부드러운 체취에 안겨 두세 바퀴를 굴렀다. 파란 하늘이 빙그르르 시야를 스쳤다.

"뭐 하는 거야, 이러지 마!"

미노루가 소리쳤지만 오토와의 힘을 이기지 못했다. 오토와가 양손으로 미노루의 어깨를 누르고 미소를 띠며 내려다보았다. 미노루는 바로 눈앞의 봉긋한 오토와의 가슴 때문에 시선을 둘 곳을 몰랐다. 엷고 붉은 입술 사이로 건강한 치아가 반짝였다. 숨을 쉴 때마다 콧구멍이 벌어지고 그 입김이 미노루 얼굴을 간질였다.

"너 언제부터 훔쳐보는 나쁜 버릇이 있었니?"

오토와의 질책에 미노루가 자기도 모르게 소리쳤다.

"훔쳐보다니 뭘 말이야!"

"시치미를 떼도 다 알아."

미노루가 대답 대신 노려보았지만 오토와의 진지한 표정을 이기지는 못했다. 오토와의 머리카락이 미노루의 볼 위에서 더욱 감미롭고 애타게 움직였다.

"그 군인하고 음란한 짓 한 거 말이야?!"

미노루가 경멸하듯 비난하자 역시, 하며 오토와가 눈을 크게 떴다. 그리고 다음 순간 분홍빛 입술이 미노루의 입을 막았다. 청신하고도 요염하며 매끈하고 따뜻한 감촉이 등줄기를 달렸다. 소리를 칠 뻔했지만 빨려든 입에 힘이 들어간 데다 부드러운 혀끝이 갑자기 미노루의 입속으로 미끄러져 들어왔다. 지금껏 한 번도 경험한 적 없는 곤혹스러움에 저항하려 해도 몸을 움직이지도 못할 만큼 몸과 마음이 경직되었다.

오토와가 입술을 떼더니 수영선수처럼 재빨리 숨을 들이마시고는 그 사람이 군법회의에 부쳐진 건 모르겠지? 얼마나 심한 고초를 겪는지도 모르지? 너를 넘길 수도 있었어, 얘가 범인이에요, 이 아이를 사형시켜주세요, 하고. 어째서 늘 나를 곤란하게 하니? 하고 파멸적으로 말했다. 미노루는 처음 경험하는 감미로운 자극과 함께 가슴 속이 쥐어뜯기는 듯한 애달픈 고통을 동시에 느꼈다.

미노루는 양손으로 갈대를 잡아 뜯어 끝없이 펼쳐진 하늘을 향해 하염없이 던졌다.

4

군인일행이 대거로 대장간에 들이닥쳤을 때의 일을 미노루는 잊을 수가 없다. 여느 때처럼 미노루가 풀무질을 하고 있는데 철문이 열리며 무릎 밑까지 오는 나사羅紗(두꺼운 모직)코트를 입은 군인들이 등 뒤로 햇살을 받고 서 있었다. 갑자기 나타난 군인들은 섬 출신의 젊은 신병과 달리 수염을 길렀고 관록이 느껴졌다. 헝겊으로 싼 총 몇 자루를 작업대 위에 내려놓고 아버지를 둘러싸고 적은 말수로 밀담을 나누기 시작했다. 대장간은 시대가 바뀌면서 해마다 일이 줄어들고 있었다. 아무리 솜씨가 좋다 해도 칼은 분명히 시대에 뒤쳐진 무기였다. 총검과 군도를 만드는 군의 일이 가장 안정된 수입을 얻을 수 있다는 것은 어린 미노루도 알 수 있었다.

군인들이 나가시로에게 총 수리를 맡아보지 않겠느냐는 이야기를 하는 것 같았다. 미노루는 나가시로가 황송해하며 쩔

60

쩔매는 뒷모습을 바라보며 아버지의 마음이 평소와 달리 흔들리고 있다는 것을 알았다. 늠름한 군인들 앞에서는 아버지도 그저 초라한 대장장이에 지나지 않았다.

천에서 삐져나온 무거운 쇠뭉치는 작업대 위에서 아무 말 없이 이미 공장을 좌지우지할 만큼 위엄을 띠고 있었다. 동경의 대상이던 군인들보다 총이 더 미노루의 관심을 끌었다. 이야기 중인 어른들 사이를 빠져 작업대 쪽으로 가 검게 윤이 나는 쇠 무기를 가만히 바라보았다. 총구는 사냥감을 노리는 사냥개의 눈이었다. 그 끝을 만져보고 싶었다. 군인들은 모두 미노루에게 등을 보이고 있었다. 미노루가 살그머니 손을 뻗었다. 더없이 차가운 총구가 미노루의 체온을 거부했다. 그 파괴력을 상상하며 호기심 어린 미노루의 손이 총신으로 옮겨 갔다. 총신은 부드러움이라고는 전혀 느낄 수 없이 냉담하고 견고했다. 방아쇠를 더듬어보았다. 이 괴물을 눈뜨게 하는 성기다, 하고 미노루는 생각했다. 손이 헝겊 밑의 방아쇠에 다다랐을 때 어디선가 나타난 커다란 손이 미노루의 손목을 잡았다. 놀란 미노루가 뒤를 돌아보니 턱수염을 기른 군인이 굳은 얼굴로 조용히 미노루를 내려다보고 있었다.

그날 오후 이미 벼 베기가 끝난 논의 제방가에서 시험 발포가 있었다. 멀리 안개가 산을 회색빛으로 덮고 있었다. 볏단을 말리는 데 이용하는 횡목에 얇은 철판을 달아 표적으로 삼았다. 미노루는 자진해 일을 도우며 평소의 풀무질과는 비교도 할 수 없는 사명감과 무슨 지시가 떨어지지 않을까 하는 기대감에 시종 가슴이 뛰었다.

체격 좋은 군인이 땅에 무릎을 대고 앉아 총을 겨냥했다. 아버지 팔 안에서 미노루는 가슴이 크게 뛰었다.

"아리사카 나리아키라 대좌가 발명한 30년식 소총을 일부 개량한 38식 보병총이다."

턱수염이 길고 풍채가 좋은 군인이 아버지에게 설명했다. 그 곁의 보좌관처럼 보이는 키 큰 남자가 이 총이 앞으로 일본의 운명을 개척하게 될 게야, 하고 얼른 맞장구를 쳤다.

"좋아, 그럼 쏘아볼까?"

보좌관이 큰소리로 발포를 알리자 총을 든 군인이 턱을 총대에 붙이고 표적을 향해 주저 없이 방아쇠를 당겼다. 메마르고 고결한 총성이 일대에 울려 퍼졌다.

갈대밭에 숨어 있던 까치들이 날아오르고 공기를 태운 화약 냄새가 미노루의 코끝을 찔렀다. 미노루는 충격으로 꼼짝도 할 수가 없었다. 표적인 철판이 연이어 쇳소리를 내더니 평평했던 모습이 어느새 기형적으로 쭈그러져 있었다.

섬의 자그만 대장간은 1908년에 '에구치 공작소'란 간판을 걸고 여러 명의 기술자를 섬 안팎에서 고용해 전문적으로 철포 수리를 하는 공장이 되었다. 그 무렵부터 섬사람들이 미노루 아버지를 철포장이라 부르게 되었다. 이윽고 공작소는 군의 지원하에 아리아케 해 일대에서 유일한 수리공장으로 순조롭게 성장했고, 미노루도 서서히 아버지의 일을 배우게 되었다.

5

미노루는 신형 소총의 시험 발사를 본 이래 총이라는 무기에 사로잡혔다. 자나 깨나 불을 뿜는 38구경의 용맹스런 모습이 머릿속에서 떠나지 않았다. 이유를 알 수는 없으나, 견고하고 긴 총신의 끝과 어둠 속에서 꿈틀거리던 오토와의 나체가 서로 교차하며 미노루의 마음을 농락했다.

어느 날 밤, 이부자리에서 빠져나온 미노루는 몰래 공장에 들어가 도구들이 놓인 선반 서랍을 열고 천에 쌓인 38구경을 만져보았다. 여전히 한없이 깊고 싸늘한 냉기가 느껴졌다. 둘둘 말아둔 헝겊을 풀고 군인들이 했던 것처럼 총을 안아보려고 서랍에서 꺼내 든 순간, 생각지도 못한 엄청난 무게에 미노루는 비틀거리며 뒷걸음쳤다. 오로지 총을 떨어뜨리면 안 된다는 생각에 무리하게 자세를 취하려다 균형을 잃는 바람에 작업대에 있던 부품이 어지럽게 바닥으로 떨어지고 미노루도 엉덩방아를 찧고 말았다.

굴러간 나사가 벽에 부딪쳐 멈춘 후 다시 정적이 찾아올 때까지 미노루는 그곳에 쭈그리고 앉아 숨을 죽이며 총의 무게를 다시 확인했다. 총은 어둠 속에서 더욱 미노루를 부추겼고 소년의 팔에 안겨 짐승처럼 숨을 쉬기 시작했다. 미노루는 괴물을 품에 안고 군인들처럼 총을 잠 깨우고 싶어졌다. 발에 힘을 주고 천천히 일어나 양손에 안은 총을 작업대 위에 올려놓았다. 창으로 비쳐든 달빛으로 검게 윤이 나는 총신이 더욱 아름다워 보였다. 소년의 작은 손이 총을 더듬었다. 더욱 분명한 감촉을 느끼고 싶었다. 총과 한몸이 되고 싶었다. 미노루는 다시 총을 들고 작은 가슴에 안았다. 이번에는 조바심을 누르고 신중하게. 총의 무게 때문에 여전히 발밑이 떨렸지만 작업대에 팔꿈치를 대고 총신을 바이스vise 위에 올

러놓고 겨냥하듯 들여다보았다. 방아쇠를 만지작거리며 그것을 당기는 순간을 상상하며 몇 번이고 몸을 떨었다. 지금 여기서 방아쇠를 잡아당기면 총알이 발사되어 엄청난 소리를 내며 정면에 있는 창문과 벽과 작업도구를 차례차례 부수고, 이곳 섬사람들을 한순간에 깨울 것이다.

미노루가 한숨을 몰아쉬었다. 간절한 유혹과 싸우며 총에서 손을 떼고 달빛에 어렴풋이 떠오른 공장바닥에 주저앉았다.

6

공작소에는 수시로 군 관계자들이 드나들었다. 기술적인 지도를 하는 사람과 군무기 담당관들이었다. 공장은 활기를 띠었고 미노루는 공장에 잔뜩 쌓인 총이 무엇보다도 만족스러웠다. 구루베나 사세보 방면에서 거의 매주 고장 난 총이 대량으로 배에 실려 왔다. 미노루의 일과는 위의 두 형과 함께 부두에 나가 총을 받아오는 것이었다. 나이가 열 살 이상 차이 나는 형들은 마치 친척 아저씨 같았다. 둘 다 가업을 이을 생각 같은 건 추호도 없었다. 위의 형은 기타큐슈에 있는 제철회사에 취직이 정해져 있어 이제 곧 집을 떠날 테고, 아래 형은 규슈제국대학에 진학해 변호사가 되는 것이 꿈이었다. 그들은 가능한 한 빨리 섬과의 인연을 끊고 싶어 했다. 대장간이 공작소가 되었다고는 하나, 총이나 수리하며 평생을 이곳에서 보내는 것은 애초에 삶을 포기하는 것이라 생각했다.

그래서 형들은 자주 미노루를 부추기며 웃었다.

"크면 네가 아버지 뒤를 잇는 거다."

그들은 성인이 되자마자 섬을 떠났다. 그리고 큰형과 작은형 모두 도시 여자와 결혼해 더욱 집과는 거리를 두게 되었다.

반대로 미노루는 커가면서 아버지의 일에 더욱 관심을 가졌다. 형들과는 달리 총을 수리하는 아버지 나가시로의 모습을 뚫어져라 지켜보았다. 고장 나 쓸모없어진 총을 다시 살려내는 작업은 굉장히 매력적인 일이었다.

집에서 총 수리를 하기 시작하면서 미노루는 밖에서 노는 일이 줄었고 학교가 끝나면 곧장 집으로 와 아버지 곁에서 일을 배웠다. 나가시로도 위 아들들과는 달리 열심히 일을 배우는 미노루를 기특해하며 일찍부터 기술적인 면을 가르치려 애썼다. 미노루는 총을 만지는 것만으로도 즐거웠지만 아버지에게 배우는 전문적인 지식이 학교 공부보다 훨씬 재미있었고, 이는 미노루 안에 잠재되어 있던 재능을 꽃피우는 계기가 되었다.

미노루는 짧은 시간에 38구경의 구조를 이해했고 이윽고 조립과 분해까지 할 수 있게 되었다. 때로는 어른들도 어려워하는 수리를 해 보여 주위를 놀라게 했다. 나중에 발명가가 될 운명인 미노루의 재능이 이 시기를 기점으로 서서히 싹트고 있었던 것이다. 손수레에 포장을 달거나 이단으로 만들어 짐을 실어 나를 수 있도록 개조하기도 했고, 부품을 용도별로 나누어 운반하는 도구상자와 공장 내에서 사용할 전용 수레를 만들어 사람들을 감탄하게 했다.

7

오오타쿠마에서 나가시로의 소학교 동창생이 놀러왔다. 대대로 오오노지마에서 소작을 하다 오오타쿠마의 치쿠고 강가에 새로 조선소가 들어서면서 그곳에 일거리를 얻어 정착하게 됐다고 했다. 아버지 친구가 딸을 데리고 왔는데, 예전에 하야토가 소변을 질렀던 소녀였다.

소녀 이름은 누에라고 했다. 그녀는 미노루를 잊어버린 것 같았지만 미노루는 그 까무잡잡한 얼굴과 곱슬머리, 그리고 깡마른 체형과 강한 의지 같은 것이 엿보였던 눈빛을 기억하고 있었다.

사내역이 부족하다고 소꿉놀이에 불려 나간 미노루가 누에와 가상 결혼식을 올렸다. 두 사람이 봉당 한쪽에 마련된 혼인잔치 자리에 나란히 앉자, 누나와 여동생들이 하얗게 이를 드러내고 웃으며 미노루를 놀려댔다. 문득 미노루의 가슴 깊숙한 곳이 옥죄어왔다. 미노루는 이때만큼 확실한 기시감에 시달린 적이 없었다. 누에의 얼굴이 미리 마련된 것인 양 정겨웠다. 평소 몇 초면 사라지는 여느 때의 감각이 그때만큼은 길었다. 몇 번이고 눈을 깜빡였지만 영상이 사라지지 않고 기름처럼 번져 망막 깊숙한 곳에 남았다.

누나가 어디에서 가지고 왔는지 미노루에게 술잔을 건넸다. 막내 여동생이 술이라며 거기에 물을 따라주었다. 미노루는 삼삼구도三三九度(혼례식 때 신랑 신부가 세 개의 잔으로 세 번씩, 모두 아홉 번 술을 주고받는 헌배獻盃의 예禮—옮긴이)를 흉내 냈다. 계집아이들이 다시 소리를 내어 웃었다.

"진짜 부부 같아!"

여동생이 놀려댄 말에 미노루는 화가 났다. 누에는 자기와 어울리는 여자란 생각이 들지 않았다. 까무잡잡한 얼굴과 병든 고양이처럼 마른 몸이 마음에 들지 않았다. 오토와에 비해 누에는 너무나도 빈약하고 초라했다. 미노루가 술잔을 입으로 가져가려는 누에의 손목을 힘껏 때렸다. 그러고는 벌떡 일어나 소리쳤다.

"왜 이렇게 아이들 같은 짓을 하는 거야!"

미노루! 하고 첫째 누나가 타일렀다. 누에와 눈이 맞았다. 올곧고 맑은 눈동자였다. 쏟아진 물이 누에의 목덜미를 타고 흘렀다. 하야토가 지르는 오줌을 참고 있던 누에의 모습이 떠올랐다. 더러워! 미노루가 엉겁결에 내뱉었다. 그리고 자신이 한 말은 스스로에게 상처가 되었다.

8

미노루는 커가면서 어느 때의 그리움인지 전혀 알 수 없는, 흐릿한 기억이 되살아나는 경험을 자주 했다. 길을 걷다, 누군가와 마주쳤을 때, 혹은 어딘가를 방문했을 때, 미노루의 시선은 현실과 기억 사이를 오갔다. 이는 누구나 경험하는 일이라 생각하고 형과 누나들에게 물어본 적이 있었다.

"병 아니냐?"

하고 둘째 형이 웃었다.

누나들도 미노루와 같은 경험이 없다며 고개를 저었다. 그저 큰누나만이 그러고 보니 가끔 있었던 것도 같아. 하지만 미노루만 한 나이에는 없어졌고 그리 자주 있지도 않았어, 하며 고개를 갸우뚱했다.

누구나 같은 감각을 가졌을 거라 생각했던 미노루는 자기에게만 나타나는 그 그리운 눈동자의 현기증이 어디에서 기인하는 것인지 궁금했다. 욕망이나 질투나 슬픔처럼 누구에게나 있는 감정 중 하나라 믿고 있었다. 자신에게만 빈번히 일어나는 그 특별한 감각의 의미를 미노루는 알고 싶었다.

언젠가 미노루가 아버지에게 이야기해보았다. 아버지는 아무 말 없이 미노루의 이야기를 듣고 있다 혼잣말처럼 중얼거렸다.

"어떤 이유 때문인지는 모르나 아마도 전생의 기억이 남아 있는 게 아니겠니."

경험을 되풀이하면서 미노루는 기시감이 일어날 것 같은 예감을 알 수 있게 되었다. 그것이 일어나기 직전에는 언제나 미묘하게 시각이 어긋났다. 주변에서부터 풍경이 굳어가다 한가운데서 시선이 완전히 고정될 때면 미노루는 반드시 기시감을 경험했다. 기시감이 시작되면 일단 의식이 정지되고 시야는 사진처럼 고정되었다. 그 다음에는 한가운데서 파장이 일듯 그리움이 퍼져 시야가 그 감각으로 채워지는 순간, 의식에 고정될 틈도 없이 어디론가 신기루처럼 사라져버렸다. 기억의 깊은 곳이 열리며 그리움의 정체를 알 수 있을 것 같을 때 사라져버리기 때문에 늘 개운치 못한 묘한 상태가 되었다.

기시감을 불러일으키는 요소는 풍경만이 아니었다. 누군가와 이야기를 나누다 일어날 때도 있었다. 이야기의 내용이나 배경이 되는 풍경, 상대의 몸짓 혹은 냄새, 장소의 온도나 날씨, 그 날의 몸 상태 등 일상의 대부분이 계기가 되었다. 그러나 전에도 경험한 적이 있다는 감각은 아직 과거가 얕은 미노루에게는 좀처럼 이해하기 힘든 체험이었다. 난생처음 만난 사람과 이야기할 때 일어나는 이 그리움은 뭘까? 미노루는 당황스러웠다. 아버지 나가시로의 말대로 전생의 기억이란 걸까.

유년의 미노루가 기시감이란 말을 알 턱이 없었다. 마음속으로 '그 느낌'이라 불렀다. 형제들과 한가로이 놀 때도 '그 느낌'이 일었다. 기요미나 하야토들이랑 놀고 있을 때도 자주 '그 느낌'이 찾아왔다. '그 느낌'은 일상의 도처에 숨어 있다 갑자기 나타나 미노루를 기억의 한편으로 끌어들였다.

9

수업이 끝나 미노루가 혼자 집으로 돌아가는데 기요미가 살금살금 뒤를 쫓아왔다.

"미노루, 보여줄 게 있는데."

기요미가 작은 소리로 속삭이고는 몇 번이나 뒤를 돌아보며 주위를 살폈다. 하야토와 데츠조가 오지 않나 살피는 것이었다. 미노루는 그런 기요미를 무시하고 그대로 집을 향해 걸었다. 총을 가득 실은 배가 부두에 들어오는 날이었다. 오늘은 어떤 총들이 들어올까 하는 생각에 아침부터 마음이 들떠 있었다. 요즘은 제법 좀처럼 보기 힘든 외제 총들이 38구경에 섞여 들어오기 때문이다.

"야, 미노루 잠깐만 서 봐."

기요미가 두 손을 모아 비는 시늉을 하며 곁에 바짝 붙어 미노루의 얼굴을 살폈다. 미노루가 집안일을 돕느라 밖에서 노는 일이 줄면서 하야토와 데츠조가 어지간히 기요미를 못 살게 구는 모양이었다. 미노루가 용수로 위에 걸린 낡은 다리 위에서 발을 멈췄다. 그러고는 뒤를 돌아보며, 보여주고 싶다는 게 뭔데? 하고 귀찮은 듯 물었다.

기요미가 쑥스러운 듯 웃어 보이더니 작은 눈을 더욱 가늘게 뜨고 긴장된 얼굴로 말했다.

"시, 시체가 있단 말이야."

미노루가 불안해하는 기요미의 얼굴을 바라보았다.

"시체라고?"

이번에는 미노루가 주위를 돌아보며 아무도 없는지 확인했다.

"시체가 썩어가는 걸 보고 싶다고 그랬잖아."

기요미가 바짝 다가서서 동의를 구했다.

"오늘 아침에 하야츠에 강에 시체가 떠올랐단 얘기 들었지? 그, 그 그런데 아직 신분을 몰라서 확인할 때까지 우, 우

73

리 집 헛간에 있어. 우리 아버지가 오늘 하루는 헛간에 둘 거
니까 근처에는 가지도 말라고 그랬어."

기요미는 눈동자를 떨면서도 미노루의 관심을 끌려고 열심
이었다. 단편적인 소문이 있었을 뿐 누구도 제대로 된 정보
를 알지 못했지만, 학교에서도 아침부터 시체가 떠올랐다는
이야기로 떠들썩했다.

"아버지는 다른 데 화장할 일이 있어서 지금 우리 집에는
아무도 없어."

미노루는 기요미의 멱살을 잡고, 너는 봤어? 하고 물었다. 기
요미가 아, 아니, 아직 안 봤어, 하고는 서둘러 기침을 해댔다.

둘이 곧장 기요미 집으로 향했다. 헛간에는 자물쇠가 걸려
있었지만 기요미가 뒤쪽에 개구멍이 있어, 하고 미노루의 팔
을 끌었다. 헛간 뒤쪽에 흐르는 용수로가에 널빤지가 썩어
어린아이 하나가 겨우 들어갈 정도의 구멍이 나 있었다. 기
요미가 하얗게 질린 얼굴로 구멍을 바라보았다. 미노루가 기
요미의 등을 떠밀었다. 기요미가 천천히 고개를 끄덕이더니
커다란 몸집을 납작 땅에 엎드려 먼저 속으로 들어갔다.

이어 미노루가 들어가 보니 실내는 이미 알 수 없는 냄새
가 풍기고 있었다. 헛간 한가운데 평상보다 조금 높은 곳에

거적이 씌워져 있었다. 한가운데가 볼록한 것이 밑에 시체가 있는 것이 분명했다.

미노루가 뒤에서 기요미 어깨에 손을 얹자 놀란 기요미가 비명을 질렀다. 미노루가 얼른 기요미의 입을 막고는, 이 바보야! 하고 낮은 소리로 나무랐다. 떨리는 가슴을 진정시킨 다음 미노루가 천천히 기요미에게 손을 뗐다.

"버, 벌 받으면 어떡하지?"

기요미가 중얼거렸다. 손을 모으고 명복을 빌면 괜찮아, 하고 미노루가 먼저 합장을 했다. 기요미도 손을 모으고는 작은 소리로 나무아미타불, 하고 읊었다.

미노루가 거적에 손을 갖다 댔다. 기요미가 갑자기 미노루의 팔을 당기며 미노루! 하고 금방이라도 울음을 터뜨릴 것처럼 달라붙었다. 뭐 하는 거야, 이제 와서! 미노루가 다시 기요미를 나무랐다. 두 사람이 밀치락달치락하는 바람에 거적이 스르륵 미끄러져 떨어졌다.

둘이 동시에 시체를 바라보았지만, 형체를 확인하기도 전에 시체라는 충격적이고 압도적인 존재에 놀라 뒤로 물러서고 말았다. 심장이 벌렁거려 제대로 숨을 쉴 수도 없었다. 미노루는 팔에 매달린 기요미를 떼어놓으려 했지만 몸이 돌처

럼 굳어 움직일 수가 없었다. 넌 화장장이 아들이잖아!, 하고
소리쳐봤지만 목소리는 떨리고 있었다.

시체는 미노루와 기요미 또래로 보이는 소녀였다. 벌거벗
은 모습으로 푸르스름한 피부에 긴 머리카락이 소녀의 딱딱
해진 몸에 엉겨 당초무늬를 그리고 있었다. 부패는 그다지
심하지 않았지만 여기저기 긁히고 찢긴 자국이 있고 몇 군데
는 살점이 너덜너덜했다. 피부도 푸르죽죽 변색이 심했다.
복부 손상이 특히 심해 장 일부가 찢긴 살 밖으로 튀어나와
있었다. 그 아래 봉긋한 소녀의 성기를 보는 건 처음이라 한
동안 들여다보고는 뭔가 이야기를 하려고 서로 눈을 마주쳤
지만, 구체적인 말이 떠오르지 않은 데다 묘한 부끄러움과 당
혹스러움에 서로 눈길을 피하고 말았다.

눈은 감고 있었는데 어찌된 일인지 얼굴에는 상처 하나 없
었다. 약간 푸른 기를 띤 볼과 이마가 미끈한 것이 축제 때 보
는 가면 같았다. 긴 속눈썹 끝은 갑자기 눈을 뜰 것 같은 예감
이 머물러 있었다.

미노루는 이시타로를 떠올렸다. 형의 시체는 아버지의 뜻
에 따라 가족들에게 보여주지 않았다. 미노루는 누워 있는
소녀와 형의 모습을 겹쳐보았다. 형도 틀림없이 이런 모습이

었을 것이다. 미노루가 어금니를 깨물었다.

"왜 이 애가 죽었을까?"

기요미가 가능한 한 소리를 죽여 미노루에게 속삭이듯 물었다. 미노루는 아무 말 없이 소녀의 얼굴을 만져보았다. 어느새 두려움이 사라졌다. 싸늘하고 차가운 감촉이 손끝에서 전해졌다. 그것은 38구경을 만져보았을 때의 감촉과 같았다.

10

미노루가 처음으로 흰 부처를 본 것은 그날 밤이었다.

추워서 몸이 떨렸다. 방문이 열려 있는 것도 아니고 기온이 낮은 것도 아니었다. 그런데도 너무 추웠다. 곁에서 자고 있는 여동생의 발목을 만져보았다. 또 그 옆에 누운 누나 손도 만져보았다. 마치 죽은 듯한 얼굴을 하고 있지만 모두 자기보다 따뜻한 피의 온기를 느낄 수 있었다. 아버지의 코 고는 소리가 안방에서 파도처럼 밀려와 정체를 알 수 없는 두려움으로부터 유일한 안도감을 주었지만, 끊어졌다 이어졌다 하는 그 소리도 한참을 듣고 있자니 짐승의 호흡소리처럼 들렸다.

어째서 나만 이렇게 춥지? 이불을 뒤집어써도 어디에선가 차가운 냉기가 스며들었다. 혼자만 점점 싸늘해져 갔다. 문득 낮에 본 소녀의 죽음에 전염된 것이 아닐까 하는 생각이 들자 소름이 돋았다. 몇 년 전 섬에 티푸스가 번져 많은 사람이 죽었다. 죽음은 전염된다는 생각이 그때 미노루 마음 속에 똬리를 틀어 두려움에 떨게 했다. 한참을 견뎠지만 어둡게 내려앉은 천장이 미노루를 더욱더 불안하게 했다. 미노루는 처음으로 살아 있는 것에 대한 불안에 떨며 어머니 이불 속으로 파고들었다.

"왜 그러니?"

잠결에 어머니가 물었다. 미노루가 몸을 떨며, 죽음이 옮았어, 하고 대답했다.

어머니가 무슨 그런 잠꼬대 같은 소릴 하냐며 미노루를 안아 주었다. 미노루를 안은 가네코가 아들의 몸이 뜨거운 것을 알았다.

미노루는 그날 밤부터 열병에 들어 드러누웠다. 고열에 몇 번이나 의식이 멀어졌으며 학교도 며칠이나 빠졌다. 그리고 그때 병상에서 흰 부처를 본 것이다.

찬란하게 쏟아지는 빛 속에 흰 부처가 천장에 닿을 것처럼

서 있었다. 부처라는 것은 알았지만 어떤 얼굴을 하고 있는지 모습은 흐릿했고, 눈과 입도 그 고귀함에 감추어져 분명치가 않았다. 하지만 표정은 분명히 알 수 있었다. 고요하고 온화한 얼굴이었다.

미노루는 이 불상을 일생에 몇 번이나 보게 되는데, 그 후에도 느낌은 늘 같았다. 눈의 윤곽은 애매했지만 부처가 미노루를 바라보고 있다는 것과 입가에 인자한 미소를 띠고 있다는 것도 알 수 있었다.

훤칠하게 서 있지만 완만한 곡선이 여성적이어서 올려다보는 이의 마음이 저절로 순해졌다. 불상 전체가 빛에 싸여 그 자체에서 배어 나오는 후광의 파동은 마치 의지를 가진 생물체처럼 불상 주위를 굼실거렸다.

미노루는 자기도 모르게 합장을 했다. 두 손을 모으고 잘못을 빌었다. 무엇을 잘못했는지는 알 수 없었다. 그러나 빌고 빌고 또 빌다 눈을 떴을 때는 열도 내리고 흰 부처도 사라지고 없었다.

11

　오토와는 미노루의 첫사랑이자 영원한 동경의 대상이었지만, 갈대밭에서의 일 이후로는 관계가 서먹해지고 말았다. 마치 입을 막기 위한 입맞춤이었던 것처럼 그 뒤로는 우연히 마주쳐도 미노루를 무시했다. 그런 첫 번째 이유는 미노루의 갑작스러운 성장이었다. 미노루의 눈동자에 강한 의지가 깃들기 시작했고, 수컷이 갖는 남자다운 시선 때문에 오토와도 어린아이처럼 대할 수 없게 된 것이다. 또 그녀가 강 건너편에 있는 가와구치무라의 고등과에 진학하게 된 것도 두 사람의 관계가 소원해진 계기가 되었다. 어딜 가나 인기 있는 오토와에게 금세 여러 애인이 생겨 어린 미노루를 상대할 시간이 없어졌던 것이다.

　덩치 좋은 청년과 오토와가 함께 제방을 걷은 모습이 많은 사람들에게 목격되었고, 그것은 자연스럽게 미노루의 귀에도 들어갔다. 오토와의 남성편력에 관한 소문은 이윽고 조용한 섬 전체에 퍼져 늘 다른 남자랑 다닌다느니, 어깨에 팔을 얹고 있었다느니 하는 소문들이 멋대로 퍼져갔다. 오토와와 군인의 성교장면은 미노루가 커감에 따라 더욱 더 머릿속을 혼란하게 만드는 토르소가 되어 그를 괴롭혔다.

미노루에게 오토와는 여자라는 이성의 첫 번째 벽이 되었고, 그 환영을 좇으면서 성장해갔다.

미노루의 기억 속에 생생하게 남아 있는 것은 멀리서 걷고 있는 오토와의 모습뿐이었다. 남자와 함께 걸을 때도 있었고, 혼자일 때도 있었다. 비를 맞으며 뛰어갈 때도 있었다. 여학생들과 몰려가며 큰 소리로 웃을 때도 있었다. 둑 위를 혼자 걸을 때도 있었고, 그녀의 나이 든 어머니와 나란히 걸을 때도 있었다. 그녀가 형제들과 밭에서 팽나무 열매를 멀리 던지며 놀고 있는 한가로운 풍경과 마주친 적도 있었다. 선착장에 우두커니 서 있을 때는 그만 말을 건넬 뻔했지만, 그런 마음을 자제하고 나무 그늘에서 몰래 그녀가 나룻배를 타고 안개 낀 건너편 기슭으로 사라지는 것을 바라보았다.

그러나 그것들은 모두 먼 기억처럼 현실의 미노루와는 거리를 두고 있었다. 미노루의 눈동자는 한발 떨어진 곳에서 오토와를 좇고 있었다. 아름다운 그림에 손을 댐으로써 그 균형을 깨뜨리는 일은 결코 없었다. 과거의 기억을 소중히 간직하고자 바라보고만 있었던 것은 아니다. 쉽게 말을 걸기 전에 먼저 자신이 성장해 군인처럼 든든하고 늠름한 어른이 되어 그녀를 지배하고자 했던 것도 아니다. 그저 지켜보고 싶었을 뿐이다. 언제까지나 자신의 일상 한편에서 오토와가 풍경처럼 아름답게 존재하기를 바랐다. 생생한 육체의 기억은 그녀와 거리를 둘수록 미노루의 가슴속에서 더욱 현실감을 더해갔고, 이윽고 내려쌓여서 조바심 난 마음을 부드럽게 어루만져주었다.

미노루는 섬사람들 아무도 모르게 오토와를 지켜보았다. 그러는 동안 미노루의 팔과 다리도 눈에 띄게 길어졌다. 기모노 길이가 짧아져 삐죽이 나온 다리가 한동안 부끄러운 듯 햇빛에 드러나 있었다.

12

언제까지나 오토와를 멀리서 지켜보고만 있을 만큼 섬은 넓지 않았다. 더러는 우연히 좁은 장소에서 두 사람이 마주치는 일도 있었다. 미노루가 아버지 심부름으로 강 반대 기슭 철물점에 공장비품을 사러 나섰다 돌아오는 배에 우연이 오토와가 올라탔다. 막 떠나려는 나룻배를 향해 오토와가 달려오는 것이 보였다. 데츠조 아버지가 그녀가 뛰어오는 것을 보고 배를 세웠을 때 미노루는 기쁜 마음에 심장이 크게 뛰었다.

오토와는 배에 올라타자 마치 약속이라도 한 듯 그대로 미노루 앞으로 와 앉았다. 기모노 자락이 벌어져 가느다란 발목이 보였다. 숨을 헐떡이면서도 고개를 들고는 오랜만이네, 하고 미노루에게 말을 건넸다.

오토와가 일부러 미노루에게 등을 보이고는 배 바깥으로 몸을 내밀고 손으로 강물을 퍼올렸다. 더욱 어른스러워진 오토와의 뒷모습을 미노루가 바라보았다. 자기도 모르게 그 풍만한 팔다리와 몸을 승객들의 시선으로부터 지켜주고 싶었다.

오토와가 미노루를 향해 돌아앉아 서로 마주 보게 되었다.

"이제 훔쳐보는 버릇은 고쳤니?"

오토와가 작은 소리로 묻더니 짓궂게 웃었다. 미노루가 입을 삐죽이 내밀고 어린아이 취급을 당하지 않으려고 긴장하며 이를 깨물었다. 고개를 치켜들고 빤히 쳐다보는 오토와의 입가에 미소가 번져 미노루는 약간 자존심이 상했다.

"너야말로 남자를 매일같이 바꾼다며?"

오토와는 웃지 않았다. 그녀가 뱃머리 쪽으로 보이는 오오노지마를 바라보았다.

"좁은 세상이야. 이런 좁은 섬에서 사는 게 이젠 싫어."

혼잣말 같은 소리에 미노루가 가만히 귀를 기울였다. 배가 점점 선착장에 가까워졌다. 이대로 배가 닿지 않으면 좋을 텐데, 미노루가 마음속으로 빌었다.

"나 곧 시집가."

시집을 간다고? 미노루가 놀리듯이 말꼬리를 추켜올렸지만, 마음은 반대로 동요되었다. 오토와 같은 여자를 누가 받아준대? 별난 사람이 다 있네, 하면서도 오토와에게 안겼을 때의 부드러운 감촉이 떠올라 마음이 아렸다. 어째서 고집스럽게 이런 거짓말을 하고 있는지 스스로에게 화가 났다.

"그 군인이야?"

오토와가 미노루를 바라보더니 고개를 저었다.

"너는 모르는 사람이야. 멀리 떨어진 곳에 사는 부자란다."

배가 선착장에 닿자 오토와가 사람들 몰래 얼른 미노루의 손을 잡아주곤 인사도 않고 제일 먼저 배에서 뛰어내렸다. 당황한 미노루도 배에서 내렸지만 한동안 어찌할 바를 몰라 부두에 그대로 서 있었다.

13

집이 같은 방향일 뿐이라고 미노루는 스스로에게 변명을
하며 오토와의 뒤를 쫓았다. 오토와가 이따금 뒤를 돌아보며
쫓아오는 미노루를 확인했다. 오토와는 일부러 걸음을 늦췄
다 재촉했다 하며 미노루의 애를 태웠다.

성숙하고 요염한 몸매가 미노루의 마음을 홀렸다. 가스리
기모노의 잘록한 허리 밑에는 잘 익은 과실 같은 엉덩이가 있
었다. 언젠가 보았던 오토와의 엉덩이를 떠올리며 미노루는
발기했다. 어느새 성욕이란 걸 알 수 있는 몸이 되었다. 자위
를 알게 된 것은 최근이었지만, 미노루는 경험한 적도 없는
오토와와의 음란한 행위를 몽상하지 않는 밤이 없었다.

처음으로 몽정을 한 밤, 미노루는 오토와와 하나가 되는 꿈
을 꾸었다. 잠에서 깨어 사타구니가 젖어 있는 것을 알고, 미
노루는 이것도 기시감 같은 걸까 하고 놀랐다.

오토와가 제방을 내려가 갈대밭 쪽으로 달려가며 미노루를
떼어놓았기 때문에 미노루는 순간 자신을 유혹하는 것이라
직감했다. 사람들이 없는 곳으로 자신을 유인하고 있다는 생
각이 들자 미노루는 더욱 흥분했다. 자신의 키보다 큰 갈대
가 바람에 흔들릴 때마다 땅도 함께 흔들렸다. 오토와가 걸

음을 늦추었고 미노루는 초조한 마음에 몸이 앞으로 쏠리듯이 걸어 두 사람의 거리가 점점 좁아졌다.

갈대가 뒤엉킨 미로 같은 길을 구불구불 헤매며 나아갔다. 오토와는 더 이상 뒤를 돌아보지 않았다. 따라오는 미노루의 발자국 소리가 들릴 것이다. 미노루의 몸은 완전히 성숙한 것은 아니나 흥분한 탓에 끝이 젖어 있었다. 지금까지 느끼지 못한 거친 감정의 싹이 미노루를 괴롭혔다. 호흡이 거칠어지고 차례차례 망상이 일었다. 눈동자는 오토와의 엉덩이에 고정되어 있었다.

용수로가 갈대밭 앞을 막고 있는 곳에 다다르자 오토와가 발을 멈추고 뒤를 돌아보았다. 표정이 굳어 있었다. 턱을 당기고 미노루를 노려보았다. 화를 내고 있는 것은 아니지만, 유혹하는 강렬한 암컷의 눈빛이 작은 얼굴 한가운데서 소용돌이치고 있었다.

"내 뒤를 따라와서 어쩌려고?"

오토와가 입술을 적셨다. 시선이 미노루를 유혹하고 있었다. 그 교태로 남자를 시험하고 있다는 것을 알면서도 미노루는 어떻게 해야 할지 몰라 몸이 굳어갔다.

"네가 이런 외진 곳으로 날 유혹했잖아."

미노루가 어른스럽게 대꾸했다. 오토와가 소리를 내어 웃었다.

"바보. 내가 왜 너같이 어린애를 유혹하니?"

꼬드기듯이 내뱉고는 미노루의 곁을 빠져나가려 했다. 오토와의 몸이 미노루와 부딪쳤다.

"비켜!"

키는 아직 오토와가 조금 컸지만 골격은 미노루 쪽이 탄탄했다. 오랫동안 흠모해온 얼굴이 바로 눈앞에 있었다. 그 커다란 눈동자가 자신을 빤히 바라보니 가슴이 떨렸다. 작은 분홍빛 입술은 예전의 감촉 그대로일까.

"싫어!"

미노루가 말했다. 손이 닿는 곳에 오토와가 있었다. 갑자기 정신이 번쩍 들 정도로 오토와가 미노루의 뺨을 세게 때렸다. 그것을 신호로 미노루는 오토와를 껴안았다. 오토와가 저항했다. 진심인 것 같았다. 그대로 두 사람은 갈대밭에 쓰러졌다. 오토와의 손이 미노루의 얼굴을 눌렀다. 오토와를 끌어안으며 미노루는 몇 번이고 얼굴을 맞았다. 따끔따끔한 통증이 뼈를 떨게 하고는 머리끝으로 달려가 성욕에 불을 붙였다.

두 사람은 뒤엉켜 있었다. 미노루가 오토와의 옷을 벗겼다. 단단히 조인 오비 때문에 몸이 완전히 드러나지는 않았지만 풀어헤쳐진 기모노와 흐트러진 머리카락이 미노루를 더욱 부추겼다. 그러는 동안 서서히 오토와가 미노루를 받아들여 두 사람은 처음으로 하나가 되었다.

"오토와, 사랑해. 오래전부터 좋아했어!"

미노루가 감정을 주체하지 못하며 오토와의 이름을 불렀다.

"그래, 그걸로 됐어."

오토와가 놀라울 정도로 냉정하게 대답했다. 짧은 순간의 행복이었다. 오토와가 재빨리 미노루에게 허리를 떼고는 바닥에 앉아 발기되어 젖은 미노루의 성기를 손으로 잡았다. 그러고는 갑자기 거칠게 손을 움직였기 때문에 미노루는 머릿속이 하얗게 흐려지며 순식간에 절정에 이르렀다. 오토와가 입을 벌린 채 의식이 몽롱해진 미노루를 품에 안았다. 몇 번이고 가슴에 꼭 안았다.

"알았지? 내가 결혼한 다음에도 날 잊으면 안 돼."

오토와가 비단결처럼 부드럽게 속삭였다.

"무슨 일이 있어도 잊으면 안 돼."

"잊지 않아."

"언제까지나 날 좋아할 수 있지?"

그 목소리가 미노루의 귓속에 새겨졌다. 그리고 평생 미노루의 기억에서 떠나지 않았다.

14

그 후로 얼마 지나지 않아 오토와는 구마모토로 시집을 갔다. 마도위의 딸이 구마모토에서도 유수한 지주의 장남에게 시집을 간다는 이야기가 섬 전체에 퍼졌다. 두 사람이 만나게 된 계기는 미노루의 귀까지는 전해지지 않았지만, 나중에 오오카와초의 축제에서 만난 것이 인연이었다고 들었다. 신분이 다른 두 사람의 결혼이라 앞으로 힘들겠네, 하고 사람들이 숙덕거렸다.

많은 사람들이 그녀를 배웅하러 부둣가에 모였고, 오토와는 군인이 홍백의 천을 두른 배를 타고 왔을 때처럼 화려한 이별을 연출하며 섬을 떠났다. 섬에서는 한 번도 본 적 없는 화려한 기모노를 입고 있었다. 그러나 오토와의 얼굴에 번진 눈물이 미노루에게는 슬프게만 보였다.

오토와가 옹관묘에 실려 섬으로 돌아온 것은 그로부터 겨우 3년이 지난, 연호가 메이지(1868~1912)에서 타이쇼(1912)로 바뀐 해 가을이었다. 사고사라고 했지만 섬사람들은 아무도 그것을 믿지 않았다.

미노루는 열네 살이 되어 있었다. 오토와의 이른 죽음에 섬 전체가 어둡고 무겁게 가라앉아 있었다. 장례가 치러지는 동안 미노루는 꼼짝 않고 불단의 위패를 노려보았다. 오토와의 부모는 섬의 오랜 전통에 따라 오토와가 다시 태어날 것을 믿으며 화장이 아닌 옛날 방식 그대로 토장을 했다. 옹관 속에 오토와가 잠들어 있는데, 미노루는 달려가 매달릴 수 없었다. 슬픔에 젖은 어른들이 옹관을 땅에 묻었다. 관 위에 흙을 덮자 여기저기서 울음소리가 들렸지만 미노루는 울 수 없었다. 오토와의 시체나 뼈를 보지 않은 이상 그 죽음을 믿을 수 없었다. 그녀의 달콤한 향기와 존재의 감촉이 미노루에게는 생생하게 남아 있었다. 그것들을 지키기 위해서라도 미노루는 죽음을 인정할 수 없었다.

이 지방에서는 토장을 할 경우 소복하게 쌓아올린 흙 위에 나무로 된 묘비와 평평한 돌을 놓는 풍습이 있었다. 변변치 못한 석관에 오토와의 이름이 새겨졌다.

미노루는 한밤중에 몰래 집을 빠져나왔다. 오토와의 봉긋한 묘가 마치 땅으로 꺼질 듯이 싸늘했다. 묘비와 석판만이 달빛에 어렴풋이 떠올라 새 무덤임을 알렸다. 미노루가 석판을 껴안았다. 이게 죽음이란 말인가. 차갑고 딱딱한 석판이 미노루를 거부했다. 미노루가 처음으로 눈물을 흘렸다.

작은 소리로 오토와의 이름을 불러보았다. 대답이 없었다. 무덤 밑에 그녀의 시체가 있다고 상상해보았지만 실감이 나지 않았다. 기요미 집 헛간에서 본 소녀의 시체를 떠올렸다. 시체는 썩어간다. 시체는 분해되고 만다. 세포를 이어주던 보이지 않은 자력이 죽음과 동시에 빠져나가 육체를 무너뜨리는 것이다. 그 자력이 혼일지도 모른다고 미노루는 생각했다. 남은 자들이 그녀를 땅에 묻은 것도 그 자력이 오토와에게 다시 돌아오기를 바라기 때문이다.

미노루가 표석을 만져보았다. 온기라고는 전혀 느낄 수 없이 싸늘했다. 이것이 죽음이란 거다, 하고 미노루가 스스로에게 말했다.

"오토와!"

소리 내어 이름을 부르자 감정이 복받쳐 눈물이 볼을 타고 흘러 손등을 적셨다. 미노루는 아직 온기를 간직한 자신의 눈물을 바라보았다. 그것은 분명 지금 자신이 흘린 눈물의 파편이다. 오토와는 이제 더 이상 눈물을 흘릴 수 없게 되었다.

미노루가 무덤 위에 엎드려 눈물에 젖은 볼을 비벼댔다. 묘석보다는 부드러웠지만 역시 싸늘하게 생을 거절했다. 미노루가 오토와의 묘를 얼싸안았다. 배를 대고 엎드려 양 팔을 뻗었다. 볼을 흙에 대고 귀를 기울였다. 이제 이 세상에 오토와의 혼이 존재하지 않는다 생각하자 가슴이 무너져내리는 것 같았다. 자신의 삶을 지탱해주던 존재의 상실을 미노루는 어떻게 받아들여야 할지 몰랐다. 이제 다시는 만날 수 없다, 하고 소리 내어 말해보았다. 오토와를 만날 수 없을 거라는 생각은 해본 적이 없었다. 서로 떨어져 있어도 언젠가는 만날 수 있을 것 같았다. 아무리 멀어도 만나고자 하는 마음만 있으면 언젠가는 만날 수 있는 것이 생이었다.

"오토와!"

육체는 이미 부패하기 시작했을 것이다. 그 단정하고 아리따운 얼굴과 균형 잡힌 아름다운 몸매도 이제는 땅 속에서 썩어 무너져가고 있을 것이다. 강에서 떠오른 소녀보다도 더 추하고 비참하게 변해버렸을까, 미노루는 오열했다.

끊임없이 흐르는 미노루의 눈물이 오토와의 묘를 적셨다.

"오토와."

영원토록 대답이 돌아오지 않을 것이란 현실을 미노루는
이해할 수 없었다. 오토와의 본질은 어디로 간 것일까 생각
해보았다. 오토와를 이루고 있던, 존재를 구성하고 있던 근
본은 어디로 간 것일까. 오토와의 본질이 사라졌다는 생각은
들지 않았다. 정말로 모든 것이 사라져버렸다면 미노루를 이
토록 혼란스럽게 하지는 않을 것이다. 흐르는 눈물은 삶에서
죽음으로의 육체적인 이별을 아쉬워하는 것이다. 오토와의
존재의 본질은 어딘가로 비상해 그대로 보존되어 있을 터이
다. 그렇지 않고서야 자신이 이런 생각을 할 수가 없을 것이
다. 정말로 사라진 것이라면 내 기억에서도 그 존재가 사라
져야 하는 것이 아닐까. 미노루가 울며 고개를 들었다. 하늘
에는 보름달이 떠 있었다. 순간 있어야 할 곳에 있어야 할 것
이 있다는 사실이 구원처럼 느껴졌다.

"오토와."

미노루가 다시 한 번 오토와의 이름을 불렀다. 죽은 이의
몸은 썩어 문드러져도 죽은 이에 대한 기억이 아직 살아 있는
자 안에 남아 있다. 즉 오토와는 자신 안에서 지금도 존재한
다는 사실을 미노루는 깨달았다. 자신이 존재하는 한, 그 삶

이 사라지는 법은 없을 것이다.

자신이 살아 있는 한 오토와에 대한 기억을 결코 퇴색시키지 않으리라 맹세하며 미노루는 묘비에 입 맞추었다.

제3장

1

사라예보에서의 오스트리아 황태자 암살사건을 계기로 1914년 제1차세계대전이 발발, 같은 해 8월에는 일본도 독일에 선전포고를 했다. 열여섯이 된 미노루는 이따금 오오타쿠마 청년들과 벌이는 싸움에 불려나가는 일 외에는 착실하게 아버지의 일을 배우며 도회지로 떠난 형들 대신 에구치 공작소의 가업을 이었다.

세계는 더욱 거친 역사의 소용돌이 속으로 빨려 들어가고 있었지만 미노루의 역사는 여전히 어지러운 바깥세상과 담을 쌓고 강으로만 흘러가고 있었다. 매주 구루베나 사세보에서 반입되는 총기들만이 바깥세상과 섬을 이어주는 유일한 가교였다. 미노루는 아버지와 함께 고장 난 총을 수리해 다시 전쟁터로 보내는 날들을 되풀이하고 있었다. 구부러진 총신과 부러진 안전장치, 닳은 개머리판이나 부서진 총대 등과 무언의 대화를 나누는 날들이었다. 수리를 마친 총이 어디에서 누구를 살상하는지, 미노루는 그 아픔과 슬픔에 대해 진지하게 생각하지 않았다.

성장한 누에와 나룻배에서 우연히 마주쳤다. 까무잡잡한 얼굴이 기억에 남아 있었다. 그리고 여느 때와 같이 기억이 멈춰 선 듯한 기시감이 아니라, 언제까지고 사라지지 않는 분명한 기억이 반복되었다. 어린 시절에 하야토가 오줌을 질렀던 오오타쿠마의 까무잡잡한 소녀, 혹은 소꿉장난 때 미노루의 신부가 되었던 아버지 친구의 딸 누에이다. 누에는 여전히 말랐지만 여성스럽고 부드러운 곡선을 지녔고 죽은 오토와 같은 세련됨과는 거리가 먼 청초한 여성으로 성장해 있었다. 가스리 기모노의 타진 곳을 능숙하게 수선해 넉넉하지는 않으나 궁색해 보이는 분위기는 아니었다.

진흙탕에 웅크리고 앉아 있던 기억 속의 초라한 소녀의 모습은 없었다. 오히려 여인이 되어가는 누에의 부드러운 목덜미에 시선을 옮기자, 미노루는 욕망이라고는 하기 어려우나 감정이 일렁이는 것을 느낄 수 있었다. 선착장을 떠나려는 배가 크게 흔들렸기 때문에 몸의 균형을 잡으려던 누에가 뒤를 돌아보다 미노루를 발견했다.

"오오노지마의 미노루 씨죠?"

미노루가 고개를 끄덕였다. 누에가 작게 고개를 숙여 인사를 하고는 쑥스러운 듯 시선을 떨어뜨렸다. 장래 신부가 될 여성과의 새로운 인연이 시작되었으나 미노루의 머릿속에는 하야토가 지르는 오줌을 맞던 어렸을 적의 누에 얼굴이 자꾸만 떠올라 얼굴을 붉히고 말았다.

누에는 오토와와 달리 얌전하고 조용한 여자였다.

오오타쿠마에 있는 그녀의 집까지 미노루가 배웅을 했다. 미노루가 처음으로 이성에게 보인 신사적인 행동이었다. 어떻게 그럴 수 있었는지 미노루 자신도 놀라웠다. 바래다줄까? 하는 말이 자기도 모르게 튀어나왔고, 누에 또한 망설이지 않고, 네, 하고 대답했다.

아무 말 없이 나란히 걸으면서도 미노루는 자신의 행동의

진의를 알 수 없어 당혹스러웠다. 그리고 누군가, 그러니까 하야토 같은 애들에게 들키지 않을까 가슴이 조마조마했다.

"아까 나룻배에서 눈이 마주쳤을 때, 전에도 어디선가 같은 장면을 본 적이 있는 것 같았어요. 그런 일이 자주 있거든요."

갈대밭이 가까워질 무렵 누에가 혼잣말처럼 문득 중얼거렸다.

"그런 일?"

놀란 미노루가 물었다.

"네, 어디선가 봤는데 기억이 안 나는 광경 같은 거요."

나도 그런데, 미노루가 자기도 모르게 몸을 앞으로 내밀며 말했다.

"어렸을 때부터 자주 그런 느낌, 느낌이라고밖에 할 수가 없는데 말로는 제대로 설명할 수가 없어. 어디서였더라, 하는 그리운 마음이라고나 할까."

미노루가 누에에게 어려서부터 계속되어온 기시감에 대해 설명했다. 그런 현상을 일컫는 단어가 있다는 것을 알 턱이 없어, 기억에 없는 과거가 되살아나는 감각이라 설명했다.

"형들이나 친구들한테 물어봐도 그런 경험이 없다는 사람도 있고, 더러 있다는 사람도 있었어. 하지만 나처럼 자주 그런 경험을 하는 사람은 없었지. 무슨 병은 아닌가 싶어 마음에 걸린 적도 있었고."

미노루가 숨 가쁘게 이야기를 마치자 빤히 바라보고 있던 누에가 모든 것을 알겠다는 표정으로 고개를 끄덕였다.

"나도 그래요."

왠지 그 한마디에 미노루는 크게 안심이 되고 차분해졌다. 오랫동안 마음속에 자리 잡고 있던 정체를 알 수 없는 불안이 어디론가 스르륵 멀리 사라져버린 것처럼 상쾌했다. 나도 그래요, 하는 누에의 목소리가 미노루를 감쌌다.

잠시 아무 말 없이 걷다 누에가 다시 입을 열었다.

"미노루는 혼이란 걸 믿어요?"

미노루가 눈썹을 치켜세우고 고개를 갸우뚱했다.

"윤회라고 알지요?"

"윤회?"

"오오타쿠마의 스님한테 들은 적이 있어요. 윤회는 사람이 죽어도 혼은 그대로 살아 다른 사람 몸에 깃드는 거래요."

"나도 들은 적이 있어."

"육체는 사라져도 혼은 영원히 죽지 않고 차례차례 다른 사람 몸으로 들어가는 거지요."

미노루가 그렇군, 하고 고개를 끄덕였다.

"그러니까 내 몸에 깃들기 전에 다른 몸에서 경험한 것을 혼이 기억하고 있다면 그런 일이 일어나도 신기할 건 없겠죠?"

혼의 기억이라. 미노루는 예전에 아버지 나가시로가 했던 전생의 기억이란 말을 떠올렸다.

"그렇담 난 전생에 누군가 다른 사람이었던 것이 되네. 그것도 이 부근에 살던."

"맞아요, 그것도 한 사람이 아니죠. 몇 대에 걸쳐 살았다면 꽤 옛날 사람의 기억도 있지 않을까요? 그리고 장소도 이동하는 게 아닐까요? 처음 간 곳인데 그런 감각이 일어나는 건 아마 그런 이유에서일 거예요."

"혼은 살아 있다는 얘기네. 어쩐지 그런 것 같군……."

"난 혼이란 살아 있는 것이라고 생각해요. 혼이 살아 차례차례 여러 인생을 경험하면서 강하고 영리하고 훌륭해지는 것이 아닐까 하고요."

누에 집에 다다르기까지 미노루는 줄곧 기시감을 느꼈다. 누에라는 여성이 자기 곁에서 걷고 있었다는 확실한 기억. 예전에 어디선가 경험한 분명한 감각에 크게 당황하면서도 혼이라는 기이하고도 묘한 또 하나의 자신을 바라보려고 미노루는 손바닥을 펴 그 한가운데를 응시했다.

2

데츠조는 사공이 되기 위해 아버지의 나룻배를 타고 보조 노를 젓고 있었다. 엔진이 달린 배가 등장한 것은 제2차세계 대전이 끝난 뒤였기 때문에 아직 나룻배는 노를 저어 강을 건 넜다. 데츠조 아버지가 노를 젓고 데츠조는 옆면에 설치된 보조 노를 움직이며 배가 흘러가지 않게 했다.

홍수가 날 때마다 강이 범람했기 때문에 강줄기가 막히지 않도록 1913년에는 섬사람들이 '친쇼'라 부르는 타원형으로 돌을 쌓은 도수제가 독일인의 설계로 강 한가운데 세워졌다. 도수제는 강을 두 갈래로 나누는 둑으로 강이 곡선을 그리는 곳에 수백 미터에 걸쳐 설치되어 수류를 조절했다. 선착장 주변에는 배가 드나들 수 있는 뱃길이 나 있어 나룻배는 그 곳을 지나 반대편 선착장을 오갔다.

데츠조는 아침 5시부터 밤 9시까지 계속되는 이 일을 달가 워하지 않았다. 미노루를 보면 곧잘 불평을 늘어놓았다.

"난 이딴 일로 평생을 보낼 생각이 없다."

데츠조의 체구는 작았지만 노를 젓는 팔 근육은 발달되어 있었다. 커다란 안경 너머의 작은 눈을 흠칫흠칫 불안하게 굴렸다.

"미노루, 난 평생을 이런 단순한 일을 하며 끝낼 생각이 없다고. 난 말이다, 이런 작은 섬에서 나룻배나 젓는 인생은 싫다. 내 꿈은 외국으로 나가 세계를 무대로 일하는 거야. 머지 않아 반드시 이곳을 빠져나가 성공해 보일 테다."

흥분하면 '나는'을 연발하는 것이 데츠조의 버릇이었지만, 그가 섬을 떠날 용기가 없다는 것은 미노루도 잘 알고 있었다.

"난 말이지, 미국으로 이민 갈 거다."

"미국? 어째서?"

"미국은 자유의 나라니까."

미노루가 훗, 하고 웃자 데츠조가 왜 웃냐! 하고 소리쳤다.

"어이, 데츠! 쓸데없는 농담하고 있을 때가 아니야. 배가 흘러가잖아!"

뒤에서 아버지의 호통이 날아오자 데츠조가 커다란 안경을 손등으로 올리며 쳇, 하고 혀를 찼다. 그러고는 아버지의 눈치를 보며 작은 소리로 넌 평생 철포장이로 만족하냐? 하고

물었다. 미노루가 배 가장자리에 팔꿈치를 얹고 한동안 강
물을 바라보았다. 형 이시타로보다 이제는 자기가 더 나이를
먹었다는 사실이 신기했다. 이시타로의 시간은 그때 멈추어
버렸을까. 성장한 형을 알 턱이 없으나, 형은 미노루의 마음
속에서 함께 성장해 미노루가 떠올리는 형은 신기하게도 늘
자신보다 위였다.

"난 철포를 만지는 것이 좋다. 그리고 이 섬에서 사는 걸로
만족해. 너희들처럼 바깥만 바라봐도 끝이 없고."

"참말이지 꿈이 없는 사내네. 섬에서 사는 걸로 만족한다
고? 생각이 기요미 수준이구면."

데츠조가 웃었다. 자신 없어 보이는 나약한 웃음이었다.

"꿈 같은 건 있냐?"

배가 신답 선착장에 이르자 데츠조가 물었다. 남자 승객들
이 팔을 뻗어 배를 선착장에 붙일 수 있게 도왔다. 미노루가
제일 먼저 배에서 내렸다.

"꿈 말이냐? 내 꿈은 일본이 전쟁에서 이길 수 있는 엄청난
총을 만드는 거다."

발밑이 진흙으로 미끄러웠다. 미노루가 게처럼 발을 위아
래로 움직이며 선착장을 걸어갔다. 데츠조의 소리가 등 뒤를

따라왔다.

"알겠냐? 난 언제까지나 지금의 내가 아니라고!"

미노루는 뒤돌아보지 않고 머리 위로 팔을 높이 들어 대답을 대신했다.

3

누에와 만나는 일이 늘었다. 늘 오토와가 마음에 무겁게 내려앉아 있었지만 누에와 나누는 대화가 미노루의 유일한 위안이었다. 자기 세계를 인정해준 것 같아 안도가 되었다. 대화가 없을 때에도 함께 있는 것만으로도 위로가 되었다. 오토와처럼 애가 타고 가슴 먹먹해지는 사랑은 아니었다. 이런 마음의 동요를 사랑이라 불러도 되는지는 알 수 없었다.

저녁 무렵 일이 끝나면 오오타쿠마 강가에서 그녀를 만났다. 나란히 앉아 이런저런 이야기를 나누었다. 누에는 응, 응, 하고 고개를 끄덕이며 미노루의 이야기에 귀를 기울였다. 누군가에게 자신의 내면에 대한 이야기를 한 것은 누에가 처음이었다. 그녀와 함께 있으면 자신의 존재감을 분명히 느낄 수 있었다.

날이 저물면 하늘에 별이 총총히 떴다. 가만히 그 별빛을
바라보았다.

"이렇게 별을 보는 게 좋아요."

누에의 목소리가 바람소리와 하나가 되어 부드럽게 퍼졌다.

"어딘가에 나랑 비슷한 생각을 가진 사람이 살고 있지 않
을까. 마음속으로 그런 생각들을 하는 게 좋아요. 그 사람에
게도 가족이 있고 좋아하는 사람이 있겠지, 하는 생각을 하면
왠지 가슴이 찡해져요."

미노루가 고개를 끄덕이며 누에의 손을 살짝 잡았다. 버석
버석한 피부와 그 밑의 가늘고 오독오독한 뼈의 감촉이 작은
짐승의 것처럼 약하게 전해졌다.

"사람은 왜 태어나는 걸까요?"

누에가 미노루의 손을 잡았다.

"왜일까?"

미노루가 작은 소리로 되받았다. 그리고 한동안 서로 말이
없었다. 미노루의 감정은 차분했다. 뜨거운 연모에 사로잡히
지는 않았다. 부드럽게 감싸 안긴 듯 포근했다. 누에라는 여
자가 지닌 성품 때문일 것이다. 늘 함께 있을 수 있다면, 하고

미노루는 바랐다. 이게 사랑일까, 하고 자신에게 물어보자 문득 웃음이 났다. 어디가 좋은 걸까. 곁에 있는 누에의 얼굴을 바라보았다. 가족을 보고 있는 듯한 애틋한 마음에 자기도 모르게 한숨이 새어 나왔다.

4

청년단집회에는 하야토와 기요미도 얼굴을 내밀었다. 소학교를 졸업한 후에는 함께 몰려다니는 일도 드물어졌다. 집 안일에 쫓겨 어렸을 때처럼 어울려 다닐 수 없게 된 것이다. 그래도 넷이 모이면 금방 예전처럼 화기애애했다. 더 이상 기요미를 괴롭히지 않았지만 입장은 변함없었고, 더욱 거칠어진 하야토가 기분에 따라 어깨를 툭툭 건드리거나 다리를 걸어 넘어뜨리기도 했다.

"아, 아야! 뭐하는 거야!"

기요미가 하얀 볼을 붉히며 불평을 늘어놓았다. 하야토는 기요미의 눈을 한참 들여다보다 짜증이 나서 그런다, 왜? 하고 으름장을 놓기도 했다. 데츠조는 입가에 미소를 띠고 바라볼 뿐, 예전처럼 하야토를 거들지는 않았다. 미노루는 여전히 말리지도 부추기지도 않았다. 그래도 네 사람의 관계가 나빠지는 일은 없었고, 기요미와 하야토는 금방 형제처럼 장난을 치곤 했다.

청년단집회에서는 섬의 심각한 경제상황에 대한 선배들의 졸린 설교가 이어졌다. 젊은 세대들이 어떻게든 섬을 지켜내야 한다는 매번 똑같은 구호로 마무리되었다. 집회가 끝나고 돌아가는 길에 네 사람은 하야토가 가지고 온 술을 돌려 마시며 분위기를 띄웠다. 하야토가 일을 하면 세상이 조금은 재미있어질 줄 알았는데 전혀 아니라며 혀를 찼다. 사위는 이미 어둑해졌고 네 사람은 집을 향해 현 경계에 난 길을 걷고 있었다.

"그러고 보니 어렸을 때 오오타쿠마에 싸움을 하러 간 적이 있었지."

데츠조가 갑자기 생각 난 듯 이야기를 꺼내자, 하야토가 그래, 그래 하고 눈을 반짝였다.

"그랬지. 그런데 새까만 계집애가 나타났잖아."

미노루를 제외한 세 사람이 웃었다. 미노루가 그들에게서 시선을 돌려 고개를 떨어뜨렸다.

"이 녀석이 그 계집애한테 소변을 질렀었지."

데츠조가 하야토의 어깨를 쿡쿡 찔렀다.

"기요미가 우물쭈물하니까 내가 사내다움을 보여준 거라고."

하야토가 자랑스럽게 말했다. 친구들이 웃어대는 것을 더이상 참지 못한 미노루가 취기도 올라 다짜고짜 하야토의 멱살을 움켜쥐었다. 하야토가 놀라면서도 장난이라 생각하다 미노루의 주먹이 얼굴을 강타하자 농담이 아닌 것을 알았다.

"야, 왜 이래!"

바닥에 나동그라진 하야토가 얼굴을 감싸며 어리둥절하고 있는데 갑자기 어둠 속에서 네 사람을 향해 돌팔매가 날아왔다. 동시에 어디랄 것도 없이 괴성을 지르며 달려드는 이들이 있었다. 넷은 순간 오오타쿠마 녀석들에게 포위당한 것을 알고 방어태세를 취했다. 여기저기서 대나무를 휘두르며 청년들이 뛰쳐나왔다. 싸움은 저녁 무렵에 하는 것이 하나의 룰처럼 정해져 있었기 때문에 그날은 긴장의 끈을 놓고 있었던 것이다. 대나무가 휘어지며 가차 없이 네 사람을 내려쳤다. 어떻게든 저항해보려 했지만 피해를 최소화하는 것이 급선무라 판단하고, 팔로 머리와 얼굴을 막는 데 급급했다. 바닥에 쓰러진 미노루는 상대가 스무 명은 족히 된다는 것을 확인했다. 비겁한 새끼들! 하고 하야토가 소리쳤지만 그 소리도 이윽고 잦아들고 의식은 점점 멀어졌다. 정신이 들었을 때는 네 사람 모두 길바닥에 쓰러져 있었다.

미노루는 밤하늘의 별을 바라보며 누에를 떠올렸다. 치밀어오르는 화를 가까스로 누르자, 그 다음은 투명한 감정의 바람을 느낄 수 있었다. 통증은 자신이 살아 있음을 느끼게 해주었다. 얻어맞은 곳이 자신의 몸이 아닌 다른 짐승의 것처럼 콸콸 피를 온몸으로 보냈다. 죽으면 어디로 가는 걸까. 불안과는 다른 의문이 밀려왔다. 등 뒤로 어둠의 대지를 느끼며 자신이 이 순간 이 지상에 존재한다는 것이 신기했다. 눈을 감자 땅속 깊은 곳에서 총성이 들렸다. 포탄이 작렬하며 땅이 뒤흔들리는 소리도 들렸다. 더 깊은 곳에서는 필사적으로 도망치는 사람들의 아우성이 들렸다. 총성이 점점 커지며 고막을 때렸다. 미노루는 다시 어둡고 끝없는 기억 속으로 떨어져 갔다.

5

4년 후 미노루는 시베리아 벌판에 서 있었다. 눈 덮인 극한의 대지가 사방에서 미노루를 압도했고, 움켜쥔 총만이 자신의 존재를 그곳에 머물러 있게 하는 버팀목이었다. 난생처음 경험하는 추위는 소비에트 적군의 공격보다 미노루의 육체를 난도질하듯 서서히 몰아세웠다.

눈보라가 일면 시야는 더욱 좁아졌고 날아오는 눈덩이에 눈을 제대로 뜰 수가 없었으며, 속눈썹과 콧구멍 깊숙한 곳까지 얼어붙어 정신마저 불안정하게 만들었다. 긴장을 늦출 수도 없었지만 그렇다고 언제 들이닥칠지 모르는 적을 그저 멍하니 기다리기에 이 황량한 세상은 허무 그 자체처럼 그저 넓기만 했다.

징병으로 동경하던 군인이 된 미노루는 국내에서 몇 달간 병역근무를 마친 뒤 1919년 8월 정부의 시베리아 출병선언에 동원된 7만 3천 명 중 하나가 되어 바다를 건넜다. 일본은 영불을 중심으로 한 연합국의 협정을 무시하고 반혁명군을 지원함으로써 시베리아 동부를 일본의 세력범위에 두려 획책하고, 바이칼 호 동부 각지의 소비에트혁명에 간섭하기 시작했다. 미노루의 중대도 같은 해 11월에 시베리아 거류민 보호라는 명목으로 동시베리아의 포와라노이스크라는 마을에 주둔했다. 인구 2천 명도 안 되는 마을은 자원이라 할 만한 것도 없어 그곳을 방위해야 하는 이유조차 분명치 않은 변방의 땅이었다. 임시로 마련된 막사는 예전에 워커를 보관하던 낡은 목조건물 창고로 아무리 난로를 때도 스며드는 바람을 어쩌지 못했다.

본대는 그곳에서 5킬로미터 정도 남쪽에 떨어져 있는 브에로야르스크에 주둔해 있고 미노루가 배속된 대대는 주위를 정탐하기 위해 배치된 것이었다. 언제 들이닥칠지 모르는 보이지 않는 적 때문에 밤낮을 가리지 않고 교대로 보초를 섰지만, 추위와 졸음과 정체를 알 수 없는 적에 대한 두려움으로 예민해질 대로 예민해진 신경은 쉴 틈이 없었다.

미노루를 포함한 네다섯 명이 막사에서 조금 떨어진 참호에 있었다. 미노루는 회백색으로 뒤덮인 시야를 노려보았다. 규슈 밖을 나가본 적 없는 미노루에게 이곳은 처음으로 경험하는 바깥세상인 동시에 삶과 죽음의 경계였다.

여기서는 죽고 싶지 않다는 것이 병사들의 입버릇이었다. 이렇게 적막하고 쓸쓸한 광경은 자신이 자란 일본의 풍토와 너무도 달랐다. 아무리 조국을 위해서라고는 하나 이런 곳에서 목숨을 잃는 것은 가혹한 일이었다.

미노루는 어떤 기척을 느낄 때마다 눈보라를 향해 몇 번이고 38구경을 겨냥했다. 하지만 그것은 눈의 무게를 이기지 못하고 부러지는 나뭇가지이거나 거친 눈보라 혹은 은밀히 서식하고 있는 북국의 작은 짐승들이 먹이를 찾아다니는 것이었다.

언젠가 눈 속에서 나무를 짊어지고 가는 부부와 맞닥뜨린 적이 있었다. 그들의 조용한 등장에 미노루는 자신도 모르게 총을 겨냥했지만 러시아인 부부는 총을 두려워하지도 비굴한 모습을 보이지 않고 똑바로 미노루를 바라보았다. 움푹 팬 깊은 눈동자의 이질적인 시선에 자신들의 행동이 잘못된 것은 아닐까 하는 미노루의 회의가 깊어졌다. 국내 여론도 이번 출병에는 평소의 들뜬 반응과 달리 냉담했다.

"좋아하는 사람은 있나?"

같이 참호에 있던 이가 물었다. 나가사키에서 온 농가의 장남이었다. 거센 바람에 눈발이 날려 겨우 몇 미터 떨어진 곳에 서 있는 남자의 모습은 보이지 않고 목소리만 들렸다. 한참을 바라보자 참호 안쪽에 어렴풋이 남자의 등이 보였다. 이렇게 말이라도 건네지 않으면 우주 한가운데에 혼자 버려진 것 같이 고독했다.

미노루가 기억 저편에서 반짝이는 것을 보았다. 남자와 이야기를 나누면서도 어긋난 의식의 틈에서 또 다른 뭔가가 깜빡이고 있었다. 빛이 미노루를 감싸고 감정의 밑바닥에서 슬픔이 배어 나왔다. 당황한 미노루가 눈에 힘을 주고 다시 남자를 응시했다. 하지만 여전히 시야를 지배하는 것은 눈보라뿐이었다.

"아니, 애인이라고 할 정도는 아니니까."

미노루가 누에를 떠올렸다. 매일 밤 얼음장처럼 차가운 이부자리에 들면 꿈속에 그녀가 나타났다. 까무잡잡한 얼굴에 기다란 눈초리의 눈동자를 반짝이며 다소곳이 미노루의 마음을 흔들었다. 고막이 아파왔다. 각막에도 격렬한 통증이 스쳤다.

"대답해봐, 그 여자랑 결혼할 생각이지?"

눈보라 저편에서 남자가 물었다. 그건 아직 몰라, 하고 미노루가 서둘러 고개를 저은 순간, 바로 눈앞의 깊이 없는 시야가 빛을 쏟아냈다. 섬광 속에 몸을 담근 것처럼 미노루는 빛의 한가운데에 있었다. 위세를 더해가는 두려운 빛을 미노루가 이번에는 현실로 체험하고 있는 것이다. 몸을 감쌀 틈

도 없이 일대에 폭발음이 울리고 이어지는 파풍에 미노루가
그대로 뒤로 나가떨어졌다. 같은 규슈 출신의 남자가 미노루
발밑으로 날아와 쓰러졌다. 얼굴을 가린 양손은 이미 선명한
피로 물들어 있었다. 여기저기서 포성이 울리기 시작했지만
미노루는 갑작스런 사태에 어찌할 바를 모르고 총을 든 채 그
저 쓰러진 남자를 내려다보고 있었다.

6

　미노루는 처음 경험한 전투의 공포 때문에 단 한 발의 38구
경도 쏠 수가 없었다. 쓰러진 전우를 구하지도 못했을 뿐 아
니라, 막사에서 튀어나온 다른 소대원이 그 자리에 선 채로
굳어 있는 미노루를 참호로 끌고 갈 때까지 몸을 움직일 수도
없었다.
　전우는 다행히 목숨을 부지했으나 얼굴 전체를 붕대로 감
는 중상을 입어 최전선에서 본국으로 송환되었다. 자기 앞에
서 쓰러진 전우의 모습이 언제까지고 미노루의 머릿속에서
떠나지 않았다. 마치 자기 때문에 그가 부상을 입은 것 같은

죄책감에 시달리며 말수가 적은 미노루의 입은 더욱 무거워져 홀로 괴로워했다.

다음날부터 나무꾼으로 가장한 적군을 격멸시키는 작전이 개시되어 미노루의 조를 포함한 몇 소대가 그 근원지라 여겨지는 숲을 포위하게 되었다. 숲을 포위한다고는 하나 어디에 숲이 있는지조차 알 수 없을 정도로 시야가 막힌 곳을 러시아어로 된 낡은 지도에 의지해 어림짐작으로 포위하는 무모한 작전이었다. 끊임없이 불어대는 눈보라 속을 무모한 작전을 수행하기 위해 모두가 가는 눈을 뜨고 입을 꾹 다물고 나아갈 수밖에 없었다.

군복 위에 두터운 외투를 걸쳤으나 도저히 방한복이라 할 수 없었다. 극한의 땅을 견딜 수 있는 방한복이 아직 마련되지 않은 상태여서 피복공장 기술원이 현지에서 갖은 방법으로 조달한 잠정적인 것이었다. 방한복이라고는 하나 안쪽에 산양털을 댄 갈색 면 외투에 불과했다. 얼어붙을 것 같은 발에도 목면양말 위에 털로 된 덧버선을 신었을 뿐이다.

추위는 가장 두려운 적이었다. 사병들의 몸을 시시각각 얼어붙게 하고 번번이 사고를 정지시켰다. 그곳에는 참호도 막사도 없었다. 눈으로 덮인 풍경만이 한없이 펼쳐져 있을 뿐이었다. 눈보라가 일면 소대는 커다란 나무 밑동에 몸을 붙이고 바람이 잠잠해지기를 기다려야 했다.

미노루는 누에를 생각하며 추위를 잊으려 했다. 볼은 이미 감각을 잃었고 의식은 더더욱 육체 깊숙한 곳으로 추락해갔다. 누에! 하고 마음속으로 부르는 것만이 자신이 아직 살아 있음을 확인하는 길이었다.

총을 등에 진 소대가 눈을 헤치며 앞으로 나아갔다. 길이 아닌 길을 오로지 보이지 않는 목표물을 향해 일렬로 나아갈 뿐이었다. 언제 어디서 저격을 당해도 이상할 것 없는 어리석은 진군이었지만, 미노루에게 허락된 것은 오로지 앞으로 나아가는 것뿐이었다.

군화 속까지 눈이 스며들어 발은 동상에 걸리기 직전이었다. 털장갑 위에 토끼털로 된 커다란 장갑을 꼈지만 손이 얼어 총을 잡을 수 없을 지경이었고, 손가락 끝을 움직일 수도 없었다.

부대는 38구경 탄약 120발을 항시 소지하고 있어야 해서 방한복장과 합하면 그 무게는 수십 킬로그램에 달했다. 또 심지까지 얼어붙은 몸으로 내딛는 발은 거대한 철갑 신을 신은 것처럼 무겁고 힘겨웠다.

7

숲 속을 얼마나 진군한 것일까. 아득히 먼 곳에서 총격전이 벌어지고 있는 듯한 총성이 바람에 실려 왔다. 대원 전원이 엉거주춤한 자세로 사방으로 귀를 기울였다. 숲 저편에서 다른 소대가 적군과 격전을 벌이고 있음에 틀림없었다. 하지만 눈보라에 실려 들려오는 총성으로는 그 방향을 짐작할 수가 없었다. 시간만이 허무하게 흘러갔다.

"어디야!"

초조한 소대장이 소리쳤다. 소대원들이 몇 번이고 쓰개처럼 생긴 방한모의 귀마개를 올리고 귀를 기울이다 결국은 고개를 저었을 뿐이다. 몇몇 대원은 저쪽입니다, 하고 각각 다른 방향을 가리켰다. 소대장이 일어나 눈 속을 이리저리 뛰어다니며 전투가 벌어지고 있는 곳을 찾으려 혈안이 되어 있었다.

눈보라가 잠시 그친 틈을 타고 방향을 분명히 확인할 수 있는 총성이 다시 울렸다. 그곳에서 벌어지고 있을 전투를 상상하자 모두 몸이 빳빳하게 굳었다.

"알았어, 저쪽이다. 서둘러!"

소대장이 용감하게 구호를 외치며 일어서더니 눈 덮인 언덕길을 뛰어 올라가기 시작했다. 미노루에게 들리는 것은 자신의 호흡소리뿐이었다. 오오타쿠마 청년들에게 습격을 당했던 현 경계도로와 이곳은 전혀 다른 세상이었다.

앞서가는 사병의 발밑을 잃지 않도록 열심히 쫓아갔다. 다시 총성이 메아리쳤다. 그러나 그 횟수는 점점 줄어들어 현장에 도착했을 무렵에는 더이상 울리지 않았다.

잠시 눈보라가 잠잠해지며 눈앞에 설원이 모습을 드러냈다. 그곳에는 피를 흘리며 신음하고 있는 부상병들과 꼼짝도 않는 시체들이 뒹굴고 있었다.

8

전선기지까지 지원군을 부르러 가는 전령이 미노루와 또 한 명의 사병에게 떨어져 둘은 다시 눈보라가 치기 시작하는 숲 속을 달려갔다.

수색을 위해 숲을 오르던 때와 달리 두 사람은 삽시간에 숲을 내려갔다. 남아 있는 소대에 대한 걱정과 공포로 미노루는 초조했다. 그것이 악몽이 아닌 현실이라 생각할수록 장딴지에 힘이 들어갔다. 마치 이 땅의 수호신 같은 키 큰 나무들이 눈을 뒤집어쓰고 눈보라 속에서 소리도 없이 나타나 미노루를 덮치려는 것을 이를 악물고 피했다.

앞서 달리던 사병과의 사이가 점점 벌어졌다. 38구경의 긴 총신이 나뭇가지에 걸려 방해가 되었다. 갑자기 총성이 울려 퍼졌다. 지극히 가까운 거리에서 발포된 소리였다. 앞서 달리던 사내가 고꾸라지듯 눈 위에 쭈그리고 앉더니 움직이질 않았다. 미노루는 서둘러 나무 뒤에 몸을 숨기고 주위를 살피며 총을 겨냥했다. 머리 위로 눈덩이가 쏟아져 얼른 손으로 치웠다. 입을 벌리고 눈은 깜박이지도 못하고 긴박하게 적을 찾았다. 현기증이 일며 슬픔과 두려움과 노여움 같은 온갖 감정들이 몰려왔다. 다시 총성이 들렸다. 눈 속에 머리를 파묻었지만 미노루는 차가운 줄도 몰랐다. 10미터 정도 앞서 달리던 사내가 웅크리고 있다. 고개를 떨어뜨리고 팔다리를 벌린 것이 실이 끊긴 꼭두각시 인형 같았다. 미노루가 사내의 이름을 불렀다. 그 소리에 반응하듯 다시 총성이 작렬했다. 총알이 미노루 가까이 있는 커다란 나무에 박혀 나무껍질이 벗겨지며 연기가 피어올랐다.

미노루는 나무 뒤에서 적의 모습을 찾았다. 때때로 거센 바람이 불어와 시야를 완전히 가렸다. 미노루는 앞에서 웅크린 채 죽어 있는 전우를 바라보며 전에 없는 공포에 떨었다. 자신도 죽을지 모른다는 명확한 두려움. 사방에 죽음이 존재했다. 미노루는 죽음에 포위되어 있었다. 자신을 압박해 오는 죽음, 시시각각 몰려오는 죽음, 결코 피할 수 없는 죽음이었다. 나도 죽을지 모른다고 생각하니 아직은 죽고 싶지 않아, 하는 말이 자기도 모르게 새어 나왔다. 꿈이기를 바랐다. 혼신을 다해 움켜쥐고 있는 총에는 확고한 현실감이 배어 있었다.

적은 웅크린 시체 저편의 커다란 나무 뒤에 있었다. 혼자인 것 같았다. 오랜 고착상태가 이어졌다. 미노루는 적을 향해 38구경을 겨냥하고 전의를 잃지 않았다는 것을 알리기 위해 닥치는 대로 방아쇠를 당겼다. 총소리가 대지를 울렸다. 짐승들이 상대를 위협하기 위해 짖어대는 것 같았다.

총을 움켜쥐고 있는 미노루의 손은 곱은 정도가 아니라 이미 감각이 없었다. 자신의 목숨이 본 적도 없는 이에게 달려 있다 생각하자 의아하기 짝이 없었다. 상대는 어떤 사람일까 상상해보았다. 그도 자기와 마찬가지로 눈 속에 몸을 숨기고 미노루가 움직이기를 기다리고 있을 것이다. 그 또한 공포에 떨고 있을 것이다. 자기처럼 가족이 있을 것이다. 분명 친구와 애인이 있을 것이다.

미노루는 처음으로 살인무기로 38구경을 바라보았다. 그것은 오오노지마 공장에서 38구경을 수리하며 바라보던 익숙하고 안이한 감정과는 완전히 다른 것이었다. 미노루는 총을 수리하면서 그 총이 전쟁터에서 짊어지고 온 수많은 고통은 보려 하지 않았다. 그저 기계적으로 혹은 즉물적으로 고장 난 곳을 수리해왔을 뿐이다. 어째서 그것이 망가지게 되었는지 그 본질을 보지 못했던 것이다.

만약 지금 이 총이 고장 났다면, 방아쇠를 당겨도 작동하지 않는다면 어떻게 될까 생각해보았다. 이 순간 총을 사용할 수 없다면 자신은 죽을 것이다. 그리고 뒤따라온 지원군에 의해 시체와 총이 발견될 것이다. 몸뚱이는 포와라노이스크에서 화장되고 총은 화물선에 실려 일본으로 돌아가게 될 것이다. 그리고 오오노지마 같은 한가로운 공장에서 수리될 것이다. 아마 나사 하나가 굽었거나 작은 스프링의 결함으로 자신과 같은 숙련공이 5분 만에 수리를 끝내곤 간단한 절차를 거쳐 다시 전쟁터로 보낼 것이다.

미노루가 38구경을 바라보았다. 그곳에는 딱딱한 쇠의 존재가 있었다. 인격에 영향을 미치는 존재는 아니었다. 가장 항구적인 도구, 사명을 띤 냉철한 물질로서의 존재였다. 총은 살아 있는 것이 아닌데 그 순간 미노루의 삶을 지배하고 있었다. 38구경은 미노루의 육체뿐 아니라 운명까지도 거머쥐고 있었다. 미노루는 총의 성능만을 믿고 적과 대치하고 있는 것이었다. 그렇게 대치하고 있는 것이 유일하게 자신의 존재를 증명하는 것이었다.

미노루는 머릿속으로 몇 번이고 총을 분해하고 다시 조립했다. 그렇게 함으로써 어떠한 비현실적인 사태가 일어나더라도 바로 대처할 수 있는 가능성을 모색하고 있었다. 총대가 어떤 나사로 어느 곳과 연결되어 있는지, 총신이 어떤 각도로 접속되어 있는지. 탄창의 스프링은 어디를 기반으로 만들어져 있는지. 방아쇠의 경사 각도는…….

밀려드는 불안에 미노루가 다시 총을 고쳐 들었다. 문득 이 총이 고장 난 것은 아닐까 걱정되었기 때문이다. 자신의 수리에 결함이 있어 전장에서 제 역할을 하지 못한 적은 없었을까, 하는 의문이 들었다. 한 번도 없었다고 할 수 있을까. 고쳤다 생각하고 전지로 돌려보낸 총이 완전하지 못해 그것을 손에 든 병사가 죽은 적이 지금까지 단 한 번도 없었다고 장담할 수 있을까.

미노루는 불안한 마음에 반사적으로 방아쇠를 당겼다. 격침이 떨어지는 소리 다음 파열음이 회백색의 대지를 뒤흔들었다. 꼭 쥐고 있었는데도 총이 뒤로 밀려나갔다. 충격이 어깨로 전해지며 미노루는 잠시나마 불안한 마음에서 벗어날 수 있었다. 하지만 자신이 들고 있는 총은 지금까지 수리한 그 많은 총들과 같은 것임에도 불구하고 분명 같은 것이 아니었다. 지금 자신이 들고 있는 것은 용감함의 상징이 아닌 빼어나게 금욕적인 살인병기였다. 이것으로 타인의 운명을 종결시키지 않으면 자신이 살아날 수 없음을 깨달은 무기에 지나지 않았다.

미노루가 얼어붙은 손으로 38구경을 다시 꼭 끌어안았다. 가늠구멍을 들여다보고 그 한 점에 자신의 모든 존재를 기울였다.

시간과의 싸움이었다. 이따금씩 서로의 존재를 확인하는 총성이 울려 퍼졌지만 교착상태가 풀리지는 않았다. 적도 미노루에게 지지 않을 만큼 인내심 있는 사람 같았다. 상대가 어떤 정신 상태인지를 가늠해보았다. 마치 거울을 들여다보듯이.

그러는 동안 미노루는 자기를 죽이려는 이가 자신이 아닐까 하는 생각이 들기 시작했다. 웅크리고 있는 전우의 저편, 나무 뒤에 숨은 검은 그림자는 이렇게 몸을 숨기고 있는 자기 자신 같았다. 상대가 누구인지 알 수 없는 이상, 상대를 자신이라 생각할 수밖에 없었다.

그렇다면 어째서 서로 죽여야만 하는 걸까. 이렇게 어리석은 교착상태를 끝내고 당장이라도 후퇴해 모든 것을 없었던 일로 하면 어떨까. 하지만 그것을 상대에게 전할 방법이 없었다. 말이라는 것이 이곳에서는 아무런 가치를 갖지 못했다. 백기를 흔들고 싸울 의사가 없음을 전한다 해도 순순히 받아들여지지 않으리라. 반대의 경우 백기를 흔드는 적에 대해 자신이 취할 행동은 사살이 분명했다.

미노루는 10미터 정도 앞에서 먼저 간 전우를 생각했다. 웅크리고 죽어 있는 가엾은 사내의 시체를 바라보았다. 조금 전까지 자기 앞을 용감하게 달려가던 젊은 병사는 이제 설원에 뒹굴고 있는 한낱 물체에 불과했다. 존재라는 것이 없는 껍데기가 애처로웠다. 어떤 사내였는지 떠올려보았다. 어떤 얼굴이었는지 전혀 생각이 나지 않았다. 생각도 안 날 만큼 자신이 착란에 빠진 것일까 생각하니 다시 감정이 복받치고 두려움이 온몸을 감쌌다.

자신이 존재하지 않는 세상이란 어떤 것일까 생각해보았다. 자신이 사라진 다음의 세상은 도저히 상상이 되질 않았다. 사라져버린다면 분명 고통도 없을 텐데, 몽롱한 의식 속에서 미노루는 생각했다.

자신이 존재하지 않는 세상.

잠들어서는 안 된다고 스스로 타이르며 미노루가 방아쇠를 당겼다. 총소리가 미노루의 존재를 회백색 전장에 새겼다.

9

5발이 하나로 된 탄환 여섯 세트를 가죽으로 된 탄약상자에 넣어 허리 벨트에 고정시켜 좌우로 하나씩 안고 있기 때문에 합계 60발은 바로 꺼낼 수 있었다. 그리고 배낭 밑에도 60발이 들어 있는 상자가 있었다.

미노루는 불안함을 떨쳐내기 위해 열심히 120발의 탄환을 더듬어보았지만, 이 추위 속에서는 탄환을 모두 쓰기도 전에 동사할지 모른다. 교착상태가 길어질수록 추위는 더욱 가혹해져 미노루의 손은 총알을 장탄하기도 힘들 지경이었다.

눈꽃 한 송이가 38구경 위에 내려앉았다. 긴장한 미노루의 시선이 눈송이의 조용한 착지에 고정되었다. 살상무기 위에 내려앉은 눈은 덧없는 북국의 곤충 같았다. 미노루가 총을 가까이 당겨 가만히 눈을 응시했다. 눈의 결정이 보였다. 더욱 얼굴을 가까이 갖다 댔다. 극도의 긴장이 미노루의 감각을 마비시켰지만, 눈의 결정은 너무도 아름다웠다. 눈의 결정이 갖는 비생물적인 아름다움이 살육 중인 미노루의 마음에 찰나의 위로를 주었다. 그러나 그것은 한순간에 미노루가 내쉰 숨에 녹아버렸다.

미노루는 사라져가는 눈의 결정에 계속해서 시선을 고정시켰다. 결정은 번지듯이 녹아 물방울이 되기도 전에 총신에 얼어붙는 듯하더니 사라졌다. 눈을 크게 뜨고 그 덧없음의 마지막을 보려 했다. 이제 미노루의 눈동자는 두 개의 살아있는 물체였다. 밖으로 튀어나온 눈동자는 깜빡이는 것도 잊고 각각 사라진 결정의 행방을 좇았다. 하나는 멀리 고향 논밭의 파란 벼 이삭을 바라보았다. 끝없이 펼쳐진 파란 하늘과 그 위를 나는 까치들의 우아한 춤을. 또 하나는 시베리아 숲의 회백색 세계를 헤매고 있었다. 작은 눈의 결정이 어디선가 나타났다 사라지는 무상함을 좇았다. 그것들이 미노루의 머릿속에서 교차하며 현실과 비현실, 현재와 과거가 하나가 되어 얽혀 있었다. 미노루는 자기도 모르게 몸을 꼬며 눈을 꼭 감았다. 힘주어 눈을 감았다. 눈을 뜨는 것이 두려웠다.

10

여기서 이대로 얼어 죽을지, 지원군이 도착할 때까지 교착 상태를 유지할지, 아니면 먼저 박차고 나가 한순간에 교착상태를 해제할 것인지 결단을 내려야 했다. 미노루의 몸은 이미 한계를 넘어서 있었다. 차갑게 굳은 몸은 꺼져가는 촛불 같았다.

동사하기를 기다리고 있을 수 없다는 결심을 굳힐 즈음, 회백색 시야 저편에서 작은 움직임이 보였다. 눈보라는 기세를 더하기 시작했다. 연속적으로 울려 퍼지는 총소리에 미노루가 재빨리 나무 뒤로 숨었다. 적의 상태를 짐작할 수 있는 무모한 난사였다. 마치 또 하나의 자신을 보고 있는 것 같았다. 아니, 분명 자신인 것만 같았다. 한계에 달한 분별없는 행동이었다.

미노루가 오른쪽으로 뛰어나갔다. 벼랑이 있는 쪽, 안개가 걷힌 위험한 낭떠러지로 유인했다. 왼쪽으로 스쳐 지나가는 그림자가 보였다. 적은 미노루의 등 뒤를 노리고 있는 것이다. 미노루가 뒤로 돌아 방아쇠를 당겼다. 눈앞이 흐릿하니 뿌예졌다. 미노루는 달렸다. 뒤로 돌아가 대치할 생각이었다. 남아 있는 모든 힘을 모아 적의 정면으로 튀어나갔다. 나무 뒤에서 모습을 드러낸 적을 확인한 순간, 미노루가 다시 방아쇠를 당겼다. 10미터 정도 앞에서 모습을 드러낸 사냥감에 총알이 명중했다. 분명한 감촉이 고스란히 남았다. 검은 덩어리가 눈 위에 쓰러지는 모습을 어슴푸레 확인할 수 있었다. 흥분한 미노루가 조심스럽게 다가갔다. 옆구리에 총을 맞은 적군이 눈보라가 날리는 회백색 바다 위에 쓰러져 있었다. 고통스러운 얼굴로 미노루를 보고 있었다. 크게 뜬 눈은 깜빡이는 것도 잊은 듯했다. 목숨을 구걸하지는 않았다. 삶을 포기한 얼굴이었다. 흰 눈이 점점 피로 물들어갔다. 그가 이제 곧 죽을 것이란 생각을 하니 미노루의 발밑이 떨렸다. 처음으로 보는 외국인의 얼굴이다. 기시감도 일지 않았다.

남자 몸에서 흐르는 엄청난 피를 보고 미노루는 꼼짝도 할 수 없었다. 그의 몸에서 흘러나온 피는 눈을 빨갛게 물들이며 마치 그의 혼처럼 미노루 쪽으로 다가왔다.

쥐고 있는 총을 내던지고 달아나고 싶었다. 남자가 입과 눈을 더욱 크게 벌리자 낚인 물고기 같았다. 그의 고통이 미노루에게도 전해졌다. 하지만 남자는 애처로운 모습을 보이지 않았다. 죽음을 각오하고 있음을 알 수 있었다.

이 남자는 죽는다, 미노루가 다시 한 번 혼잣말을 해보았다. 미간에 잔뜩 주름을 잡고 남자가 무슨 말인가를 하려 했다. 하지만 떨리는 입술은 제대로 말을 이어가지 못했다. 남자의 눈동자에 눈물이 고이는 것이 보였다. 순간 밀려오는 슬픔에 미노루가 몸을 떨었다. 그가 하려는 말에 귀를 기울여주고 싶었다. 미노루가 자기도 모르게 사내 곁으로 다가서려 하자 남자가 다시 총을 잡았다.

당황한 미노루가 사내를 향해 방아쇠를 당겼지만 총알은 이미 바닥이 나 있었다. 몇 번이나 방아쇠를 당긴 다음, 38구경을 집어던진 미노루가 허리에서 총검을 뽑아들어 남자를 덮쳤다. 미노루의 행동은 거의 반사적인 자기방어에 지나지 않았다. 빈사상태의 적군이 마지막 힘으로 방아쇠를 당기기 전에 미노루의 총검이 청년의 가슴을 찔렀다. 그리고 목 언저리, 가장 부드러운 살 위를 소리도 없이 파고들었다. 날카로운 비명이 울려 퍼졌다. 비명이라고도 오열이라고도 할 수 없는 단말마의 외침. 무딘 살인의 감촉이 미노루의 머리 끝까지 일시에 전해졌다. 남자의 명치에서 한줄기 피가 솟더니 삽시간에 그의 가슴을 빨갛게 물들였다. 미노루가 사내에게서 총검을 뽑으려 했지만 쉽게 뽑히질 않아 남자의 몸을 무참히도 흔들다 마지막에는 왼발을 배 위에 올려놓고 힘껏 잡아당겼다. 총검이 뽑히면서 미노루가 뒷걸음쳤다. 배를 밟힌 그의 얼굴은 토사물과 피로 범벅이 되어 있었다.

미노루는 그 새빨간 윤곽과 눈 코 입조차 분별하기 힘들어진 얼굴을 보고 놀라움과 두려움에 떨며 뒤로 물러났다. 가능한 한 이 남자로부터 멀어지고 싶었다. 벼랑 가까이에 있던 미노루의 발뒤꿈치가 더 이상 갈 곳이 없음을 알렸다. 적군 병사가 눈을 뒤집은 채 마지막 힘을 모아 방아쇠를 당겼다. 총탄은 설원 저편으로 사라졌지만 총소리는 38구경을 집어들려고 몸을 굽힌 미노루의 몸을 뒤로 밀어냈다. 총을 집어들기는 했으나 몸의 균형을 잃은 미노루가 그대로 계곡 아래로 굴러떨어졌다.

11

발목을 삔 미노루는 제대로 움직일 수 없었다. 일어서려 하자 복사뼈 주위에 심한 통증을 느꼈다. 호흡을 가다듬으며 38구경을 지팡이 삼아 발이 푹푹 빠지는 눈길을 걷기 시작했다. 전선기지가 있는 마을까지 어떻게든 가야 했다. 또다시 불어대는 눈보라 틈으로 얼핏 보이는 하늘은 해가 기울기 시작해 조금씩 어둠이 내려앉고 있었다. 다친 다리를 끌고 때로는 눈 위에 고꾸라지기를 되풀이하며 앞으로 나아갔다.

우선 짊어지고 있던 남은 탄알을 모두 버렸다. 어떠한 짐도 목숨과 바꿀 수 없어 차례차례 버렸지만 38구경만은 버릴 수 없었다.

지칠 대로 지친 미노루는 눈보라 속에서 의식을 잃어가고 있었다. 마지막 힘을 다해 주변을 둘러보았지만 들이치는 눈보라가 커다란 벽처럼 버티고 있을 뿐이었다. 이것이 죽음일까, 미노루는 생각했다. 이것은 죽음이 아니야, 하고 소리 내 외쳤다. 죽음이 이렇게 당연할 리 없었다. 죽음이 이렇게 절망으로 가득 찬 것이라면 인간은 왜 태어나는 것일까 자문해 보았다.

이건 죽음이 아니야, 하고 되뇌며 나약해진 자신을 독려했다. 죽음일 리 없다고 주문처럼 외웠다. 순간 발 앞에 뭔가가 눈에 띄었다. 눈을 덮어 볼록 튀어나온 곳에 손을 대어보니 새끼 곰 시체였다. 내장을 뜯어먹힌 흔적이 남아 있었다. 어미 곰의 소행일까, 아니면 더 흉포한 짐승의 소행일까.

미노루가 말라비틀어진 새끼 곰 위의 눈을 치웠다. 죽은 지 얼마나 되었을까, 남아 있는 살점의 탄력으로 시간을 어림해 보려 했지만 깡깡 얼어붙은 살은 더 이상 살이라고 볼 수 없 었다. 마치 관목 같았다. 핏기도 없고 남은 것은 가죽과 뼈뿐이었다. 다음은 내 차례일 것이다.

새끼 곰 얼굴에 남아 있는 눈동자가 구슬처럼 정지되어 먼 곳을 응시하고 있었다. 크게 뜬 새끼 곰의 눈이 마지막으로 본 것이 자기를 낳은 어미의 어금니가 아니기를 바랐다. 죽음이 절망이라면, 사람은 왜 태어나야 하는 것일까 다시 자문해보았다.

미노루는 남은 모든 힘을 모아 그곳에서 멀어지려 했다. 비록 죽음이 코앞에 있다 하더라도 공포 속에서 죽고 싶지는 않았다. 총을 지팡이 삼아 걸었다. 다시 발목이 꺾여 계곡 아래 기슭으로 미끄러졌다.

몸이 멈췄을 때, 미노루는 더 이상 아무것도 볼 수 없었다.

의식은 가라앉아 있었고 고통도 느낄 수 없었다. 손과 발의 감촉도, 평형감각도 잃었다. 자신이 누워 있는지 쭈그리고 앉아 있는지도 알 수 없었다. 죽은 상태라 해도 이상할 것이 없었다. 미노루는 아까 분명 자신을 칼로 찔렀다. 그것은 역시 자신이었다. 고개를 저었다. 오감은 이미 기능을 잃고 있었지만 자신은 아직 살아 있다 믿었다. 살아 있다 믿는 한 죽지 않을 것이라 되새기며.

흰 부처가 다시 나타난 것은 바로 그때였다. 잦아가는 의식의 틈 사이로 빛에 싸인 흰 부처가 눈보라 속에 서 있는 것이 보였다. 미노루는 반쯤 감은 눈꺼풀로 그 숭고한 모습을 바라보았다. 극도로 쇠약해진 미노루는 두 번째 나타난 그 모습에 놀라지도 않았다. 눈이 있을 법한 위치를 찾았다. 부처도 이쪽을 내려다보고 있는 것을 알 수 있었다. 부처의 눈을 확인할 수는 없었지만 따뜻한 눈길이라는 것을 알 수 있었다. 미노루는 지금 자신이 죽이지 않아도 되는 사람을 죽였다는 말을 하려 했다. 어쩔 수 없었다는 변명을 하려 했다. 하지만 미노루는 할 수가 없었다. 그 모든 것을 부처는 이미 알고 있었다.

"절 데리러 오셨습니까?"

미노루가 마음속으로 물어보며 있는 힘을 기울여 우뚝 선 부처를 올려다보았지만, 동시에 무거워지는 눈꺼풀을 주체하지 못했다.

12

눈을 떴을 때 미노루는 벽난로 앞의 딱딱한 침대 위에 누워 있었다. 실내는 구수한 음식 냄새로 가득했다. 미노루는 담요에 둘둘 말려 누군가에게 구조된 모양이었지만 몸을 움직일 수가 없어 눈만 굴리며 실내를 정탐했다. 38구경이 침대 옆 의자 곁에 세워져 있었고 군복과 방한복이 벽에 걸려 있었다.

미노루는 목면으로 된 러시아인들이 입는 커다란 속옷을 입고 있었다. 포로가 된 걸까. 당황스러운 마음에 일어나려 했지만 오른쪽 발목의 통증 때문에 일어날 수가 없었다. 양손으로 아픈 발을 어루만지고 있는데 인기척이 났다. 깜짝 놀라 뒤를 돌아보니 오토와가 서 있었다.

놀란 미노루가 비명을 질렀다. 여자가 놀라 들고 있던 스프

접시를 떨어뜨릴 뻔하자 안쪽에서 턱수염이 긴 커다란 남자가 뛰어나왔다. 미노루가 다리의 통증을 참으며 의자 곁에 놓인 총을 집으려다 침대에서 떨어질 뻔했다. 오토와라 생각했던 여자는 젊은 러시아인이었다. 동양인의 피가 섞인 듯한 얼굴이라 오토와로 착각을 했다. 하지만 가만히 보니 전혀 닮지 않았다. 소녀는 오토와가 살아 있었을 때의 앳된 모습을 아직 간직하고 있었고, 눈동자는 이국적인 색채를 띠고 있었다.

아버지로 보이는 남자가 소녀의 등을 떠밀며 저쪽으로 가라고 하자 소녀가 안쪽으로 모습을 감추며 미노루의 눈동자를 들여다보았다. 시베리아는 일본인에게 호의적인 백인이 적지 않았다. 러시아혁명에 찬동할 수 없었던 반혁명세력들은 영국과 프랑스를 중심으로 한 연합군뿐 아니라 일본인에게도 우호적이었다. 예로부터 일본과 교역을 해온 러시아인들은 더욱 적극적이었다. 그러나 이 가족이 어느 쪽 사람들인지, 흥분한 상태의 미노루로서는 판단이 서지 않았다.

미노루는 중상을 입은 다리에 피로와 쇠약으로 고열에 시달렸다. 38구경을 집어 들고 겨냥하고 있었지만 시야는 여전히 흐렸다. 러시아인 남자가 소녀에게 받은 접시를 미노루 침대 곁의 작은 테이블에 올려놓았다. 미노루가 다가오는 남자를 위협하려고 서둘러 방아쇠를 당겼지만 탄환은 바닥이나 공이치기 소리만이 공허하게 들렸다. 총탄을 모두 버린 것을 떠올리고 이제 38구경이 한낱 철근 덩어리에 지나지 않는다는 것을 깨닫자 미노루의 긴장된 마음이 누그러졌다.

13

그 후 미노루는 몇 번이고 자기를 들여다보는 오토와의 얼굴을 보았다. 그 얼굴이 러시아소녀라는 것을 알면서도 미노루의 마음은 그리움에 점점 누그러졌다. 네 몸에는 외국인 피가 섞여 있다는 게 정말이야? 이시타로가 오토와에게 했던 말을 기억 속에서 반추하고 있었다.

어린 시절을 떠올린 미노루의 눈가에 이슬이 맺히자, 소녀가 그의 이마에 손을 얹고 부드러운 러시아어로 귓가에 속삭였다. 걱정하지 말아요, 라는 말이라 추측을 해보지만 소녀의 목소리는 미노루에게 오토와와 나누었던 대화들과 하나가 되어 들렸다.

"미노루, 그리 불안해할 것 없어. 사람은 언젠가 반드시 죽으니까."

"오토와, 지금 어디 있는 거야?"

"네 곁에 있잖아. 언제나 네 곁에 있어. 아니면 넌 날 잊었니?"

"그럴 리가 없잖아."

"정말? 여전히 말은 잘하는구나. 넌 늘 그랬지. 그렇게 굳게 약속했는데. 평생 잊지 않겠다고 약속한 건 미노루 너였어."

"아니라니까, 오토와는 늘 내 마음속에 있었어."

"언제까지나?"

"그래, 언제까지나 오토와는 내 마음 속에 살아 있어."

"네가 결혼한다 해도?"

"무슨 말이야! 결혼 같은 건 안 해. 오토와만 마음속에 그리며 살 거야."

"미노루, 이게 죽음이란 거야. 죽음을 두려워할 필요 없어. 죽음이란 잊는 거야. 하지만 잊지 않는다면 늘 함께 있는 거란다. 언제까지고 말이야. 난 언제나 네 곁에 있어."

미노루가 안간힘을 쓰고 무겁게 내려앉는 눈꺼풀을 떴다. 소녀의 등 뒤에 그녀의 아버지 모습이 보였다. 그 곁에는 소녀의 어머니로 보이는 동양계 여성이 서 있었다. 그리고 그 곁에는 미노루의 어머니인 가네코가 서 있었다. 그 곁에는 나가시로가, 그리고 러시아인 아버지 뒤에는 이시타로가 있었다. 성장한 이시타로는 수염이 덥수룩하게 나 있고 군복을 입고 있었다. 실실 웃으면서 한심하다는 듯 누워 있는 미노루를 내려다보고 있었다.

"거기서 뭐 하고 있는 거냐? 한심하게. 너 그렇게 나약한 녀석이었냐? 용감함은 어디다 버리고 왔어? 그래서야 어디 훌륭한 군인이 되겠냐?"

모든 것이 흐릿해지더니 사라졌다. 목소리도 오토와도 아버지와 어머니도, 그리고 흰 부처도.

누군가가 미노루를 불렀다. 어떻게든 일어나야 할 것 같은 절박한 소리다. 에구치 미노루. 에구치…….

미노루가 다시 눈을 떴을 때는 전선기지 병원이었다. 군의가 미노루의 이름을 부르고 있었다. 귓가 저편에 아직도 오토와의 부드러운 목소리와 온기가 남아 있었다.

14

발에 깁스를 하고 움직일 수 없게 된 미노루는 바로 본국으로 송환되었다. 어둡고 거친 파도 위에 떠 있는 지저분한 수송선 선실에서 미노루는 오토와를 생각했다. 오토와의 반들거리는 뽀얀 살갗과 그녀에 대한 동경을 결코 잊지 않겠다고 몇 번이고 다짐했다. 그러나 배가 시베리아에서 멀어질수록 기억이 언젠가는 아련해지듯 현실이란 흰 파도 속으로 빨려 들어갔다.

오토와…….

미노루가 자기 손바닥을 들여다보며 그녀의 이름을 소리 내 불러보았다. 그리고 자신이 아직 살아 있음에 눈물을 흘렸다. 둥근 선창에 얼굴을 기대고 거친 바다 저편을 바라보며 삶과 죽음의 경계를 오가던 자신의 몸에 다시 온기가 되살아나고 있음을 느꼈다.

오오노지마로 가는 나룻배는 홍백의 천이 둘러쳐져 있었고 선착장에는 예전에 젊은 군인을 맞이했을 때보다도 더 많은 사람들이 나와 미노루의 영광스런 부상을 칭송했다. 손을 흔들며 환영하는 섬사람들을 보면서 미노루는 자신이 살았다는 감회와 러시아 병사를 사살했다는 생생한 기억으로 고통스러웠다. 자기만큼 용감함과 거리가 먼 인간은 없을 거라는 수치스러움과 밀려드는 참담한 감정을 주체할 수 없었다.

미노루는 그날 밤 아버지에게 누에와 혼인하고 싶다는 이야기를 꺼냈다. 오토와와의 약속을 잊은 것은 아니었다. 귀환 중에는 분명 오토와만을 생각했다. 잊지 않는다면 언제까지나 함께야. 언제까지나, 하는 오토와의 목소리가 바다를 건너는 내내 마음속에 메아리치고 있었다. 하지만 섬에 도착하자 미노루는 살아 있는 누에에게 매달렸다. 죽을 고비를 넘긴 미노루는 한시라도 빨리 넘칠 듯한 생을 느끼고 싶었다.

아버지는 크게 기뻐하며 다음날 바로 오오타쿠마에 있는 누에의 집을 찾아갔다. 결혼은 양가 아버지의 합의로 일사천리로 추진되어 미노루의 다리가 어느 정도 회복된 다음 해에 두 사람은 부부가 되었다.

처음으로 누에를 안은 밤, 미노루는 오토와를 생각했다. 누에의 딱딱한 피부를 애무하면서 마음으로는 또 한 명의 여성을 찾고 있었다. 미노루가 어둠 속에서 발버둥치며 포복 전진을 계속했다. 미노루의 배가 누에의 허약한 배 위를 기어다녔다.

"미노루."

이윽고 누에가 어둠 저편에서 미노루를 불렀다. 가느다란 목소리가 불안에 떨고 있어 미노루는 문득 자신이 누에를 어둠 속으로 몰아넣은 것은 아닌가, 하는 생각에 정신을 차리고 누에의 손을 잡았다.

"미노루, 난 오랫동안 걱정이었어요."

미노루는 누에의 손을 만져보았다. 마르고 싸늘한 손이었다. 꼭 쥐면 부서질 것 같은 작고 가는 손이 미노루의 손 안에 있었다.

"어렸을 때부터 남편 될 사람이 내 마음과 몸을 열어줄 열쇠를 가지고 있을 거라 믿었어요."

"몸과 마음을 열어주는 열쇠라……."

누에가 미노루에게 몸을 기댔다.

"나한테 안 맞으면 어떡하나 걱정했어요. 열쇠가 안 맞으면 혼인도 끝나는 게 아닐까. 그게 아니면 맞는 척하고 살아야 하는 걸까 하고요."

"그런데 어땠어? 맞았어?"

누에가 고개를 끄덕였지만 어둠 때문에 미노루는 볼 수 없었다. 두 사람은 잠시 아무 말이 없었다.

"미노루의 열쇠, 꼭 맞았어요."

누에가 미노루의 어깨에 얼굴을 묻었다.

"다들 이야기하는 것처럼 그렇게 아프지도 않았고."

"다들이라니, 누구?"

다들은 다지요, 하고 누에가 웃었다. 미노루도 웃었다.

"여자들이 몰래 그런 음탕한 이야기를 하는 줄은 몰랐네."

두 사람은 끌어안고 어둠 속에서도 서로가 분명히 존재한
다는 것을 확인하고 안도했다. 미노루는 눈을 감고 누에의
윤곽을 언제까지고 쓸어내렸다.

15

미노루의 손재주가 그에게는 구원이었다. 시베리아에서
잃어버린 인간으로서의 존엄은 무언가를 만들고 개량하고
발명하면서 서서히 회복되어갔다. 공작소의 좁은 작업실은
미노루에겐 세상으로 뚫린 출구이기도 했다. 철을 기계로 구
부리고 절단하여 그가 만들어낸 것은 단순히 생활을 편리하
게 하기 위한 도구가 아닌 인간으로서의 가능성을 찾고자 하
는 작품이었다.

섬의 주된 교통수단이 리어카나 자전거였던 시절에 미노루는 오토바이를 만들어 섬사람들을 놀라게 했다. 오토바이라고는 하나 전장에서 본 독일 오토바이를 흉내 내어 자전거에 소형 발동기를 단 조잡한 것이었다. 그렇지만 굉음을 내는 엔진이 달린 자전거는 이내 섬사람들의 화제가 되어 에구치 공작소에는 연일 사람들이 모여들었다.

미노루는 지치거나 기분전환이 필요할 때면 오토바이를 타고 섬을 포위하듯 세워진 둑 위를 달렸다. 바람을 맞으며 스피드를 느끼는 것은 기분전환이 되었다. 사람들은 미노루의 오토바이가 지나가면 달려와 손을 흔들며 환성을 보냈다.

아리아케 해에 면해 있는 오오타쿠마의 남단을 즐겨 달렸다. 간척 중인 그 주변은 간만의 차로 시간에 따라 풍경이 달랐다. 반짝이는 바다 위에 김 양식을 위한 대나무들이 바다의 촉수처럼 무수히 튀어나와 있었다. 미노루는 햇살을 보는 것이 좋았다. 햇살은 누구에게나 공평하게 비추기 때문이다. 넉넉한 이에게도 가난한 이에게도 햇살은 사람을 가리지 않고 모두에게 쏟아져 내렸다.

오토바이로 달리면 이곳이 정말 작은 섬이라는 것을 실감할 수 있었다. 다리도 없이 바깥세상과 격리되어 강 한가운

데 놓인 고독한 섬. 언젠가 자기 힘으로 이곳에 다리를 놓고
싶었다. 그리고 이 오토바이를 타고 그 다리를 건너 바깥세
상으로 나가고 싶었다.

16

부부가 된 후 워낙 허약한 누에가 한동안 앓은 바람에 오
랫동안 두 사람에게는 아이가 없었다. 철포장이 집도 미노루
대에서 끝인가 보다 하는 이야기가 들리고, 그것이 병을 앓고
있는 누에의 몸을 더욱 상하게 했다. 하지만 누구도 임신에
대한 기대를 입에 올리지 않게 된 결혼 7년째, 누에가 아이를
가졌다.

첫 아이가 태어나던 날 아침, 미노루는 이제부터 이 집에서
어떤 일이 벌어질지 알 수 없는 불안과 기대, 그리고 인간의
탄생이라는 신비한 힘에 압도되어 눈을 떴다.

연락을 받고 달려온 산파의 지시에 따라 여자들이 분주히
움직이는 모습을 미노루와 나가시로가 조금 떨어진 툇마루
에 앉아 지켜보았다. 내게 아이가 생기는 것이다, 스스로에게

일러보지만 실감이 나지 않았다. 안절부절 못하는 미노루를 나가시로가 다독였다.

"살아갈 힘이 있는 것만이 태어나는 법이다."

하고 아버지는 미지근해진 차를 마셨다. 차분하게 기다리라는 말 같아 미노루는 나가시로 옆에서 다리를 고쳐 앉았다.

누에의 둔부는 마치 남자처럼 작았다. 초산에다 약한 누에가 견딜 수 있을지 가네코가 걱정했다. 배만 앞으로 크게 튀어나와 임신이라기보다는 마치 영양실조에 걸린 아이 같았다.

누에가 누워 있는 큰방의 장지문이 사분의 일 정도 열려 있었지만 이따금 산파의 뒷모습이 보일 뿐이었다. 하지만 진통을 견디는 누에의 애처로운 비명은 툇마루에 앉아 있는 미노루와 나가시로에게도 고스란히 전해졌다.

출산이 가까워지자 누에의 비명은 더욱 날카로워졌다. 살이 찢겨나가는 것은 아닐까 싶을 정도로 큰 소리였다. 그 소리는 좀처럼 그칠 줄을 몰랐다. 출산을 몇 번이고 지켜본 적 있는 나가시로의 얼굴에도 긴장한 빛이 역력했지만 미노루를 격려하기 위해 괜찮을 게다, 하고 눈을 마주칠 때마다 침착한 척했다.

누에가 몇 번인가 알아들을 수 없는 비명을 지른 다음, 방에서는 지금까지와는 다른 날카로운 울음소리가 들렸다. 미노루의 누나들이 장지문을 활짝 열자, 여자들의 싸움터가 모습을 드러냈다. 녹초가 된 누에가 가장 안쪽에 누워 있고, 산파가 뒤처리를 하고 있었다. 갓난아기는 이미 대야에서 몸을 씻고 무명천에 감겨 가네코 팔 안에서 작은 얼굴을 드러내고 있었다.

미노루가 일어나 조심스럽게 다가갔다. 눈을 감고 있는 것이 토우 같기도 했다. 작고 작은 입과 코가 얼굴 한가운데 옹기종기 모여 있었다.

"자, 미노루, 안아보려무나."

늙은 가네코가 당황해하는 미노루 팔에 아기를 내밀었다. 아기는 마치 원숭이 새끼 같았다.

"아직 목이 서지 않았으니 조심해야 한다."

아기를 떨어뜨리지 않으려고 가슴에 꼭 끌어안았다.

"네가 그렇게 긴장하니 아기도 알고 더 울잖니."

가네코의 말에 이웃 여자들이 웃었다. 아기가 태어나는 순간을 여기저기서 보아온 여자들은 익숙해 있었다. 어떻게 이런 장면에서 웃을 수 있을까, 미노루는 여자라는 성의 압도적인 강인함을 깨달았다. 이불 위에 땀을 흘리며 반쯤 넋이 나가 있는 누에가 보였다.

"하지만 어떻게 해야 할지를 모르겠어요. 떨어뜨리기라도 하면 어떡하나."

미노루가 아기를 안고 있는 모양이 어색해서인지 아기가 새빨간 얼굴을 하고 더욱 큰 소리로 울기 시작했다. 가네코가 웃으면서 아이를 받아 안으며 건강한 사내아이다, 하고 말했다. 미노루는 그저 신기하기만 했다. 조금 전까지 이 세상에 존재하지 않던 아이가 갑자기 눈앞에 나타나 당황스러웠다. 그래도 날카롭게 울어대는 아기를 웃으면서 어르는 여자들의 모습에 안심이 되었다. 나가시로가 미노루의 등을 쓸며 너도 이제 아비가 됐구나, 하며 미소 지었다.

미노루는 가네코가 안고 있는 아기 얼굴을 한참 동안 바라보다 말했다.

"너는 어디서 왔니?"

하고 물어보는 미노루의 말에 다시 여자들이 큰소리로 웃었다.

"어디서라니, 저기서잖수."

옆방에서 산파소리가 들렸다. 여자들이 서로 얼굴을 바라보며 더욱 큰 소리로 웃어댔다. 미노루가 누에에게 고개를 돌렸다. 누에가 사람들 쪽을 바라보며 힘없이 미소 짓고 있었다. 미노루는 누에와 아기의 얼굴을 번갈아 보며 나와 누에 중 누구를 닮았을까 생각했다.

제4장

1

첫아들 뎃타가 태어난 다음 해에 둘째아들 다케시가 태어
났다. 2년 후에는 장녀 린코가, 또 다음 해에는 삼남인 도요
하루가 세상과 만났다. 도요하루가 태어난 3년 뒤에는 차녀
인 에츠코, 그리고 다음 해에는 사남인 다쿠마가 차례차례 태
어났다. 누에는 출산을 거듭할수록 튼튼해졌고 새처럼 말랐
던 몸도 어머니다운 곡선과 풍만함을 지니게 되었다.

"이제 더 낳지 않아도 되겠네."

갓 태어난 다쿠마를 안으며 미노루가 말하자, 눈을 동그랗게 뜬 누에가 턱을 당기고는 어쩜 그런 말을! 당신이 자꾸만 조르니까 이렇게 된 거잖아요, 하며 웃었다. 미노루도 다쿠마가 때어날 즈음에는 자연스럽게 새 생명을 받아들일 수 있게 되었다. 그렇지만 여전히 그 아이들이 어디에서 왔는지 미노루에게는 수수께끼였다. 그래서 아이들이 어느 정도 말을 할 수 있게 되면 너는 어디에서 왔니? 하고 한 명, 한 명 물어보았다. 아이들은 대부분 영문을 몰라 갸우뚱한 얼굴이었지만, 세 살짜리 린코는 어눌한 발음으로 '히카루오카'라고 대답해 미노루를 놀라게 했다. 이에 미노루는 시간이 날 때면 린코에게 이런저런 질문을 해보았다. 말이 조금씩 늘면서 린코는 히카루오카에 대한 이야기를 조금씩 풀어내기 시작했고 미노루와 누에는 그것을 기록했다.

"히카루오카란 곳이 린코가 전생에 살던 곳일까요?"

누에가 린코를 안아 올리며 말했다.

"린코, 넌 전에 히카루오카란 곳에서 살았니?"

미노루의 질문에 린코가 응, 하고 고개를 끄덕였다. 어디에 있는 곳이냐? 미노루가 부드럽게 묻자 린코는 재미없다는 얼굴로 어디? 하며 고개를 갸웃거렸다. 린코는 거기서도 린코란 이름이었니? 사람들이 뭐라고 불렀니? 하고 이번에는 누에가 물었다.

"마오라고 했어. 그런데 죽었어. 죽을 때 사람들이 아주 많았어. 사람들이 큰 소리로 이름을 부르면서 울었는데…….
비둘기가 데리러 와서 나는 하늘로 날아갔어."

린코의 목소리가 순간 노파처럼 갈라졌다 이내 어린아이 목소리로 돌아왔다. 그밖에도 도저히 꾸며낸 이야기라고는 생각하기 힘들 정도로 형제들과 친척들에 관한 이야기를 자세하고 담담하게 들려주었다.

미노루와 누에는 얼굴을 마주 보며 전생에 관한 이야기가 틀림없다 확신했지만, 어느 때부터인가 린코는 더 이상 기억을 하지 못하게 되었다. 네 살, 다섯 살 나이를 먹으면서 린코는 히카루오카에 관한 이야기를 입 밖에 내지 않게 되었고, 미노루가 물어봐도 그런 거 몰라, 하고 고개를 갸웃거렸다.

"전생의 기억이 사라진 거겠죠. 커가면서 잊어버리게 된 걸 거예요."

누에의 말에 미노루가 누가 그렇게 하는데, 하고 물었다.

"그야, 하늘님이겠지요."

미노루가 어째서 기억을 지워야 하는데, 하고 다시 물었다.

나도 모르죠, 새 세상에서 인과를 안고 가는 것이 좋지 않은 일이니 그렇겠죠, 하고 누에가 말했다. 확신에 찬 아내의 말에 묘한 안도를 느끼며 미노루는 린코의 얼굴을 찬찬히 바라보았다.

2

인편을 통해 실제로 히카루오카라는 마을이 있다는 사실을 안 것은 그로부터 몇 년이 지나고 나서였다. 미노루는 어쩐지 한 번은 그곳을 찾아가봐야 할 것 같아, 자기가 가지 않아도 되는 출장에 나섰다 돌아오는 길에 먼 길을 돌아 그곳에 갔다.

히카루오카는 미노우 산괴山塊 중턱에 위치한 산골마을이었다. 사방이 산으로 둘러싸여 있고 한 사람이 겨우 지나갈 수 있을 법한 산길은 오오노지마와도 비교가 되지 않을 정도로 벽지였다.

산기슭 좁은 골짜기에 집들이 한가로이 모여 있고 목욕탕 언저리에서 생활을 짐작케 하는 하얀 김이 모락모락 피어오

르고 있었다. 근대적인 교통수단이나 도구라고는 눈에 띄지
않았다. 미노루가 살고 있는 섬보다도 조잡했고 사람들은 문
명과 격리된 생활을 하고 있었다. 마을로 뻗은 논길 양쪽에
는 자몽나무가 드문드문 장로들처럼 버티고 서 있었다. 나무
에는 서리가 내릴 무렵이 제철이라는 자몽이 가득 달려 있었
다. 그 중 하나를 따 새콤한 냄새를 맡아보았다. 고개를 들면
앞에 산이 솟아 있다기보다 바로 코앞까지 내려와 있는 것 같
았고, 그 웅장한 모습은 마을의 수호신 같았다.

　미노루가 조심스럽게 눈을 감았다 떴다. 눈을 깜빡이는 순
간 눈앞의 세상이 갑자기 변해버릴 것 같아, 그 순간을 놓치
지 않고 지켜보고 싶었기 때문이다. 어째서 눈을 깜빡여야만
하는 걸까. 생리적인 이유만이 아니라 시간의 축을 어긋나게
하려는 누군가의 의도가 분명 거기에 숨어 있다 의심해보기
도 했다. 사람이나 짐승들이 눈을 깜빡이는 순간에 누군가가
그들의 운명을 수정하는 것이 아닐까, 미노루는 생각했다. 하
늘님. 누에 이상으로 그 말을 입에 담는 것이 망설여졌지만,
만약 정말 그런 존재가 있다면 신은 자신을 어디로 인도하려
는 것인지 알고 싶었다.

　어느 틈엔가 나뭇짐을 맨 노인이 미노루 앞에 서 있었다.

노인이 힐끔힐끔 미노루를 살펴보았다. 까만 눈동자 안에 자신이 있었고, 그 자신 또한 미노루를 보고 있었다.

노인의 안내로 마오라는 여자의 묘를 찾아갔다. 훌륭한 묘석에 마오가 마을의 무당이었다는 사실을 알게 되었다. 다른 석물의 두 배는 될 법한, 요즘은 보기 드문 돌무덤이었다. 여기가 마오 무덤인가요? 하고 미노루가 물었다.

"마오는 우리들의 의지처였다오."

노인이 중얼거리더니 합장을 했다. 미노루가 함께 손을 모으고 눈을 감자 눈꺼풀 안쪽이 빛으로 충만해진 것 같았다.

그날 밤 미노루는 마오 유족들의 호의로 하룻밤 신세를 지게 되었다. 저녁을 대접받는 동안 마오 가족들은 미노루를 둘러싸고 린코에 대한 자세한 이야기를 듣고 싶어 했다. 만약 그 아이가 마오의 환생이라면 꼭 만나보고 싶다고 그녀의 딸이 말했다. 오오카와 쪽에 올 일이 있으면 들러달라 대답했다. 모두들 좀처럼 믿기지 않는다는 얼굴이었다. 가족들이 반신반의한 눈으로 자신을 보고 있다는 것을 알 수 있었다. 쉽게 믿을 수 있는 이야기가 아니었다. 미노루 또한 믿기 어려운 것 투성이였다. 하지만 혼이 육체와는 별도로 존재하여 떠도는 것이라면, 그에 대해 알고 싶어 하는 것은 당연한 일

같았다. 죽음 후에는 무엇이 있는지 알고 싶었다. 린코는 어디에서 왔는지. 마오는 어디로 갔는지. 자신은 어디에서 와 어디로 가는지. 자신이 누구인지. 그리고 어째서 세상과 작별해야 하는지. 사람들은 어째서 이런 의문들을 안고 죽어야 하는지.

손님방 한가운데에서 잠을 잤다. 여독으로 종아리는 쥐가 날 것 같고 신경이 예민해져 좀처럼 잠이 오지 않았다. 겨우 잠이 들려던 때, 누군가가 자신을 보러 온 것이 느껴졌다. 잠결에 눈을 떠보았지만 아무도 없었다. 다시 잠이 들었는데 이번에는 더 많은 사람들의 기척이 느껴졌다. 수마와 싸우던 미노루는 눈을 뜰 수가 없었다. 눈을 뜨지 못했지만 미노루는 그들이 자신을 내려다보고 있다는 것을 알 수 있었다. 모두 자기를 걱정하며 간절한 기도를 드리고 있다는 것도 알 수 있었다. 발밑에 자신을 데리러 온 이가 와 있어 이제 육체와 이별해야 한다는 것도 알고 있었다. 린코가 소리쳤다. 뎃타와 다케시도 큰소리로 미노루를 불렀다. 부모들을 닮은 손자들의 얼굴도 보였다. 문득 이별의 순간을 허락받은 듯 시야가 분명해졌다. 병실 창을 다 덮을 정도의 비둘기 떼다. 사자가 왔구나. 어디선가 자신의 목소리가 들렸다. 두렵지는

않았다. 오히려 후련한 마음이었다. 편히 가세요, 하고 누군
가가 말했다. 그에 답하기라도 하듯 모두가 편히 쉬세요, 하
고 인사를 했다. 비둘기가 날아오르는 것이 보였다. 사자가
왔구나, 하고 미노루가 마음속으로 중얼거렸다. 머리 쪽에
빛이 스며들어 육체가, 아니 혼이 빠져나가는 것을 확인할
수 있었다.

아침에 피로하고 나른한 몸보다 한발 앞서 의식이 깨어났
지만, 의지와는 달리 좀처럼 눈을 뜰 수가 없었다. 어디선가
사람들의 웃음소리와 이야기 소리가 들렸다. 죽지 않고 살아
있음을 알았다. 일어나야지, 하고 눈에 힘을 주다 자신이 빛
에 감싸여 있음을 깨달았다. 몸을 일으키려 했지만 눈이 부
셔 어쩌지를 못했다. 아직 살아 있다는 의식이 분명해지면서
발치에 선 누군가가 자신을 조용히 지켜보고 있는 것이 느껴
졌다. 그것이 사람이 아닌 눈부신 부처라는 것을 알았을 때,
미노루는 잠에서 완전히 깨어났고, 크게 뜬 눈은 그대로 부처
의 한가운데로 빨려 들어갔다.

마오의 집이었다. 아직 꿈을 꾸고 있는 게 아닐까 하고 주
변을 둘러보았지만, 분명 현실에서 일어난 일이었다. 아침준
비로 분주한 사람들 소리가 장지문 저편에서 들려왔다. 손님

은 아직 주무시나, 하는 여자들 소리도 들렸다.

　미노루는 깨어 있는 상태에서 처음으로 흰 부처의 숭고한 모습을 분명히 보았다. 열 때문이 아니다. 미노루는 분명히 흰 부처를 보고 있었다. 부처는 여전히 말이 없었지만, 뭔가를 전하기 위해 나타났음이 분명했다. 몸을 일으킨 미노루가 절을 하기 위해 고쳐 앉자 흰 부처는 다시 미노루 앞에서 사라졌다.

3

　북경 교외에서 루거우차오 사건盧溝橋(노구교 사건, 일명 '77사변'. 1937년 7월 7일에 북경 서남쪽의 노구교에서 일어난 일본군과 중국국민혁명군과의 충돌사건. 중일전쟁의 직접적인 도화선이 되었다—옮긴이)이 일어날 무렵부터 에구치 공작소는 총뿐 아니라 박격포와 기관총 수리까지 맡게 되었다. 일본군은 열강에 비해 늘 열악한 군비로 전투에 임했다. 급격한 군비확산정책에 도쿄와 오사카에 있는 두 포병 공창만으로는 생산을 따라잡지 못해 조악한 무기들이 섞여 있기 일쑤였다.

38구경 같은 명기들도 고장이 끊이지 않았다. 몇 년째 확대되기만 할 뿐 진전이 없는 전선 때문에 고장 난 총도 속속 배에 실려 대량으로 운반되었다. 군이 중국진출을 더욱 강화하자 작업이 날로 늘어났고, 결국 미노루는 섬의 많은 젊은이들을 고용해 공작소의 규모를 확대했다.

성장한 장남과 차남이 미노루를 도와 바쁜 공작소에 활기를 불어넣었고, 남은 아이들도 어릴 적 미노루처럼 학교가 끝나면 공장에 나와 가벼운 자재들을 나르며 일을 도왔다. 막내인 다쿠마까지 형들의 흉내를 내며 이따금 풀무질을 해보이곤 했다. 다쿠마는 미노루를 꼭 빼닮았다. 풀무질하는 모습이 마치 어린 시절의 자신을 보고 있는 것 같아 귀여웠다. 아이가 여섯이나 되니 장남이 태어났을 때처럼 세세히 보살필 수 없는 것이 미안했다. 하지만 미노루는 어느 아이한테나 가능한 한 공평하게 애정을 쏟으려 애썼다. 일하는 중간에 가끔 다쿠마를 안아 올리며, 크면 발명가가 되런? 하고 자신을 꼭 닮은 아이의 뺨을 맞대고 비벼댔다.

4

미노루는 린코에게 어렸을 적 기억에 대해 함구하고 있었다. 린코가 비록 전생에는 히카루오카 마을의 마오란 이름의 무당이었다 해도, 지금은 에구치 린코이니 부부는 전생과 무관하게 기르자고 정했다. 딱 한 번, 히카루오카 마을에서 마오의 딸들이 찾아온 적이 있었다. 미노루는 마오의 딸들에게 자신들의 입장을 설명하고 그들도 린코와 그렇게 만나주기를 당부했다. 린코가 미즈마 군에서 열리는 육상대회에 오오노지마 대표로 선발되어 있었기 때문에 마오의 딸들은 그 관계자라 소개했다.

마오의 딸들은 린코에게 이런저런 질문을 했다. 좋아하는 음식은 무엇이며 좋아하는 색과 노래는 무엇인지, 기억에 남는 일이나 때때로 떠오르는 것, 혹은 꿈에 대해서. 린코는 시원시원하게 질문에 대답했다. 허리를 쭉 펴고 상대를 똑바로 바라보며 대답하는 총명한 모습에서 그녀들은 무엇을 보았을까. 그녀들의 그립고 반가운 듯한 눈빛을 통해 말하지 않아도 미노루와 누에에게도 충분히 전해졌다.

린코는 린코이면서 동시에 다른 사람이란 말인가, 미노루는 시종 고개를 갸웃거릴 수밖에 없었다. 마지막으로 마오의 장녀가 린코에게 몇 가지 물건들을 꺼내 보였다. 낡고 오래된 완구와 책, 비녀와 인형 등이었다. 그것들을 린코 앞에 펼쳐놓고는 어느 것이 가장 마음에 드니? 하고 차녀가 물었다. 린코가 잠시 고개를 갸웃거리더니 동그란 돌을 집어 들었다. 삼녀가 작은 비명을 질렀다.

"역시, 어머니야!"

누에가 세 사람을 자제시켰다. 딸들이 턱을 당기고 어금니를 깨물었다. 린코를 밖으로 내보내자 마오의 딸들은 그 돌이 마오가 기도할 때 사용하던 신체神體라고 알려주었다. 전생에 대한 확인을 끝낸 다섯 사람은 아무도 말이 없었다. 어떻게 하면 좋을지 알 수가 없었다. 마오의 딸들도 린코에게 전생에 대한 이야기를 하는 것이 옳을지 판단이 서지 않았다. 차녀가 린코를 데리고 한 번 마을로 찾아와 주기를 부탁했지만, 미노루는 대답을 피했다.

세 사람이 산으로 돌아간 다음, 미노루와 누에는 린코에게 이 일은 앞으로도 비밀에 부치기로 했다. 가족들과 친척들 누구에게도 입을 다물기로 했다. 두 사람은 린코가 과거에 매여 현세를 살게 하고 싶지 않았다.

5

미노루와 같은 시기에 징병을 갔던 하야토는 그대로 군에
남았다. 그런 하야토가 남동생 결혼식에 참석하기 위해 고향
에 돌아와 오랜만에 네 사람이 미노루 집에 모였다. 하야토
는 군대에서 자기 자리를 찾아가고 있었다. 섬에 있으면 소
작농으로 일생을 마치겠지만, 하야토는 전쟁터에서 살아갈
길을 택해 구루베에 있는 보병연대에서 근무하고 있었다.

"만주 쪽은 어떤가?"

미노루의 어머니 가네코가 술을 가져다주며 하야토에게 물
었다. 하야토가 무척 어려운 상황입니다만 우리 군이 전력을
다하고 있으니 안심하십시오, 하며 평소와는 다른 말투로 의
기양양하게 대답했다. 가네코가 애 많이 쓰네, 모두가 무사하
기를 비네, 하며 머리를 숙이고 나갔다.

"만주는 일본의 생명줄이다."

술이 들어가자 하야토가 기염을 토했다. 데츠조와 기요미
는 하야토의 한마디 한마디에 고개를 끄덕여 보였다. 미노루
는 조금 처져 고개를 끄덕이기는 했지만, 전쟁터에서 러시아
청년의 목숨을 빼앗고 도망치듯 귀환한 자신을 가책하고 있
었다. 정말 용기 있는 군인이라면 죽어가는 적의 숨통을 끊

어놓았을까, 하는 자문이 미노루를 쫓아다녔다.

"예전에 누가 제일 용감한지 시험한 적이 있었지?"

하고 기요미가 말했다. 그러자,

"아무래도 하야토가 가장 용감한 것 같다."

하고 데츠조가 모두에게 동의를 구했다.

"내가 무슨."

하야토가 으쓱한 듯 크게 손을 저으며 웃었다. 코 밑에 좁게 기른 수염이 그를 더욱 우쭐해 보이게 만들었다.

"주위에서도 이젠 예비역이 돼도 좋지 않겠느냐 하지만, 난 전쟁터에 나가는 신병들 때문에 아직은 그럴 생각이 없다."

군인이라고는 하나 특별히 교육을 받은 적이 없는 하야토가 실제로 전선에서 지휘하는 일은 없었다. 신병훈련을 맡아하는 것 같다고 기요미가 미노루 귀에 대고 살짝 알려주었다.

"미노루가 총을 잘 수리해주니 우리들이 전선에서 자신 있게 싸울 수 있지."

하야토가 미노루를 추켜세웠다.

"이 부근에서 철포 수리라면 모르는 사람이 없으니까."

미노루가 조용히 그러나 힘주어 말했다. 왠지 자랑을 한 것 같아 금세 부끄러워졌다. 기요미가 거들었다.

"미노루는 촌의회 의원도 맡고 있다."

이에 데츠조도 거들었다.

"섬에 다리를 놓으려고 애쓰고도 있지."

미노루는 사람들에게 떠밀리듯 몇 년 전부터 오오노지마 촌의회 의원이 되었다. 오랫동안 의원을 지낸 나가시로의 뒤를 이은 것으로 우쭐댈 일은 아니었다. 그저 섬주민의 의견을 하나로 모으는 일을 대신하고 있을 뿐이라 생각하고 있었다. 미노루는 얼굴을 붉히며 고개를 숙이고 말았다.

38구경에는 총신의 방아쇠 위쪽에 국화문양이 새겨져 있었다. 철은 천황으로부터 하사받은 것이란 의미였다. 칼을 무사들의 혼이라 여기던 사무라이 사상에서 힌트를 얻은 군부가 병사들에게 38구경을 군인혼으로 여기게 함으로써 병기에 대한 애착과 군인정신을 고양시키기 위해 이용한 것이었다. 그러한 의도는 당연히 미노루에게도 작용했다. 미노루는 총 한 자루 한 자루를 정성껏 수리했다. 자신이 누구보다도 용감하지 못하다는 것을 깨달은 다음부터 고지식한 미노루는 역할을 다하지 못한 후회스러운 마음을 일에 쏟아부었다.

"요즘은 병기생산이 수요를 따라가질 못해 불량품과 불발탄이 말도 못하게 많다. 전쟁터에서 싸우는 병사들 입장이 되어보라고. 목숨을 걸고 적진에 뛰어들었는데 우리 군이 가지고 있는 것이라고는 불발탄만 산더미니, 얼마나 기가 막히고 한심한 노릇인지. 우리 군이 아무리 기를 쓰고 대포를 쏴도 폭발이 안 되면 무슨 의미가 있냐고. 아니, 의미를 따질 때가 아니지. 그 때문에 도대체 얼마나 많은 젊은 목숨이 희생되는지."

하야토가 역설했다.

"미노루, 너는 발명가잖아. 거, 예전에 오토바이도 만들고 했잖냐. 그런 재주를 이제는 나라를 위해 써야지."

미노루가 하야토를 바라보았다.

"나라를 위해 쓰다니 어떻게?"

"총을 발명하는 거다."

"총을?"

"그래, 총. 그것도 최신 99식 총보다 훨씬 뛰어난 걸로 말이다. 아직 아무도 생각지 못한 엄청난 총을 만드는 거야. 기관총이나 전차가 등장하고 나서는 더욱 과학의 힘이 전과를 결정하는 세상이 됐다. 아무리 군인정신을 단련시킨다 해도 이길 수가 없어. 이제는 병기의 질이 전과를 좌우하게 될 거야. 혼자서 몇 명이라도 때려 부술 수 있는 총을 만든다면 그거야말로 훈장감이다."

　데츠조가 야, 그거 대단한데! 하고 맞장구 쳤다. 기요미도 미노루라면 할 수 있을 거라며 부추겼다. 미노루는 시베리아의 광경이 떠올랐다. 참호 속에서 고꾸라진 전우와 설원을 피로 빨갛게 물들였던 전우의 비참한 죽음을 떠올렸다. 두려움 때문에 러시아청년의 목숨을 빼앗았던 자신이 부끄러웠다. 그런 자신을 친구들에게 들키지 않도록 미노루는 술잔을 기울였다.

6

　그 무렵 일본은 중국의 주요도시와 교통로 대부분을 점령하고 있었지만, 그것은 점과 선의 지배에 불과했다. 병사들의 피로는 군수물자 부족과 함께 더 이상 전선확대를 불가능하게 해, 전쟁은 지구전으로 끌려가고 있었다. 그 즈음부터 미노루 주변에 세상과 작별하는 이들이 이어졌다.

　아버지 나가시로가 세상을 떠났다. 노쇠에 가까운 죽음이었다. 아침에 가네코가 깨우러 갔다 잠자듯이 평온하게 죽어 있는 것을 발견했다. 이제부터 다가올 가까운 이들의 죽음의 전조와도 같은 죽음이었다.

아버지 장례에는 미노루가 처음 보는 먼 친척들까지 달려왔다. 일찍이 집을 떠난 형들도 오랜만에 귀향해 가족과 친척들이 한데 모였다.

상주는 아버지의 뒤를 이은 미노루가 맡았다. 형들의 말끔한 옷차림과 품위 있고 도회적인 말투는 그들 속에서 이미 섬 출신이라는 사실을 잘라내버린 듯했다. 친척들과도 그다지 말을 섞지 않았고 장례가 끝나자 아내들과 아이들은 그날로 도시로 돌아갔다. 형들은 미노루에게 말을 돌려 토지상속에 대해 물었다. 아버지가 돌아가시고 아직 칠일재七日齋도 안 지냈는데, 하고 미노루가 화를 냈다.

미노루는 아버지의 죽음을 슬퍼할 여유도 없이 일에 쫓겼다. 하지만 그 슬픔이 채 가시기도 전에 넷째 아들인 다쿠마가 세상을 떠났다. 아버지 나가시로가 죽고 겨우 세 달이 지났을 뿐인데, 무슨 인과인지 이시타로처럼 치쿠고 강에 빠져 죽었다. 막 수영을 배운 다쿠마가 친구들과 강 한가운데 있는 도랑둑을 향해 헤엄을 친 것이다. 하지만 전날 지나간 태풍 때문에 물이 불어 있었던 것을 미처 알지 못했다.

아버지에 이어 세상을 떠난 막내아들의 죽음은 지금까지 경험한 어떠한 고통보다도 무겁게 미노루의 가슴을 옥죄었다. 다쿠마는 이제 겨우 다섯 살이었다.

너무도 큰 슬픔에 장례식은 치르지 않기로 했다. 가족들은 누구도 냉정을 찾지 못했다. 누에는 착란을 일으켰고 어머니 가네코가 이를 위로하려 했으나, 같은 경험을 했던 만큼 그것은 위로가 되지 못했다. 오히려 가네코로 하여금 옛일을 떠올리게 했다. 두 사람의 슬픔이 부딪쳐 삐걱거리는 갈등까지 더해 집안은 좀처럼 침울한 분위기에서 벗어나지 못했다.

아버지의 화장과 다쿠마의 화장 모두 기요미가 집행했다. 기요미 아버지가 병으로 누우면서 화장터 일은 사실상 기요미 혼자 맡고 있었다. 미노루가 화장터 굴뚝에서 연기로 피어오르는 아들을 바라보았다. 사람들이 돌아간 다음에도 미노루는 기요미와 그곳에 남아 연기를 바라보았다.

미노루는 기요미와 함께 화장터 옆에서 선잠을 자기로 했다. 다쿠마의 몸이 밤새 천천히 타들어갔다. 다비가마라 부르는 아직도 장작을 때는 구식 화로였다. 유족들은 다음 날 아침에 뼈를 주우러 오는 것이 일반적이었지만, 미노루는 어린 다쿠마를 이렇게 쓸쓸한 곳에 혼자 남겨둘 수가 없었다.

"됐다, 나 혼자 지킬 테니 가서 쉬어라."

미노루가 아침까지 함께 있겠다는 기요미에게 말했다. 기요미가 완고하게 고개를 저었다.

"무, 무슨 말이야. 여기서 혼을 보내는 것이 내 일이다."

두 사람이 나란히 화장터 옆에 앉아 아침을 기다렸다.

"다쿠마 혼은 어디로 가는 걸까?"

미노루가 중얼거렸다. 기요미는 대답을 할 수가 없었다. 많은 사람들의 주검을 화장해왔지만 친구 아들의 죽음은 그의 마음에도 무겁고 깊게 내려앉았다. 일이니까, 하고 따로 떼어 생각하는데 익숙한 기요미였지만 한참 귀여운 짓을 할 나이의 친구 아들의 죽음을 위로할 말을 찾지 못했다.

"극락 같은 건 없을까."

미노루가 고개를 떨어뜨리고 혼잣말처럼 중얼거렸다.

"나, 나는 사람들의 죽음을 수없이 봐왔다. 사람들의 죽음에는 익숙해졌지."

"다쿠마가 죽었는데도 그럴 수 있냐?"

기요미가 미노루를 똑바로 바라보았다.

"사, 사람이란 다 죽게 돼 있다. 죽는 게 다지. 그걸 두려워하는 사람들이 극락이란 걸 만들어낸 거야. 극락이란 분명히 있을 거다. 하지만 그건 살아 있는 사람들의 마음속에서야. 죽은 사람들은 그런 것과 아무런 상관이 없지. 죽으면 이 세상의 것들과는 모두 무관해지니까."

기요미가 미노루의 어깨를 감쌌다.

"슬프다는 건 살아 있기 때문이다. 죽는 건 고통스러운 일이 아니야. 고통스러울 거라 생각하는 건 살아 있는 사람들의 생각이지. 죽음은 그런 것들로부터 해방되는 거다."

미노루가 기요미에게 극락이 없단 말이냐? 하고 물었다. 기요미는 아무런 망설임 없이 고개를 끄덕였다.

"극락은 없다."

미노루가 한숨을 몰아쉬었다.

"그러니까 지옥도 없지."

미노루가 고개를 들고 기요미를 바라보았다. 기요미가 다비가마 뚜껑을 열고 안쪽을 들여다보았다. 불꽃이 기요미의 얼굴을 빨갛게 물들였다. 뭔가 터지는 소리가 들렸다. 아들의 눈동자일지 모른다는 생각이 들자 숨이 막혀왔다. 기요미가 담담하게 뚜껑을 덮고는 미노루 곁으로 와 앉았다.

7

미노루에게 한 가지 아이디어가 있었다. 혼자서 운반할 수 있으며 발사속도가 빠르고 살상력도 뛰어난 경기관총의 구상이었다. 원래 기관총은 혼자서 다수의 적을 격파하기 위해 만들어진 무기로 일반 총에 비해 압도적인 파괴력을 가지고 있었다. 러일전쟁에서 러일 양국이 중기관총을 사용해 세계의 주목을 모으며 근대전의 새로운 막이 올랐음을 시사했다.

이 교훈을 최대한 활용한 것이 제1차세계대전의 독일군이었다. 이 전쟁에서는 기관총과 방어용 가시철사가 위력을 발휘해 전쟁의 장기화를 가져왔다. 대전말기에 이르면 방어전을 돌파하는 새로운 전술이 고안되었다. 보병전에서는 대규모 공격전술이 모습을 감추기 시작했다. 독일군은 소수의 그룹이 경무기를 가지고 상호원조하며 공격하는 전술을 고안해 획기적인 성공을 거두었고, 그 후 각국의 육군이 이를 모방하게 되었다.

일본군은 러일전쟁 때부터 이미 경기관총을 사용했으나 국산이 아니었다. 경기관총을 고안하기 위해 여러 차례 시도를 했지만, 아리사카 대좌의 38구경과 같은 완성도에는 미치지 못했다.

생산에 이르기까지는 몇 가지 기술상의 문제에 부딪혔다. 경기관총은 속사가 가능한 경무기로, 방아쇠를 당기고 있는 동안은 탄약이 바닥날 때까지 자동적으로 장탄과 발사가 되풀이된다. 단, 가볍고 간편히 휴대하기 위해서는 효율적인 급탄장치가 개발되어야 했고 총신이 과열되기 쉽다는 문제가 있었다. 장탄과 발사를 어떻게 할 것인가 하는 작동방식과 탄약을 보급하는 급탄 문제, 그리고 1분 간 몇백 발이나 발사하는 총신의 과열을 어떻게 막을 것인가 하는 냉각방식 등의 문제가 개발을 어렵게 했다.

이러한 문제들을 극복하기 위해 열강들이 격전을 벌이며 개발을 서두르는 경기관총 제작에 미노루는 몰래 몰두했다. 그것이 아버지와 아들의 죽음으로부터 벗어나는 유일한 위안이라 믿고 있었기 때문이다.

수리를 했던 덴마크인이 설계한 마드센Madsen 총이나 미국인 루이스가 설계한 기관총을 참고로 했다. 미노루는 이 총들을 분해해 자세히 살펴본 다음 다시 조립해 실제로 사람들이 없는 들판에 나가 쏘아보기도 했다. 지근거리에서 소사掃射하면 총신에서 연기가 피어오르고 눈앞의 짚 인형이 보기 좋게 파괴되어 아이들이 환성을 지르기도 했다. 화약 냄새가 한동안 콧속에 남아 뭐라 표현하기 어려운 불안감을 안겨다 주었다. 어렸을 때 38구경을 만지며 느꼈던 충만한 느낌이 아니었다. 곁에서 날뛰며 좋아하는 아이들 소리를 들으면서도 참으로 무서운 것을 손에 쥐고 있다는, 살아 있는 자의 깊은 두려움 같은 것이었다. 그러나 개발에 성공하면 일본을 승리로 이끄는 데 일조할 수 있으며, 부상을 당하고 도망치듯 돌아온 오명을 자기 안에서 씻을 수 있을 터였다.

8

미노루는 밤낮을 가리지 않고 경기관총 제작에 몰두했다. 때문에 철포 수리는 한동안 남에게 맡기게 되었다. 일체의 잡념을 없애고 매일 기관총 만드는 일에 매달렸다.

외제 경기관총은 아무래도 일본인에게 크기가 맞지 않았기 때문에 우선 일본인 체형에 맞게 가능한 한 작으면서도 파괴력이 뛰어난 것을 목표로 삼았다. 연구가 진전되는 것에 발맞추듯이 일본은 아시아에 대한 노골적인 야심을 드러내고 있었다.

미노루가 개발한 경기관총이 완성된 것은 일본과 독일, 이 탈리아가 삼국군사동맹을 체결한 1940년 가을이었다. 1분에 800발이나 되는 발사속도가 특징인 총에 '에구치형 경기관총 1호'라 이름 붙였다. 작동방식은 가스압식이었다. 처음에는 숏 리코일Short recoil이라 불리는 반동식을 구상했지만, 발사속도를 보다 빨리 하기 위해 마드센 총과 같은 반동식이 아닌 루이스 총과 같은 가스압식을 채택하게 되었다.

가스압 기구는 루이스 총이나 막심 총을 참고로 하여 개량한 것으로, 발사 전에는 노리쇠와 총신이 패쇄 결합되어 있지만 탄환 폭발 시에는 고압가스가 실린더 안으로 배출되면서 피스톤을 밀어냈다. 이로써 노리쇠가 밀려나면서 약실이 열려 약통이 튕겨나가게 되어 있었다. 루이스 총에서 사용하는 드럼형 탄창이 아닌, 초소형 카트리지식 신형 탄창을 개발해 더욱 간단하게 교환할 수 있도록 기동력을 높였다. 총신의 과열을 막기 위해 미노루는 총신에 칼집과 구멍을 뚫어 공기로 냉각시키는 방법을 고안해냈다. 대장장이 시절 습득한 치밀하고 섬세한 기술이 크게 도움이 되었다.

미노루는 기요미와 데츠조를 불러 논에서 시험 발사를 하기로 했다. 둑까지 이어진 벼 이삭이 일렁이는 논두렁을 이제 막 완성한 기관총을 짊어지고 걸어갔다. 기요미와 데츠조가 바로 뒤를 따르고 그 뒤에는 미노루의 아들들이 따라왔다. 아이들은 짚으로 밤새 만든 허수아비를 몇 채나 짊어지고 갔다. 모두들 얼굴에 웃음이 가득했다. 마치 운동회에라도 가는 기분이었다.

바람에 일제히 흔들리는 벼 이삭 한가운데를 일행이 지나갔다. 하늘은 구름 한 점 없이 넓게 펼쳐져 있었다. 낮게 날던 까치가 갑자기 날아올라 하늘 저편으로 날아갔다. 까치는 해와 경쟁을 벌이고 있는 것 같았다.

들판으로 나왔다. 미노루가 소대 멈춰! 하고 소리쳤다.

아이들이 힘을 합해 짚 인형을 일렬로 세웠다. 기요미와 데츠조도 미노루가 만든 새까만 기관총에 압도되었다. 아이들이 조심스럽게 다가와 기관총을 만져보고는 그 차가운 감촉에 한숨을 몰아쉬었다.

"이번 시험 발포에서 문제가 없다면 군에 특허를 신청할 생각이다."

미노루가 스스로 다짐하듯 힘주어 말했다. 데츠조가 대단한걸, 하며 미노루의 얼굴을 들여다보았다.

"파, 파괴력은 얼마나 되는데? 보기만 해도 겁이 나네."

기요미가 물었다. 땅에 가마를 깔고 에구치형 경기관총 1호를 올려놓았다. 표적을 똑바로 노려보는 것 같은 굳은 얼굴을 하고 있었다. 38구경을 처음 보았을 때만큼 강렬한 모습이었다. 아니 두 총을 비교한다면 38구경이 얼마나 시대에 뒤떨어져 보일까, 미노루가 내심 자랑스러웠다.

"보면 알게 될 거야."

미노루가 대답하고 배를 깔고 엎드렸다.

기요미와 데츠조가 아이들이 총에서부터 떨어지도록 했다. 미노루가 한가운데 있는 허수아비에 조준을 맞추었다. 안전장치를 푼 순간, 시베리아의 눈보라 속에서 사살한 젊은 청년을 다시 떠올리고 말았다. 그의 마지막 숨통을 끊을 필요가 있었을까. 죽는 것이 두려워서? 비겁한 겁쟁이라서? 미노루는 얼어붙은 설원에서 피로 얼굴을 물들이며 괴로워하던 적군병사를 생각했다. 붉은 토사물을 뿌리던 마지막 모습이 떠올랐다. 치켜뜬 눈동자 깊은 곳에 그의 삶에 대한 희구가 메아리치는 것 같았다. 미노루는 그 환영을 깨부수듯 방아쇠를 당겼다. 연속되는 엄청난 총성이 일대에 메아리쳤다. 고막이 찢어질 것 같은 소리가 귀를 때렸다. 마치 자신의 심장이 꿰뚫린 듯 충격적이었다. 빈 약통이 차례차례 튕겨나가고 열을 받은 총신은 수증기를 뿜어냈으며 총구에서는 화약이 미세하게 퍼졌다.

허수아비가 산산조각 났다. 소총으로 심장을 꿰뚫는 것과는 달랐다. 산산조각이 난 짚 뭉치를 다음 탄환이 박살을 냈다. 순간 모래 폭풍이 인듯 눈앞이 보이지 않았다. 고막이 찢길 것 같은 엄청난 소리 뒤에 허수아비는 흔적도 없이 사라졌다. 바람에 날리는 지푸라기만이 허수아비의 흔적을 알려주었다.

총알이 바닥나자 정적이 밀려왔지만 누구 하나 입을 여는 이가 없었다. 화약 냄새가 코끝을 자극했다. 미노루는 진동을 참고 있었던 탓에 가벼운 현기증을 느꼈다. 흥분한 탓도 있지만 두려운 탓도 있었다. 손에서부터 머리끝까지 멈추지 않던 경련이 점차 미노루의 내부까지 흔들어놓았다.

잠시 후에 데츠조가 한숨을 몰아쉬듯 말했다.

"엄청난 것을 만들었구나!"

"이것만 있으면 분명히 일본이 이길 수 있다."

미노루는 자리에서 일어나지 못하고 엎드린 채 눈앞에 펼쳐진 논을 노려보았다.

"혼자서 몇십 명, 몇백 명이라도 쓰러뜨릴 수 있겠다."

데츠조가 달려와 미노루의 어깨를 두드렸다. 그러나 미노루는 먼 곳의 알 수 없는 힘이 자신을 만류하고 있음을 느꼈다. 눈앞에 수많은 병사들의 시체가 쌓이는 것이 보였다. 그 한가운데 러시아 청년병사의 얼굴이 있었다. 귀환 후 의식 깊은 곳에 닫아두었던 살인의 기억이 되살아나 미노루는 어찌할 바를 몰랐다.

자신이 개발한 총에 많은 사람들이 죽게 된다. 그것을 짊어질 용기가 있는지 미노루가 스스로에게 물었다. 아이들의 요란스러운 소리에 미노루는 문득 정신이 들었다. 소년들이 흩어진 볏단을 발로 차며 일본이 이긴다! 일본이 이긴다! 하며 소리를 질러댔다. 기요미도 미노루를 일으켜 세우며, 역시 해냈구나, 하고 기뻐했다.

미노루는 신형 기관총을 내려다보며 제대로 숨을 쉴 수가 없었다.

"아직 시험 단계인데 뭘……."

하고 겨우 중얼거렸다.

9

일본군의 진주만공격으로 태평양전쟁이 발발하자, 철포 수리는 더욱 분주해졌다. 속속 부서진 총들이 운반되어 공장은 마치 최전선 야전병원처럼 혼잡했고, 연일 밤샘작업에 쫓기게 되었다. 기관총 개발을 기대하는 주위사람들에게 미노루는 개발을 연기한다는 결정을 내리고 고장 난 총을 수리하는 데 전념했다. 기관총이 예상보다 훨씬 뛰어난 파괴력을 보이자 미노루는 문득 자신이 이 전쟁의 결말에 깊이 관여하게 될 것 같은 두려움에 겁이 났다. 기관총은 아직 부족한 부분이 있었으나 분명 완성을 눈앞에 두고 있었다.

미노루는 공작소에 가능한 한 섬의 많은 젊은이를 고용했다. 이곳에서 일하면 징병을 나가지 않아도 된다는 것을 알고 있었기 때문이다. 전쟁이 장기화될 것 같지는 않았다. 그렇다고 일본이 패배할 것이라 확신한 것도 아니었다. 실제로 소방단 단장인 미노루는 섬을 지키기 위해 온갖 노력을 기울였다. 매일같이 여자들과 아이들에게 양동이 물을 전달하는 방화훈련을 지도했으며, 피난훈련과 만약을 대비한 죽창 찌르는 법까지 가르쳤다. 일본이 패배하기를 바랐던 것도 아니다. 이길 것만 생각하자고 미노루는 사람들을 격려했다. 그러나 발밑까지 다가온 패배의 징조를 부정할 수는 없었다.

어느 날 늦게까지 작업을 하고 있는데 갑자기 공작소 문이 열리며 군인들이 들이닥쳤다. 석유등 불빛 너머로 하야토가 부하 몇 명을 거느리고 서 있는 것이 보였다.

"어이 미노루, 이 사람 싱겁기는."

하야토가 작업대 옆에 있는 의자에 앉으며 부하들에게 출입구에서 대기하도록 명했다. 대기하고 있다기보다는 어쩐지 멀리서 미노루를 위압하는 것 같았다.

"뭐가?"

미노루가 물었다. 기관총 이야기가 하야토 귀에 들어간 모양이었지만, 상대가 어떻게 나오는지 기다리기로 했다.

"조국의 승리를 위해 엄청난 총을 개발했다면서."

미노루가 일어나 하야토 눈을 들여다보았다. 눈동자 깊은 곳에서 타고 있는 푸른빛이 지금껏 본 적 없는 불길한 빛깔을 띠고 있었다. 대기하고 있는 군인들 뒤로 데츠조의 얼굴이 보였다. 데츠조가 멋쩍어하며 잠깐 웃어 보였다.

"아아 그거, 그건 아직 시험 단계다."

하야토가 의자에서 일어났다.

"미완성이라도 좋으니 보여다오."

"아직 보여줄 만한 게 아니라니까."

"그건 군이 결정한다."

하야토가 미노루의 어깨를 두드리고는 공장 안을 둘러보았다.

"일본은 지금 국민이 하나가 되어 싸우고 있어. 개인의 이득을 우선해서는 안 되지. 네가 엄청난 총을 개발했다는 이야기는 이미 들었다. 좁은 세상이니까. 그래서 내가 왔지. 그총으로 조국에 공헌할 수 있게 내가 해보마."

미노루가 고개를 저었다.

"그게 아니다. 몇 번 시험 발포를 하긴 했지만, 아직 부족한 데가 많아. 전문가가 아니니 아무래도 벽에 부딪치게 되지. 누가 그렇게 칭찬을 해줬는지는 모르겠다만 그런 걸 전쟁터에 가지고 나갔다간 오히려 방해만 될 게야. 좀 더 완성도를 높인 다음에 제일 먼저 네게 보이려 했다."

미노루가 다른 총이 들어 있는 선반을 열고 1호기가 아닌 불완전한 단계의 기관총을 꺼냈다. 카트리지식 탄창이 아닌 드럼형 구식이었다. 게다가 새로 고안한 공기를 냉각시키기 위한 칼집도 들어 있지 않은, 외제 기관총보다 훨씬 성능이 떨어진 것이었다. 연대로 가지고 가더라도 전문가가 보면 이

걸로는 싸울 수 없다고 입을 모을 것이다.

미노루가 의논도 않고 하야토에게 기관총에 대해 떠벌린 데츠조를 바라보았다. 데츠조가 주눅이 들어 변명했다.

"미노루의 발명이 아까워서 말이다."

"그러니까 이건 아직 미완성이라고."

미노루가 힘주어 말하자 데츠조가 침을 삼키며 고개를 떨어뜨렸다.

하야토가 턱으로 부하들에게 준비해온 커다란 가방에 기관총을 넣도록 지시했다.

"그건 내가 결정한다. 안심해라, 우리는 친구 아니냐. 네게도 나쁘진 않을 게다. 네 권리도 중요하지. 손해보게 하지는 않으마."

징그러운 웃음을 띠며 하야토가 땀으로 범벅이 된 손으로 미노루의 손을 잡았다.

10

하야토가 죽었다는 전갈이 날아든 것은 그로부터 3개월이

지난 1942년 초봄이었다. 미노루는 셔츠 앞단추를 풀고 땀을 식혀가며 작업을 하고 있었다. 누에가 안채에서 차를 가지고 나왔다. 미노루가 잠시 손을 쉬고 따라 나온 아이들과 휴식을 취하고 있었다. 평온한 날이었다.

"미, 미노루, 크, 크, 큰일 났다!"

눈을 감자 기시감이 일었다. 기요미가 나쁜 소식을 들고 달려온 것을 미노루는 이미 알고 있었다. 전에도 같은 소식을 들은 적이 있었다. 주위에는 가족이 있고 역시 빛으로 충만한 날이었다. 그때도 자신은 이렇게 눈을 감고 쏟아지는 햇살을 느끼고 있었다. 전생에서도 불행은 불시에 찾아왔음이 분명하다.

"하야토가 중국에 갔다 전사했단다!"

누에가 아이고 세상에! 하며 비명을 질렀다. 아들들이 걱정스러운 눈빛으로 아버지를 바라보았다. 린코가 일하던 손을 놓고 어린 에츠코를 데리고 밖으로 나갔다. 시험작인 기관총을 들고 간 후 하야토로부터는 아무런 소식이 없었다. 역시 채택되지 않았구나 하고 안심하고 있었던 만큼 갑작스러운 소식은 미노루를 더욱 충격에 빠뜨렸다. 친구를 배반한 것 같은 후회가 밀려왔다.

"어, 어떡하냐."

기요미가 미노루를 보며 물었다.

"죽었다면서. 죽었다면서 뭘 어떡한단 말이냐. 네가 그랬잖냐. 죽으면 현세의 온갖 것들로부터 해방된다고. 그렇담 그게 나을 수도 있겠지."

미노루가 셔츠 단추를 채우고 일어서더니 뭔가에 이끌리듯 햇살이 내리쬐는 밖으로 나갔다. 한가로운 섬의 풍경은 도저히 전쟁 중이라 믿기지 않았다. 미노루는 눈을 가늘게 뜨고 머리 위에서 빛나는 해를 원망스럽게 올려보았다. 어째서 저렇게도 활활 타고 있단 말인가.

"미노루."

기요미가 뒤에서 미노루를 불렀다. 미노루가 누에를 보았다. 누에는 가만히 아무런 말도 하지 않았다. 미노루는 가지고 있던 망치를 큰아들에게 건네고 발을 옮기기 시작했다.

11

미노루와 기요미가 둑으로 갔다. 치쿠고 강 강물이 아리아케 해를 향해 천천히 흘러가고 있었다. 어수선한 시대의 흐름과는 상관없이 태연하게 흘러가고 있었다. 멀리서 아득히 선착장이 보였다. 나룻배를 젓고 있는 것은 데츠조지만 그 모습은 너무도 작고 멀었다.

데츠조가 능숙하게 노를 놀려 배를 건너편 기슭으로 저어 갔다. 몇 년 전 데츠조의 아버지가 세상을 떠나 데츠조가 그 뒤를 이었다. 나룻배 따위 저을 일 없어, 하는 것이 입버릇이 었지만 아버지가 세상을 뜨자 거기서 도망칠 수가 없게 된 것이다. 금빛으로 반짝이는 강이 신답 선착장까지 뻗어 있었다. 데츠조의 배가 천천히 그 가운데로 흘러갔다. 바람결마저 볼 수 있을 것처럼 고요했다.

하야토는 어느 선착장에서 서둘러 배를 타고 삼도천을 건너갔을까……. 미노루가 멍하니 생각에 잠겼다. 고통스러워하는 하야토의 얼굴이 시베리아 적군병사의 얼굴과 겹쳤다.

미노루가 둑에 앉아 주변에 있는 풀을 움켜 뜯어서는 강물을 향해 던졌다. 기요미는 미노루 뒤에 서서 가만히 강물을 내려다보고 있었다. 데츠조에게 하야토의 죽음을 알려야 했지만, 저렇게 아무것도 모르고 일하는 데츠조를 보고 있자니 언제까지나 알리고 싶지 않았다. 소식을 모른다면 하야토는 데츠조 안에서 영원히 죽지 않을 것이다. 그는 언제까지고 하야토의 부하로 있을 수가 있다.

해가 지고 나룻배가 마지막으로 선착장에 도착할 때까지 두 사람은 둑 위에 앉아 기다렸다. 그리고 셋이 다시 나룻배를 타고 오오카와초의 와카츠로 나갔다. 와카츠는 치쿠고 강 상류에 있는 항구도시였다. 일대의 유일한 환락가이자 산에서 목재를 뗏목처럼 흘려보내 모으는 곳으로 유명한 목재교역 중계항이었다. 때문에 뒷골목에는 작은 유곽이 밀집해 있었다.

"손을 모아 합장을 하는 건 하야토에게 어울리지 않는다."

데츠조가 힘주어 말했다.

"녀석이 얼마나 쓸쓸한 날들을 보냈는지, 너희들에게도 보여주마. 하야토는 여자들과 함께 애도하는 것이 최고다."

미노루와 기요미는 아무 말도 없었다.

"하야토가 날 여기에 몇 번이나 데리고 왔었다."

데츠조가 변명처럼 고백했다. 하야토가 유곽에 드나들었냐, 하고 미노루가 묻자 데츠조가 대답 대신 입술을 떨며 고개를 끄덕였다.

"녀석은 여자들을 좋아했다기보다 온기가 필요했을 게다.

유곽에 있는 여자들이 하야토를 좋아했다. 그 녀석이 거기서는 다정한 남자로 통했다니 우습지 않냐?"

모두들 말이 없었다. 데츠조가 젓는 노에 물이 튕기는 소리만이 울려 퍼졌다. 오오카와 쪽 기슭에 정박해 있는 소형어선들의 그림자 몇십 척이 이어져 보였다.

미노루와 기요미는 하야토를 생각하며 한없이 어두운 강물을 바라보았다. 배 앞쪽으로 항구 불빛이 보이기 시작하자 데츠조가 코를 훌쩍이는 소리가 들렸다.

'화월'이란 가게는 하야토가 군무에서 자유로워지면 즐겨 찾던 곳이라 했다. 그날 밤도 부근에 주둔해 있는 병사들이 드나드는 모습을 얼마든지 볼 수 있었다. 데츠조가 앞장서 가게 안으로 들어갔다. 전쟁 중이지만 가게 안은 생각보다 밝은 분위기였다. 두꺼운 화장을 한 여주인이 친근하게 일행을 맞으며 위아래로 훑어보고는 놀러 왔수? 하고 확인했다.

"친구 몫까지 놀게 해주오."

데츠조가 대답하자 경기가 좋네, 하며 웃었다.

미노루는 이층에 있는 다다미 네 장 반짜리의 어두운 방으로 안내되었다. 방 한가운데 얇은 이불이 깔려 있고 문틈으로 들어오는 바람에 촛불이 흔들릴 때마다 방 전체가 흔들리는 착각이 일었다. 미노루가 유곽을 찾은 것은 처음이었다.
스물 네다섯 살쯤으로 보이는 여자가 방으로 들어왔다. 애교
있고 골격이 조금은 남자다운 여자였다. 미노루가 아무 말
않고 있자 여자가 잠시 어떻게 해야 할지 몰라 당황해하며 방
한쪽에 얌전히 앉아 있었다.

"손님, 전에 만난 적 있지 않나요?"

여자가 미노루의 얼굴을 올려다보며 말했다. 없는데, 하고
미노루가 무뚝뚝하게 대답했다. 어디서 본 적이 있는 것 같
은데, 하며 여자가 웃으면서 매달렸다.

"부탁이니 모르는 척 해주지 않겠나. 오늘은 장난할 기분
이 아니네."

미노루가 단호하게 말하자 여자가 미노루에게 등을 돌리더
니 아무 말 없이 빨간 기모노를 벗기 시작했다. 여자의 견골
위로 촛불이 일렁였다. 미노루는 언제까지 그 모습을 바라보
고 싶었다. 그것이 하야토를 애도하는 방법이라 생각했다.
여자가 옷을 벗은 다음에도 그대로 등을 보이고 앉아 있게 하
고 미노루는 다가가지 않았다.

"손님, 왜 안 안아요?"

여자가 벽을 바라본 채 웃으며 물었다. 미노루가 팔을 괴고

누웠다. 전시에 이런 일을 하는 여자들이 있다는 것에 화가 치밀었다. 그러나 나라를 위해 내일이면 목숨을 잃을지도 모를 하야토와 같은 군인들에게 이곳은 위로와 안식의 장소일지 모른다는 생각도 들었다. 그리 생각하면 이 불온한 공간도 용서가 되었다.

"그쪽이 쓸모가 없게 됐나요?"

하더니 여자가 깔깔대고 웃기 시작했다. 천박한 웃음소리에 미노루가 입을 굳게 닫고 말았다. 하야토의 마지막 모습이 보이는 것 같아 미노루가 얼굴을 찡그렸다.

"안 안으면 곤란한데……."

여자가 미노루에게 살짝 얼굴을 돌리며 애교스럽게 말했다.

"옷을 입게."

미노루의 말에 여자가 영문을 모르겠다는 듯이 돌아보았다. 미노루가 일어나 바지를 툭툭 털며 미안하네, 기분 나쁘게는 생각지 말게, 하고는 여자 곁을 지나 그대로 방을 나왔다.

어쩐지 하야토가 독신이었던 이유를 알 것 같았다. 애초부터 죽음을 예감하고 있었음에 틀림없다. 미노루가 몇 번이고 작게 고개를 저었다. 그리고 가슴에 묻어둔 숨을 천천히 내쉬었다.

어두운 복도에서 출구를 찾을 수가 없어 눈이 익숙해질 때까지 잠시 서 있었다. 옆방에서 여자 신음소리와 함께 데츠조의 으르렁거리는 듯한 소리가 들렸다. 듣고 있는 쪽이 부끄러워질 정도로 야성만이 드러난 고통스러운 외침이었다.

12

세 사람은 집으로 돌아가지 않고 와카츠 기슭에 있는 술집으로 가 끼얹듯이 술을 퍼마시며 아침을 맞았다. 평소에는 성실하고 냉정한 미노루였지만 이때만은 들떠 있었다. 기요미가 가장 먼저 취해 쓰러졌다. 데츠조가 노래를 불렀다. 미노루가 노래에 맞춰 박수를 치자 처음 만난 가게 여주인이 장단을 맞춰주었다. 즐거울 턱이 없는데 세 사람은 웃음이 떠나지 않았다. 어린 시절 이야기는 하지 않았다. 하야토의 이야기는 단 한마디도 하지 않았다. 이렇게 세 사람이 떠들어대는 것이 하야토에 대한 유일한 애도라 생각했다.

새벽 무렵 기요미와 데츠조가 반쯤 잠든 틈을 타 미노루가 몰래 가게를 빠져나왔다. 술집 뒤편의 치쿠고 강으로 가 날이 밝기 시작한 강가에서 방뇨를 했다. 참고 있던 오줌이 방광에서 배출되는 것은 얼마나 기분 좋은 일인가. 몸 안에 있는 모든 것을 쏟아내고 싶었다. 마지막 한 방울까지 짜낸 다음 미노루는 취기가 다 가시지 않은 상태로 두 사람이 있는 술집으로 돌아갔다.

13

하야토가 죽은 해 6월, 일본은 미드웨이해전에서 패했다. 그 무렵부터 패전의 그림자가 일본열도에 조용하게 서서히 내려앉기 시작했다. 다음 해 2월에는 과달카날(남태평양 솔로몬제도의 섬)에서 일본군이 완전철퇴하기에 이르렀고, 9월에는 동맹국인 이탈리아가 무조건 항복을 했으며, 1944년 6월에는 미군이 사이판에 상륙, 1945년 2월에는 이오지마硫黃島에까지 밀어닥쳤다.

한가로운 섬에도 하루에 몇 번씩 미군전투기가 지나가 일본의 제로선이라 생각하고 열심히 손을 흔들던 아이들을 실망시켰다. 치쿠고 강 모래사장에 있는 도랑둑을 잠수함으로 착각했는지 집요한 공격이 되풀이되었다. 그 때마다 선착장이 피해를 입어 미노루는 섬사람들과 함께 보수를 해야 했다.

어느 맑은 날, 섬에 경보가 울려 퍼졌다. 공장에서 일하던 미노루가 도구를 팽개치고 집에 있는 아이들을 데리고 방공호로 대피했다. 방공호 속에서 가족들이 이불을 뒤집어쓰고 경보가 해제되기를 숨죽여 기다렸다. 어린 에츠코가 배가 고파 울기 시작해 미노루가 공장 옆에 심어둔 덜 익은 토마토를 따러 달려 나갔다. 고작 10여 미터 거리였는데 방공호를 나오자 미노루 발밑에 그라만 전투기의 그림자가 겹쳤다. 그 순간 기관소총 소리가 들렸다. 땅바닥이 깎이고 미노루는 간발의 차로 용수로 다리 밑에 몸을 숨겨 목숨을 구할 수 있었다.

푸른 하늘 위로 지나가는 적기를 보며 미노루는 시대가 변할 것을 확신했다.

3월에 있었던 도쿄 대공습에 이어 오키나와에 미군이 상륙하자, 사람들은 이 섬에도 미군이 들어오지 않을까 불안한 마음을 감추지 못했다. 미군이 들어오면 군의 일을 맡았던 철포 수리점이 제일 먼저 수모를 당할 거라고 사람들이 수군거렸다. 소문은 이윽고 아이들의 귀에까지 들어갔다.

"사람들이 미군이 여기까지 쳐들어올 거래."

"모두 체포돼서 사형당할 거래요."

누에가 아무리 괜찮다, 조상님들이 지켜주신다며 타일러도 경험한 적 없는 공포에 휩싸인 아이들은 여전히 불안해 했다.

미노루가 아이들을 일렬로 앉힌 다음 일본은 지지 않을 거라 큰소리를 쳤다. 도코노마(객실인 다다미방 정면에 바닥을 한 층 높여 만든 곳으로 벽에 족자를 걸고 바닥에는 도자기나 꽃병 등을 장식한다—옮긴이)에 장식해둔 일본도를 아이들 앞에서 뽑아들었다. 명인이라 칭송받던 증조부가 만든 칼로 에구치가의 가보였다. 칼을 아이들 앞에 들이대며 말했다.

"아무 걱정 말아라."

지금껏 본 적 없는 엄한 표정이었다. 배에 힘을 주고 큰 소리로 가족들의 불안을 불식시키려 했다.

"만약의 일이 일어난다 해도 너희들을 미군에게 넘기지는 않을 것이다. 내가 너희들을 모두 성불시켜줄 테다."

아무도 소리 내지 못했다. 공포로 눈은 떨고 있었지만 미노루의 기압에 눌려 말을 할 수가 없었다. 미노루가 칼을 높이 쳐들고 아이들의 두려움을 불식시키려는 듯 크게 내리쳤다. 칼끝이 다다미에 꽂혔다.

에츠코가 울기 시작하자 누에가 괜찮다며 뒤에서 살며시 안아주었다. 미노루도 염려하지 않은 것은 아니었다. 기관총을 개발했었다는 것이 미군 측에 알려지면 틀림없이 그들은 이곳으로 올 것이다. 섬사람이면 누구나 철포 수리점을 알고 있다. 숨을 곳이라고는 어디에도 없었다.

나가사키에 원폭이 투하되었다는 소식이 전해지자 조용하던 섬이 크게 동요했다. 천황이 포츠담선언을 수락하며 전쟁이 끝나자, 미노루 일가의 불안은 절정에 달했다.

미노루는 한밤중에 아이들을 깨웠다. 잠에서 깬 아이들은 서로 몸을 기대며 공포에 떨었다. 이제 죽는다는 생각에 에츠코가 울기 시작했다. 미노루가 에츠코를 안으며 괜찮다, 몰래 총을 강에다 버리러 가는 거다, 하고 말했다.

어둠을 틈타 에구치 일가가 집 안에 있는 모든 총과 칼과 박격포를 손수레에 실었다. 그동안 숨겨두었던 에구치형 경기관총도 함께 실었다. 공장에 있었던 총은 손수레로 열 대가 넘었다.

수레에 가득 실은 무기를 가족들이 하야츠에 강에 버리러 갔다. 모두 심각한 표정이었다. 에츠코까지 열심히 수레를 밀었다. 이따금씩 금속이 부딪치는 소리가 슬픈 비명처럼 들렸다.

오오타쿠마와의 경계에 오래된 선착장이 있었다. 수심이 가장 깊은 곳으로 대형선박이 접안할 수 있는 곳이었다. 일가는 수레를 선착장 끝에 세웠다. 미노루가 수레에 실린 총들을 보며 미안하구나, 하고 작별을 고하고는 아들들에게 강에 던져 버리도록 했다. 아이들이 총을 차례차례 강물에 집어던졌다. 물보라를 일으키며 총들이 무겁게 강물 속으로 사라졌다. 미노루가 꼼짝 않고 서서 그 광경을 지켜보았다. 린코와 에츠코도 돕기 시작했다. 총을 던질 때마다 강물이 튀었다. 꿈과 희망이 두 번 다시 오르지 못할 강바닥의 어둠 속으로 가라앉는 기분이었다.

"이제부터 어떻게 한다."

미노루가 열심히 총을 던지는 아이들을 보며 중얼거렸다.

제5장

1

일본이 전쟁에 패한 뒤에도 섬의 한가로운 풍경은 조금도 변함이 없었다. 진주군이 에구치 공작소로 들이닥치는 일도 없었고, 기관총을 개발했다는 이유로 미노루가 경찰에 체포되는 일도 없었다. 그러나 에구치 공작소는 일거리가 끊겨 종업원을 대폭 줄이고 농기구 수리 등으로 겨우 명맥을 유지하게 되었다.

물자부족으로 생활은 궁핍했으나 일상생활은 새로운 시대

를 위한 움직임들이 있었고, 패전의 침울하고 퇴폐적인 대도시의 분위기는 찾을 수 없었다. 햇살은 전쟁이 휩쓸고 지나간 뒤에도 어느 때처럼 온 섬으로 쏟아졌다. 아이들은 논두렁을 뛰어다니고 까치는 여전히 우아하게 하늘을 날았다. 사람들의 의식이 다소 변했다 해도 논밭에 일렁이는 부드러운 바람은 예전과 다르지 않았다.

이제 쉰을 바라보게 된 미노루지만 여전히 시베리아에서 사살한 청년병사의 모습이 떠올랐다. 전시 중이라는 긴장이 풀리고 패전이란 이완된 상황에서도 서둘러 지나온 역사의 소용돌이 속에서 저지른 죄의식이 미노루의 마음 깊숙한 곳을 뒤흔들었다.

그 청년에게도 분명 애인이 있었겠지. 부모는 얼마나 고통스러웠을까. 그는 어떤 애칭으로 불리며 누구의 사랑과 흠모를 받고, 어떤 삶을 살았을까. 가끔 당시의 기억이 오래된 추억의 상처처럼 가슴 깊숙한 곳에서 아려왔다.

모든 것은 전쟁이 일으킨 잘못이라 타일러보지만, 청년의 입술과 눈동자 빛깔까지 선명하게 떠올랐다. 눈을 물들이던 검붉은 피와 살의 감각이 오랜 전쟁이 끝나자 갑자기 되살아났다. 지금까지는 모두 전쟁이란 비상사태에서 합법적으로 허용되었던 것이다.

패전으로 일본군은 해체되고 천황이 인간선언을 했다. 긴장이 풀린 지금, 미노루는 과거를 떠올렸다. 그것은 기시감이 아닌 기억이란 감촉이었다. 둑에 서서 석양을 바라볼 때나 공장에서 새로운 기계를 고안하는 중에도 문득문득 어두운 기억의 빛이 스며들었다. 멀리서 총성과 병사의 오열이 미노루를 향해 날아왔다. 살인의 감촉은 미노루의 뇌리에서 날로 명료해졌다. 세계는 평화와 협조로 기울어가는데 미노루는 선명한 과거의 기억 때문에 고통스러웠다. 머릿속에 달라붙은 살인의 기억은 좀처럼 사라질 줄 몰랐다.

미노루는 쉰 살이 되면서부터 갑자기 닭고기뿐 아니라 모든 육류를 입에 대지 않게 되었다. 고기를 보면 시베리아에서의 기억이 떠올랐기 때문이다. 나중에는 고기를 먹는 사람을 보는 것조차 힘들어졌다.

2

어느 날 미노루가 갈대밭을 지나갔다. 길도 나지 않은 갈대밭을 걷다 덤불 속에서 오래된 뼈를 발견했다. 뼈는 여기저기 흩어져 있었고 개중에는 반쯤 땅에 묻힌 것도 있었다. 주위를 살펴보니 불룩하게 흙을 얹은 묘가 나란히 서 있었다. 갈대가 그 위를 덮고 있어 이제껏 섬사람들도 그것이 묘란 것을 몰랐을 것이다. 17세기에 섬을 개척하기 위해 왔던 사람들의 묘가 가까이 있어 같은 시기의 것이라 추측할 수 있었다. 개들이 묘를 파헤친 것 같았다. 두개골은 찾지 못했다. 미노루가 넓적다리뼈를 주웠다.

주변에 어둠이 내려앉았다. 날아온 눈송이가 볼에 닿은 것 같았다. 불길한 눈보라가 이는 광경도 보였다. 거친 호흡소리도 들려왔다. 뺨을 때리며 세차게 불어오는 눈덩이 저편에는 시체가 누워 있었다.

미노루가 뼈를 내려다보았다. 누렇게 변색된 화석 같은 뼈를 양손에 들자, 이 뼈 주인이 생을 얻어 죽을 때까지 봤을 세상의 모든 것들이 한순간에 되살아나는 것 같았다.

미노루는 어째서 사람을 죽이는 것이 죄가 되는지 생각해보았다. 자연계에서 인간만이 동족을 죽이는 것을 죄악이라 여긴다. 이것이 바로 인간이 다른 동물들과 구별되는 점이다. 그러나 그러한 규정은 신에 대한 모욕이 아닐까. 인간 또

한 동물에 지나지 않으니 약육강식을 부정할 수 없는 것 아닐까. 실은 태어나면서부터 죽어가는 운명이 아닌가. 그 때문에 전쟁도 끊이지 않는 것이다. 사람을 죽여보지 않으면 알지 못하는 것도 있다. 동물이 동물을 먹이로 삼고 자연과 대치하듯이. ……자신을 타이르던 미노루가 문득 이런 자기방어적인 생각에 화가 치밀어 고개를 저었다.

해질녘 미노루는 지금껏 누구에게도 털어놓지 못한 자신의 고백에 귀를 기울여줄 스님을 찾아갔다. 스님은 아무 말 없이 미노루의 이야기를 들었다. 그리고 이야기가 끝난 후에도 한동안 입을 떼지 않았다. 찻잔 속을 가만히 들여다보다 입을 조금 내밀고는 작게 고개를 흔들었다.

"한창 전쟁 때 일이네, 어쩔 수 없는 일이지."

스님이 한숨 섞인 소리로 말했다.

"그렇긴 하지만 죽어가는 사람에게 그렇게까지 할 필요가 있었나 하는 생각 때문에 밤마다 괴롭습니다."

"그 또한 어쩔 수 없는 일 아닌가. 전쟁이 잘못이지. 자네가 그렇게 하지 않았다면 자네가 죽었을지도 모르네."

"그때 분명히 저에게는 살의가 있었습니다. 파리 목숨 같았던 청년을 죽이겠다는 분명한 의지가 있었단 말입니다. 아니, 더 솔직히 말씀드리면 마지막에는 그 청년을 죽이고 싶다는 충동까지 있었습니다."

스님이 미간에 무수한 주름을 보였다.

"이도 저도 모두 전쟁 탓이다. 그렇게 자책해서 어떻게 하겠다는 겐가. 사람들은 머리가 좋아지면 잘못을 저지르게 되어 있지. 알겠는가, 전쟁터에서 사람을 죽여야만 했던 자네의 불행을 잊어서는 안 되네. 평생 그것을 가슴에 품고 살아야 할 게야. 살아남은 자네가 죽은 사람의 몫까지 이 세상에서 할 수 있는 것이 무엇인지 생각해보게. 그것이 살아남은 사람의 사명이네. 죽은 이에 대한 속죄이기도 하고."

"속죄……."

"살아남은 자가 할 수 있는 일을 하는 게지. 미노루 자네가 할 수 있는 뭔가가 있을 게야. 그것을 찾아 죽은 사람을 위해, 또 다른 사람들을 위해 살아간다면 자네를 괴롭히는 죄악도 정화될 걸세."

스님이 미노루의 눈동자 깊숙한 곳을 바라보았다. 미노루는 스님의 시선으로 불안정했던 자신의 마음이 어느 정도 완화되는 것을 느꼈다. 힘을 빼듯이 어깨를 가볍게 돌려보았다. 근육 마디마디가 쑤시고 아팠다. 신경을 타고 통증이 정

수리로 서서히 올라왔다.

3

요즘 이 양반이 이상해요, 하고 데츠조의 아내 기미에가 미노루를 찾아온 것은 패전 다음 해 봄이었다. 며칠째 집에도 안 들어오고, 불쑥 돌아왔다 싶으면 술하고 여자 냄새가 코를 찌를 지경이에요, 하고 기미에가 울며 하소연했다.

미노루는 데츠조가 일이 끝날 즈음에 맞춰 부둣가로 나가 보았다. 어둠이 내린 강기슭에서 데츠조가 나룻배를 정리하고 있었다. 어이, 하고 부르는 미노루 소리에 데츠조가 어색한 눈으로 돌아보았다.

"무슨 일이냐, 이 시간에. 오늘 일은 끝났다."

데츠조가 무뚝뚝하게 내뱉으며 시선을 거두고는 손을 움직였다.

"그런가. 요즘 통 보질 못하니 어떻게 지내나 하고 들러봤지. 하야토가 죽은 다음엔 자네 얼굴도 보기 힘들어서."

미노루 말에 데츠조가 코웃음을 쳤다.

"기미에가 어떻게 하고 있나 보고 와달라고 했겠지."

미노루가 순순히 맞다, 하고 머리를 긁적이며 웃었다.

"내 그럴 줄 알았다. 그래, 네 생각대로다. 와카츠에 여자가 생겨서 줄곧 그쪽에 가 있다. 오늘도 막 가려던 참이고."

미노루가 배에 올라탔다. 배가 흔들렸다.

"같이 가자."

미노루가 배 한가운데에 앉으며 말했다. 데츠조가 잠시 망설이다 마음을 정했는지, 그래 좋다, 하고는 노를 젓기 시작했다.

어둠이 짙게 내려앉은 강에 두 사람을 태운 나룻배가 와카츠가 있는 상류로 나아갔다. 달도 보이지 않는 조용한 밤이었다. 데츠조가 미노루 등을 가만히 바라보며 노를 저었다.

"그래, 하야토가 살아 있을 때는 넷이서 어울려 다녔지."

미노루는 앞을 바라본 채 말했다. 그때가 좋았지, 하고 데츠조가 잠시 뒤 마음을 열며 대답했다.

"갈대밭에 곧잘 갔었는데."

"그래, 그랬었지. 기요미를 어지간히 못살게들 굴었지."

둘이 함께 웃었다.

"너희 둘이 어지간했었어야지."

"그땐 참 잔인했었다."

두 사람이 입가에 미소를 띤 채 한동안 아무 말 없이 강물을 내다보았다.

"언제까지고 철부지 아이로 있고 싶었다."

데츠조의 말이 강물 위로 낮게 퍼지듯이 울렸다.

"그럴 수는 없지."

미노루가 타이르듯 힘주어 말했다. 그 표정을 데츠조가 읽을 수는 없었지만, 친구를 염려하고 타이르는 말이기도 했다.

"요즘은 꿈만 꾼다. 그게 꿈인지 현실인지 도통 알 수가 없는 애매한 꿈이다. 꿈속에서도 나는 뱃사공이다. 오오노지마와 신답을 왔다 갔다 한다. 꿈인지 현실인지 도통 알 수가 없으니 죽을 맛이다. 노를 저으면서도 그게 꿈이란 걸 안단 말이다. 게다가 꿈속에서조차 아무런 일도 일어나지 않으니, 젠장 이게 무슨 꿈이란 말이냐. 그냥 맞은편으로 갔다가 돌아오는 꿈이라니. 어쩌면 이건 꿈이 아니라 현실일까 싶어 불안해진다."

데츠조의 초조함이 배를 타고 미노루에게 전해졌다. 강 상류는 어두워 끝이 보이지 않았다.

"살아 있는 게 아니라면, 꿈속에 있는 것만으로 충분한 것 같다. 이렇게 와카츠까지 가는 내가 이 세상에 있다는 게 얼마나 신기한지 설명하고 싶어도 방법이 없다."

미노루가 입을 열려다 그만두었다. 왠지 짜증 섞인 데츠조의 소리를 들으니 기분이 좋았다.

"이렇게 깜깜한 강에서 노를 젓는다. 들리는 것이라고는 키익키익 하고 노가 배랑 맞닿는 소리랑 쏴아 하는 물소리뿐이다. 이대로 나도 모르는 곳에 닿지 않을까 하는 기대로 늘 노를 젓는다. 이런 어둠 속을 다니다 보면 알 수 있지. 현실 같은 건 애초에 없었다는 것을……."

미노루가 문득 뒤를 돌아보았다. 혹시나 정말 데츠조가 거기에 없는 것은 아닐까 싶어서였지만, 아니었다. 노를 젓는 그의 모습은 듬직했고 분명한 현실이었다.

"난 벌써 30년이나 이렇게 나룻배를 젓고 있다. 지금까지 몇만 명이나 되는 사람을 반대편 기슭에다 날랐지. 그게 도대체 무슨 의미가 있는지 모르겠다. 의미 같은 건 없겠지. 그저 셀 수 없을 만큼 이쪽과 저쪽을 왔다 갔다 했을 뿐이야. 그러다가 나도 언젠가는 죽겠지. 하야토가 갑자기 사라진 것처럼 나도 얼마 안 가 사라질 거다. 내가 노를 젓지 못하게 되거나 치쿠고 강에 나룻배가 없어진다면 세상은 어떻게 될까? 아무엇도 바뀌지 않거나 몽땅 사라지거나 어느 한쪽일 게야."

어둠 저편에서 와카츠의 불빛이 보이기 시작했다. 도시의 불빛이 강물 위로 떠오르더니 강물을 타고 흐르기 시작했다. 하류로 향하는 배 몇 척이 비껴갔다. 미노루는 목재를 실은 배를 눈으로 좇았다. 갑판에 있는 선원들의 실루엣만이 어둠 속에서 멍하게 떠올랐다. 그들이 어디로 향하는지 궁금했다.

"내가 없어진 다음 세상이란 어떤 걸까?"

데츠조가 조금은 차분해진 목소리로 중얼거렸다. 미노루는 더는 뒤를 돌아보지 않았다. 불빛이 보이는 곳만 똑바로 바라보았다. 불빛이 깜빡거리며 부풀었다 흐릿해졌다 하더니 조금씩 뭍에 가까워졌다. 어쩌면 멀어지고 있는 것인지도 모른다고 미노루는 생각했다. 이렇게 보이는 세상 모두가 데츠조의 꿈속이라면, 하는 생각을 하자 갑자기 웃음이 나왔다.

"미노루, 내가 없어진다면 이 세상도 그 순간에 사라질 게야. 세상은 자기 머릿속에 있는 환영일 테니까. 미노루도 결국은 내가 만들어낸 환영이다. 하야토나 기요미, 기미에도 모두가 환영이다. 나는 말이다, 지금껏 수많은 사람들을 선착장에서 선착장으로 날랐다. 그건 모두가 환영이다. 알겠냐, 모두가 허깨비라고."

배가 천천히 와카츠 항에 닿았다.

한때는 흥청거리던 이 유곽거리도 패전으로 조금은 어둠이 배어 있는 것 같았다. 두 사람은 아무 말 없이 어둑한 골목을 걷다 화월이란 곳으로 들어갔다. 안에서 여자가 데츠조를 기다리고 있었다. 아직 이십 대 전반으로 보이는 젊은 여자였다. 이런 곳과는 어울리지 않는 조신한 인상이 어쩐지 미노루를 불안하게 했다. 데츠조가 번 돈을 몽땅 여자에게 쏟고 있는 모양이었다. 여자는 미노루가 있는 것도 아랑곳 않고 데츠조 팔에 매달려 안으로 들어갔다.

"어쩔 테냐?"

데츠조가 가게 문 앞에 서 있는 미노루를 돌아보며 물었다.

"나는 됐다. 같이 오고 싶었을 뿐이야. ……뒤쪽에서 술이나 마시며 기다리마."

"뭐야, 재미없는 녀석 같으니."

데츠조가 턱을 당기며 뭔가 결심한 듯한 눈으로 미노루를 보았다.

"그래, 넌 항상 우리들이 노는 걸 차가운 눈으로 봤지. 기요미를 못살게 구는 우리를 유치하다 생각하면서."

"그렇지 않다."

"글쎄, 그럴까? 지금도 나를 바보 취급하는 거 아니냐? 기미에한테 알려주라고. 이렇게 힘든 세상에 나는 집을 비우고 여자한테 푹 빠져 지낸다고 말이다."

미노루가 한숨을 쉬었다. 복도를 돌아가던 데츠조가 뒤를 돌아보았다. 불빛에 비친 얼굴은 놀랄 정도로 지쳐 있었다. 데츠조가 묘한 웃음을 짓더니 가볍게 한 손을 올려 검지로 천장을 찌르며 알 수 없는 신호를 보냈다.

4

여든 노모 가네코의 몸과 마음이 하루가 다르게 쇠약해지는 모습은 애처로울 지경이었다.

나가시로가 죽은 뒤 점점 건망증이 심해진 가네코는 결국 치매가 들고 말았다. 자주 기억이 역류하거나 겹쳤다 사라지기도 했다. 과거와 현재가 하나가 되어 바로 어제 일처럼 이야기하나 싶다가도, 어느새 30년 전으로 돌아가 아직 살아 있는 이시타로와 젊은 나가시로가 등장하기도 했다. 처음 증상이 나타났을 때는 가네코가 무슨 이야기를 하는지 미노루와 누에는 이해하기 힘들었다. 그러나 점점 가네코가 시공을 자유로이 오가고 있다는 사실을 안 다음부터 시간 축과는 상관없이 어머니와 이야기하는 방법을 터득하게 되었다.

"그건 어떻게 했니?"

그게 뭔데요, 하고 미노루가 물으면 이시타로 짚신 말이다, 하고 가네코가 대답했다.

이시타로의 짚신? 하고 물으려다 미노루가 입을 다물었다. 아아, 하고 말끝을 흐리며 어머니 얼굴을 들여다보았다. 어머니의 눈동자가 수십 년 전의 날들을 헤매고 있다는 것을 알 수 있었다. 눈초리와 미간이 예민하게 파도치고 있는 것과는 대조적으로 입가에는 엷은 미소를 짓고 있었다. 미노루는 그런 어머니의 얼굴을 살피며 입을 맞추었다.

"너희들 왜 이렇게 장난이 심하니. 짚신이 없으면 학교에 안 가도 된다고 생각했지. 짚신이 없어졌대도 엄만 너희들을 학교에 보낼 게야. 맨발로 가거라. 맨발로 학교에 갔다가 아이들이 놀려대도 난 모른다. 그게 싫으면 어서 가서 짚신을 찾아와."

미노루는 어머니의 흐릿한 눈동자를 보며 그리움에 사무쳤다. 형 이시타로와 미노루는 곧잘 식구들 짚신을 감췄었다.

짚신이 없으면 학교에 안 가도 된다고 이시타로가 꾀었기 때문이다. 짚신은 대개 밭에 있는 짚더미 속에 감추었다. 감춘 것까진 좋았는데 찾지를 못해 아버지 나가시로에게 매를 맞기도 했다.

"미노루, 가서 형을 불러오너라. 혼 좀 내야겠다. 허구한 날 이렇게 장난만 쳐서야, 원. 이번엔 단단히 혼을 내줘야겠어."

미노루가 다정하게 가네코의 손을 잡았다. 가네코의 시선은 여전히 과거를 서성이고 있었다.

"요즘 이시타로가 안 보인다. 대체 어디 숨어 있는 게냐? 또 엄마를 놀라게 하려고 그러나 본데 안 봐도 뻔하다. 미노루, 알고 있는 대로 말 안하면 이따가 너도 함께 혼난다."

미소를 띠고 있던 가네코가 입을 삐죽이 내밀고 몇 번이나 실룩거렸다.

"몇 살이 됐건 아이는 아이로구나."

들릴락 말락한 소리로 가네코가 중얼거렸다. 그러고는 뭔가 생각난 것을 서둘러 바닥으로 밀어 넣는 것 같았다.

5

린코가 규슈지역 웅변대회에서 우승한 것은 전후 오랜만에 듣는 에구치가의 밝은 소식이었다. 린코 사진이 크게 실린 신문을 아침저녁으로 보며 미노루는 마치 자기가 수상이라도 한 듯한 심정이었다.

린코가 매일 밤 가족들과 가까운 이웃사람들 앞에서 웅변연습하는 모습을 미노루도 보아왔다. 쑥스러운 마음에 예행연습 때는 얼굴을 내밀지 않았지만, 마루에서 들려오는 낭랑한 린코의 목소리에 야릇한 위안을 느끼며 화로 앞에 앉아 귀를 기울였었다. 미노루는 히카루오카를 떠올리지 않을 수 없었다. 웅변대회장의 사람들 마음을 사로잡은 능숙한 화술은 역시 전생에 무당이었던 것과 무관하지 않을 것이다. 사람들 앞에서 자기의견을 분명하고 당당하게 이야기하는 린코의 모습은 한 치의 거리낌도 없었다. 이 아이는 많은 사람들을 끌어모으는 재능이 있다고 미노루는 확신했다. 말주변이 없는 집안에서 저렇게 자기의견을 분명하게 말할 수 있는 아이가 어떻게 태어났는지, 윤회의 힘이라고밖에 생각할 수 없었다.

어느 날 린코가 말했다.

"아버지, 어째서 사람들은 다른 사람이 무슨 생각을 하는지 알 수가 없어요?"

미노루가 작게 고개를 끄덕이며 조용히 린코의 이야기에 귀를 기울였다.

"사람들이 신기해요. 매일 많은 사람들을 만나는데, 그 사람들 마음을 읽고 싶어요. 사람들 마음을 안다면 더 살기 좋아질 것 같아요."

"사람들 마음을 모르기 때문에 더 좋은 것도 있지 않겠니? 다른 사람의 마음을 다 안다면 네가 힘들지도 모르니까. 오히려 모르기 때문에 사람들이 살아갈 수 있는 건지도 모르겠다."

미노루는 린코 이야기에 내심 놀랐다. 같은 물음을 미노루 자신이 어렸을 때 품은 적이 있기 때문이다. 아버지로서 모른다고 하고 싶지 않았다. 그것이 어떤 것이 되던 대답을 해야 한다 생각했다.

"그렇지만 사람들 마음을 알면 그 사람들에게 도움이 될 수 있잖아요."

미노루는 이 아이에게 전생에 대한 이야기를 해야 하나 망설였다.

"린코야."

미노루는 마오 이름이 목까지 올라왔다. 린코가 커다란 눈을 반짝이며 미노루를 바라보았다.

"린코는 윤회, 그러니까 사람이 다시 태어난다는 것을 믿느냐?"

린코가 고개를 끄덕였다.

"저는 전생에 어떤 사람이었을까요?"

"알고 싶니?"

"……알고 싶긴 한데 무섭기도 해요. 자신이 어떤 사람이었는지 알면, 제 미래가 거기서 끝나버릴 것 같아요."

미노루가 눈을 가늘게 떴다.

"과거에 얽매여 무슨 일이든 과거에 비추어 결정하게 되면 지옥 같을 거예요. 역시 모르는 게 나아요. 모른다고 손해 볼 것도 없고요. 모르는 쪽이 훨씬 나답게 살 수 있을 거예요."

미노루가 고개를 끄덕였다. 지금까지 아무 말 않은 것을 다행이라 생각했다. 린코가 이상하다는 듯이 미노루를 보았다. 미노루는 그 시선이 간지러운 듯 고개를 흔들며 얼버무렸다.

"아무것도 아니다. 너는 분명히 전생에도 린코였을 게다. 린코를 린코 말고는 생각할 수 없으니까."

린코가 웃었다. 건강한 치아를 드러내고 티 없이 밝은 얼굴이었다.

"저도 전생에 내가 다른 사람이었단 건 상상이 안 가요. 난 전생에서도 나였을 거예요. 전생이 있었다는 건 믿지만 지금은 그냥 저대로 살고 싶어요."

미노루가 다시 고개를 끄덕였다.

"너는 네가 옳다고 생각하는 대로 살면 된다. 상대방의 생각을 존중해야겠지만, 네가 옳다고 생각되면 그대로 하거라. 그게 너한테 주어진 운명일 게다."

자기 피가 흐르는 아이 중에 혼의 윤회가 미친 것이 신기했다. 미노루는 이따금 부모란 누군가가 잠시 아이들을 맡긴 것에 지나지 않을지도 모른다고 생각했다. 고생고생해서 아이를 키웠다고 자만해서는 안 된다. 아이는 맡겨진 것뿐이다. 그것이 피의 역할이며, 아이에게는 혈육과는 또 다른 혼의 관계가 있을 거라 여겼다.

"린코, 너는 사람들을 위해 사는 게 좋을 것 같구나."

미노루가 웃고 있는 린코의 머리를 쓰다듬었다.

6

전후 오오노지마에 새로운 묘지가 차례차례 들어섰다. 전쟁으로 죽은 젊은이들의 묘와 패전의 혼미 속에서 목숨을 잃은 노인들의 묘였다. 갑자기 늘어난 묘 때문에 기존의 묘지나 절에 모시는 것만으로는 턱없이 부족해 가구당 논의 일부를 묘지로 정비해야 했다. 이러다가는 언젠가 섬 전체가 묘지가 되는 것이 아닌가 미노루는 염려스러웠다. 새로운 생명들이 태어나고 그 이상으로 사람들은 죽어갈 것이다. 어떻게든 조화를 이루어야 했다.

"이대로 두었다가는 점점 늘어난 묘 때문에 농지가 줄어들 것이다. 섬에는 농사를 지을 수 있는 땅이 제한되어 있다. 게다가 돌보는 사람 없는 묘처럼 비참한 것도 없지. 조상들을 한데 모아 납골당 같은 걸 만든다면 토지문제도 해결되고 조상님들을 소홀히 하는 일도 없어질 텐데."

공동납골당이라는 새로운 형태는 간토나 간사이 지방의 일부 대도시에서 점차 확대되고 있었다. 그러한 사실을 안 미노루는 오오노지마에도 이를 도입하도록 섬의 장로들이 모일 때마다 역설해왔다. 그러나 치쿠고 강 하류에 위치한 이 작은 섬에서는 무엇보다 다리를 놓는 것이 최우선 과제였기 때문에 공동납골당에 대한 관심은 여전히 저조했다.

에구치 일가의 묘는 공작소 서쪽에 꽤 넓은 터를 확보하고 있었다. 집과 공장을 합한 것보다 넓은 터로 섬에 이주해온 후의 조상들 묘가 이미 반쯤 들어서 있었다.

가장 최근에 세운 것은 나가시로의 묘로 그 속에는 이시타로와 다쿠마의 유골이 함께 들어 있었다.

미노루는 아침에 공장에 나가 일을 시작하기 전에 조상들을 향해 절하는 것을 빼놓지 않았다. 일이 끝난 다음에도 반드시 합장을 했다. 저녁 해가 묘지로 쏟아져 묘비들의 이끼가 금빛으로 물결치는 것은 조상들 혼과의 소통이기도 했다.

나가시로의 묘비에도 세월이 흐르면서 이끼가 끼기 시작했다. 작업을 시작하기 전에 시간을 내서 수세미로 이끼를 닦아냈다. 미노루가 묘지를 치우는 것을 본 누에가 공장에서 물통과 솔을 들고 나왔다.

"지저분한 게 마음에 걸려서."

누에가 함께 묘비를 닦았다. 요 근래 분주한 탓에 묘지를 돌볼 여유가 없었다.

"내가 더 신경을 썼어야 했는데."

누에가 묘석 하나하나를 문질러 닦으며 우리도 언젠가 이렇게 나란히 묘에 들어가겠지요, 하고 중얼거렸다. 미노루의 눈길이 누에의 바지런한 손놀림에 머물렀다. 몸을 폈다 구부렸다, 정성껏 묘석을 닦는 모습을 보니 기억 깊은 곳이 떨려왔다. 오랫동안 느끼지 못했던 기시감이었다. 미노루가 손을 쉬고 잠시 멍하니 바라보자, 왜요? 하고 누에가 물었다.

"아니네, 이런 광경을 전에도 본 적이 있는 것 같아서."

미노루가 시선을 떼지 못했다. 누에가 몸을 일으키며 그거요? 하고 물었다. 미노루가 음, 하고 대답했다.

"그렇지만 이제 사라졌네. 분명 지금 이 순간과 기억 속의 광경이 일치했는데. 예전에는 몇 분이나 계속되더니 요즘은 횟수도 줄고 시간도 짧아졌어."

"나도 요즘엔 전혀 없어요. 예전에는 자주 그랬었는데. 나이가 들면서 없어지는 건가 봐요."

"나이 들었단 말이로군."

"그래요, 젊었을 때에 비하면 그 느낌이 크게 줄었으니까요."

미노루가 고개를 끄덕였다. 분명 어느 시기를 경계로 기시감이 줄었다. 스무 살 전후의 쏟아질 듯이 계속되던 기시감은 그 이후 없어졌다.

"모르겠어, 죽을 때가 가까워졌다는 이야기인지도."

두 사람이 서로의 얼굴을 보았다. 긴 세월의 흔적을 읽을 수 있었다. 누에의 눈가에는 상처 같은 곡선의 주름이 졌다. 그 주름이 그녀의 얼굴을 부드럽게 만들었다. 까무잡잡했던 여자아이의 얼굴이 이제는 복스럽게 둥글고 부드럽게 반짝였다.

7

미노루는 사람들이 떠난 공작소의 고요한 공기 속에서 철판이며 철근들을 바라보고 있었다. 조용히 손을 뻗어 그것들을 만졌다. 사심이 스며들 틈을 허락하지 않는 철의 단단함은 모든 것이 지나간 이 시대의 유일하고 절대적인 기준처럼 느껴졌다.

미노루는 쭈그리고 앉아 철 덩어리를 들었다. 대부분 철 수리에 사용하다 남은 것들이다. 딱딱한 감촉과 무게가 그대로 전해졌다. 그 무게야말로 자신을 그곳에 머무르게 하는 닻이었다. 손을 놓자 둔중한 소리와 함께 바닥에 떨어져 흙먼지를 날렸다. 미노루는 다시 쭈그리고 앉아 철 덩어리를 주웠다. 돌을 만졌을 때와 같은 안정감은 없었다. 거기에는 덩어리만이 존재했으며 점점 분자의 중심으로 빨려 들어가는 것 같았다.

미노루는 용접한 철을 상상해보았다. 비틀어지고 끊어지고 굽어지고 금이 간 철을 차례차례 떠올렸다. 미노루가 단련하지 못할 철은 없었다. 그것이 혼미한 앞으로의 세상을 살아가는 데 유일한 희망임을 미노루는 알고 있었다.

8

일이 끊겨 사람들이 떠난 공작소에는 아이들과 아내 누에만이 남았다. 다시 예전처럼 칼을 만들 수도 없었고 철포 수리 기술도 쓸모가 없어졌다. 뭔가 새로운 일을 시작해야 했다. 미노루는 생각했다. 희망은 내 머릿속에 있다. 이제부터는 자신의 능력을 믿고 살아가자고 다짐한 새로운 출발이었다.

혼돈과 파란 속에서 미노루가 처음 착수한 것은 돗자리 짜는 기계의 개량이었다. 다다미 윗부분을 짜는 한 칸 정도 크기의 기계였다. 골풀로 짠 돗자리 귀를 깨끗하게 맞춰 짜는 기술은 미노루의 발명으로 실용신안이 인정되어 특허를 받았다. 개량 전의 기계는 돗자리의 귀를 맞춰 가위로 하나하나 잘라내야 해서 손이 많이 갔다. 미노루가 고안한 기계는 그 편리함 때문에 삽시간에 보급되었다.

북새통 같은 전후와 회생을 위해 분투하는 사람들의 에너지 속에서 미노루는 기계를 발명하거나 계량하는 데서 희망을 찾았다. 가치관이 180도 바뀌고 정신적으로 의지할 곳을 잃은 미노루에게 무에서 유를 창조하는 것은 삶의 새로운 의미였다.

패전의 실의에 빠져 있을 여유 같은 건 없었다. 이제 곧 사회에 뛰어들어야 하는 아이들의 앞날도 지원해야 했다. 미노루는 아이들이 일하는 모습을 바라보며 공작소를 어떻게든 다시 일으켜 철포 수리 시절의 영광을 되찾아야 한다 다짐했다.

미노루는 다양한 기계를 고안해 특허신청을 냈다. 돗자리 기계 개량에 이어 소형경운기까지 제작하기에 이르렀다. 그전에도 외국에서 들여온 대형경운기가 있었지만, 일본의 좁은 농지에는 크기가 맞지 않았다. 미노루는 경운기 소형화에 착안해 연구를 시작했다. 발동기를 이용한 실험용 기계가 완성되었다. 같은 시기에 모내기 기계도 만들어보았지만 이는 완성을 하지 못했다.

경운기 개량은 오토바이를 만들었을 때와 비슷한 흥분을 주었다. 뭔가를 만들어내는 것은 미노루의 특기였다. 번뜩이는 아이디어는 그의 자질이었다. 에구치식 소형경운기가 특허를 딴 것은 미노루가 만 쉰 살이 되던 생일날이었다. 미노루는 성인이 된 뎃타와 다케시, 도요하루와 함께 특허증을 들고 곳곳의 농협을 돌았다. 지금까지의 고객과 지인들을 찾아다니기도 했다. 그 결과 히젠肥前지방(규슈 서북의 옛 지명. 지금의 나가사키와 사가 현—옮긴이) 농협이 미노루가 발명한 경운기를 눈여겨보아 계약이 이루어졌다.

주문은 수백 단위에 이르렀고, 이는 철포 수리 시절에도 경험하지 못한 규모의 매출이었다. 공작소는 예전처럼 다시 떠들썩해졌다. 혼슈에서 들여온 대량의 발동기가 차곡차곡 창고에 쌓였다. 히젠지구 전역에 소형경운기를 출하하게 된 공장은 사람들을 새로 고용해 생산체제를 갖추고 연일 빠른 속도로 작업이 이루어졌다.

전쟁이라는 어두운 터널을 빠져나온 지금, 미노루는 전에 없던 희망을 품었다. 이제부터는 스스로의 힘으로 살아가는 시대라 확신했다. 능력만 있다면 누구나 어디로든 비상할 수 있을 거라 자신을 독려했다.

9

꿈속에 흰 부처가 자주 나타났다. 피로에 지친 밤이면 부처가 이를 위로하듯 미노루를 감싸주었다. 부처 꿈을 꾼 다음날은 종일 몸과 마음이 가뿐하고 활력이 솟았다.

어느 날 꿈에 부처는 오토와로 모습을 바꾸었다. 오토와는 두 손을 앞으로 모아 턱을 당기고 미노루를 내려다보았다. 이미 늙은 자신에 비해 오토와는 아름답고 젊은 모습 그대로였다. 오랜만에 보는 오토와 모습에 추억이 미노루 가슴을 휩쓸었다.

"미노루, 역시 날 잊어버렸구나."

"그렇지 않아. 하루도 오토와를 잊은 적 없어."

오토와가 빛에 싸여 후훗, 하며 놀려대듯 웃었다.

"잊고 있었대도 괜찮아. 살아간다는 건 망각이니까."

"그렇지 않다니까."

"살다보면 잊기 마련이지. 새롭고 즐거운 일들이 계속 생기는걸."

"그래도 잊은 적 없어."

"무리하지 않아도 돼. 미노루가 죽어서 이 세상으로 오면, 그때 나랑 결혼해주면 되니까."

미노루는 선뜻 대답할 수 없었다. 오토와를 잊은 적은 없지만 누에가 마음에 걸렸다. 오토와가 미노루에게 시선을 떼었다. 쓸쓸하고 슬픈 눈빛이었다.

"그곳은 어떤 세상이야?"

오토와는 대답이 없었다. 얼굴이 보이지 않을 정도로 고개를 숙이고 있었다.

"모두 다 잘 있다."

오토와 목소리가 아니었다. 흰 부처는 어느새 나가시로로 변해 있었다. 그리운 아버지가 빛에 싸여 미노루를 바라보고 있었다. 탄탄했던 근육도 없고 위엄 있는 얼굴도 아니었다. 그저 그 존재만이 부유하고 있었다.

"모두라니요?"

"이시타로하고 다쿠마 모두 다."

"다쿠마?"

빛 때문에 미노루가 눈을 가늘게 떴다. 끝없는 광원 저편에 얼핏 사람들 그림자가 보였다. 기억 속의 그리운 모습들. 모두 눈에 익었다. 미노루는 한순간에 과거로 거슬러 올라갔다. 그러나 과거라는 것이 도대체 무슨 의미가 있을까. 실망스러운 마음을 다그치듯 현기증이 일었다. 모든 것이 빛에 싸여 갔다. 그리고 그 빛 속으로 가라앉았다. 빛이 미노루를 완전히 감싸자 미노루는 여느 때처럼 현실로 돌아와 눈을 떴다.

10

데츠조의 죽음을 미노루는 어디선가 예측하고 있었다. 데츠조가 죽었다는 소식을 들었을 때, 또구나, 하는 한숨 섞인 탄식과 함께 상실감보다도 가슴속 깊은 곳에서 자신만이 남겨졌다는 초조와 비슷한 암담한 느낌이 들었을 뿐이다.

그러나 피할 수 없는 죽음과는 달리, 그것이 자살이었다는 사실을 알고는 어째서란 의문이 미노루를 괴롭혔다. 데츠조의 아내 기미에는 생각지도 못한 남편의 죽음으로 혼란에 빠졌다.

　화장은 여느 때처럼 기요미가 집행했다. 데츠조의 죽음은 표면적으로는 병 때문이라 했지만, 좁은 섬에서 데츠조가 자살했다는 사실을 모르는 사람은 없었다. 화장 중에도 사람들은 사인에 대해 수군거렸다. 헛간에서 목을 매달았다며, 부부 사이가 안 좋았다네, 하는 이야기가 사람들 사이를 숙덕숙덕 오갔다.

　미노루는 몇 번이고 소리를 지르고 싶었지만 이를 악물고 참았다. 소문대로 데츠조는 자살을 선택했고, 섬에서 나도는 소문을 잠재울 수는 없는 일이었다.

　절에서 옮겨온 관에 마지막으로 스님이 염불을 외우고, 근대적으로 바뀐 화로에 관을 집어넣었다. 기요미가 순서에 따라 불을 붙이고 화로 철문을 닫았다. 그리고 얼마 되지 않아서이다. 덜컥덜컥 하고 연소로 안에서 관이 움직이는 듯하더니 철문을 두드리는 소리가 들렸다. 죽은 사람이 일어나 뜨거운 화로 속에서 몸을 뒤틀고 있는 것 같아 사람들이 비명을 질렀다. 기요미가 놀라 철문을 열자 안에서 데츠조의 타들어가는 머리가 튀어나와 주변은 더욱 혼란스러워졌다. 여기저기서 비명소리가 들리고 도망치던 사람들이 논바닥에 미끄러지기도 했다. 그 자리에 털썩 주저앉은 노인들은 화로 곁에서 쓸데없는 소문을 지껄였다며 손을 모으고 머리를 조아리기도 했다.

데츠조의 머리로 보였던 불덩이는 사람들 한가운데 떨어졌다. 미노루와 기요미가 쭈뼛쭈뼛 다가가 확인을 해보니 반쯤 탄 고양이였다. 화로 속에 고양이가 있는 것을 모르고 그대로 불을 지폈던 것이다.

미노루가 뒤를 돌아보았다. 화로 철문이 열려 있어 오렌지 불빛으로 타들어가는 관이 보였다. 미노루는 그 속에서 데츠조의 팔을 보았다. 열 때문에 근육이 수축되기 시작해 관에서 손이 튀어나왔을 터이나, 창백한 불길로 테를 두른 손가락이 마치 미노루를 손짓해 부르는 것 같았다. 이시타로 역시 강에 빠졌을 때 치쿠고 강 위에서 손짓을 했었다.

11

"실은 나약한 사람이었어요."

그날 밤 기미에는 미노루 무릎에 얼굴을 묻고 울었다. 위패

가 불단 한가운데에서 목표를 달성한 사람의 여유처럼 당당
하고 관록 있게 서 있었다. 아무 말 없이 가버린 데츠조의 속
마음을 알고 싶었다. 도대체 무엇 때문에 쉰셋이나 된 나이에
스스로 죽음을 선택해야 했을까. 하야토가 죽은 것도 이유가
될 수 있었지만, 와카츠에 있는 젊은 여자 때문이라고는 생각
하고 싶지 않았다. 더 본질적인 무엇인가가 그를 서둘러 죽음
으로 몰고 갔을 것이다. 패전이 데츠조를 궁지로 몰았다고도
생각되지 않았다. 생활은 누구나 힘들었지만, 뱃사공은 현의
공무원 자격이었기 때문에 전후의 혼란스러운 시기에도 25호
봉을 받아 다른 섬 주민보다는 생활이 나은 편이었다.

자살 직전에 미노루는 데츠조와 만났었다. 오랜 세월 노로
젓던 나룻배가 엔진이 달린 기관선으로 바뀌어 그 첫 출항
을 축하하던 자리였다. 데츠조는 미노루에게 새 배를 자랑
했었다.

"미노루, 잘 봐라. 근사하지? 강 수위가 어찌 되건 수해가
일어나건 이젠 문제없다. 아무런 걱정 없이 손님들을 반대편
기슭으로 나를 수 있게 됐다고."

새로운 장난감을 받아든 아이처럼 기뻐하는 데츠조의 얼굴
에서 자살할 기색 같은 건 찾아볼 수 없었다. 이 엔진 달린 배

라면 아리아케 해까지도 갈 수 있다며 자랑까지 했었다.

데츠조도 오오노지마 위로 피어오르는 한줄기 연기가 되어 이 세상과 작별을 했다.

그날 저녁, 연유를 알 수 없는 친구의 죽음에 좀처럼 잠을 이루지 못하고 있던 미노루는 툇마루에서 문 두드리는 소리를 들었다. 처음에는 바람소리려니 했지만 좀처럼 잦아들 기색이 없었다. 누에는 깰 것 같지 않아 할 수 없이 나가보니, 현관 옆 마당의 늙은 소나무 옆에 데츠조가 서 있었다. 뚜렷한 실체라기보다는 푸른빛이 어렴풋하게 흔들려 유령이라고 하기에는 어딘가 미덥지 못한 가냘픈 전등 빛 같았다.

"성불하지 못했나?"

미노루가 소리를 내어 물어보았다. 창백한 기척만이 그곳에 머물러 있었다. 스스로 목숨을 끊은 것에 대한 후회와 미련이 남은 것 같았다.

"설마 죽은 걸 후회하고 있는 건 아니겠지?"

미노루가 손을 뻗었다. 허세가 있는 데츠조가 생각에 골몰한 나머지 목숨을 끊었지만 삼도천을 건너려다 서두른 죽음을 후회하고 있는 것만 같았다.

미노루가 가만히 데츠조를 바라보았다. 이 섬을 떠나지 못한 채로 있으면 좋았을 것을, 하고 마음속으로 외쳤다. 그냥 겁쟁이로 남았으면 그런 얼굴로 나타나지 않아도 되었을 것을. 미노루가 툇마루 끝까지 나갔다. 마당은 탁류가 흐르는 강으로 변했다. 그 한가운데 튀어나온 돌 위에서 데츠조가 갈 곳을 잃고 서 있었다. 황천으로 가지도 돌아오지도 못하고 있는 것처럼 보였다.

"자넨 이제 죽었네. 죽었다는 건 결코 졌다는 것이 아니야. 실패와는 다른 게야. 거기 그렇게 서서 후회하고 있어서는 안 되네. 어서 성불해야지."

데츠조의 혼이 고개를 떨구었다. 그러고는 아무 말 없이 사라졌다.

다음날에도 그 다음날에도 데츠조의 혼이 미노루를 찾아왔다. 그저 아무 말 없이 우두커니 마당에 서 있었다. 갈 곳 없는 들개가 따뜻한 손길을 원해 찾아드는 것 같았다.

낮에 누에게 그 이야기를 했지만, 밝은 대낮에 하는 한밤중의 이야기는 마치 옛날이야기처럼 멀고 현실감이 없었다. 오늘밤에도 나타나면 꼭 나를 깨우세요, 하고 누에가 다짐을 시켰지만, 아무리 깨워도 누에는 눈을 뜨지 못했다.

매일 밤 찾아오는 데츠조 때문에 미노루는 결국 스님을 찾아가 혼을 쫓는 부적을 받아왔다. 부적을 덧문에다 붙이자 그날 밤부터 데츠조가 발길을 끊었다. 친구를 쫓아낸 것 같아 마음에 걸렸지만, 죽은 이를 붙들어둘 수도 없는 노릇이었다. 어서 이 세상의 미련을 끊고 성불하도록 하지 않으면 영영 떠도는 혼이 될 수도 있다는 스님 말씀도 이유였다.

"알겠나? 헤매지 말고 떠나게. 언제까지 이생에 머물러 있을 수는 없어."

미노루가 덧문 안쪽에서 말했다. 널판으로 된 덧문을 사이에 둔 조용한 작별이었다.

시간이 지나면서 미노루는 어째서 데츠조가 자기를 찾아왔는지 마음에 걸렸다. 어떤 갈등이 있었기에 자살을 했을 테고, 그것을 자기에게 알리려 왔음이 틀림없다. 어렴풋이 그런 사실을 알면서도 무의식적으로 관여하고 싶지 않다 생각했을까. 친구의 혼을 쫓아버렸다는 생각에 미노루는 고민에 빠졌다. 친구를 내쳤을 뿐 아니라 자기가 죽음으로 몰고 간 것 같은 죄의식까지 들었다.

아리아케 해에서 여자의 썩은 시체가 떠오른 것은 데츠조가 자살하고 3주가 지난 후였다. 오오카와초에서 형사가 여자와 데츠조와의 관계를 조사하기 위해 오오노지마를 찾아와 섬 전체가 떠들썩했다. 아직 충격과 슬픔에서 벗어나지 못한 기미에 대신에 미노루가 형사들을 만났다. 데츠조가 여자를 죽이고 자살한 것이 아니냐는 형사들의 소견을 듣고 미노루는 충격을 받았다. 삽시간에 섬 전체로 소문이 퍼져 한동안 데츠조의 명예는 실추되었다. 그러나 조사 중에 그녀가 부모에게 보낸 유서가 발견되면서, 여자 쪽이 데츠조를 따라 자살했을 가능성이 높아져 사건은 더 이상 진전 없이 결말지어졌다.

사건은 해결되었지만, 남은 가족들과 섬사람들은 마음 편할 날이 없었다. 어째서 여자가 쉰을 넘긴 나룻배 선장을 따라 죽어야 했는지. 젊은 여자가 목숨을 걸 만큼 데츠조가 근사한 초로였다 하기는 어려웠다.

미노루는 그날 밤 일을 떠올렸다. 유곽 화월 복도에서 뜻을 알 수 없는 손짓을 보이던 데츠조. 승리자의 미소라 떠올릴 수도 있었고, 자포자기해 나락으로 떨어진 범죄자의 마지막 허영처럼도 억측되는 그 사팔뜨기 웃음을.

"내가 없어진 다음 세상이란 어떤 걸까?"

데츠조의 말이 머릿속에서 떠나질 않았다.

여자가 부모에게 보낸 유서에는 데츠조에 대해 다음과 같이 적혀 있었다.

  ……저의 이런 어리석은 행동은 한 남자를 만난 것과 관계가 있습니다만, 그것은 제가 그 사람을 정말로 좋아했기 때문이 아니라, 그 사람이 제게 던진 인생의 물음 때문입니다. 그 사람은 아무런 변화도 없는 일상에 지쳐 있었습니다. 제가 정말로 그 사람을 좋아했을까요. 모르겠습니다. 전쟁 때문에 주위에 젊은 남자가 없었기 때문일까요. 하지만 이렇게 그 사람을 위해 죽음을 택하려고 하는 것을 보면 역시 좋아했던 것이겠지요. 그 사람이 함께 죽자고 했을 때는 농담이라 생각했습니다. 그저 동반자살이란 말에 취해 있는 것이라 생각했지요. 그 사람이 죽었다는 이야기를 듣고 나서야 그 말이 진심이었다는 것을 알았습니다. 그런 일을 할 수 있는 사람이라고는 생각하지 못했기 때문에 놀랐습니다. 그 충격이 제가 이런 행동을 벌이는 이유이기도 합니다. 저는 이제껏 삶을 버린 채 살아왔습니다. 집을 나온 이후, 어머니와 아버지께는 말 못할 일을 해왔습니다. 그 사람은 이런 제 생활을 정리하고 새로 태어나는 데 모든 것을 걸어보지 않겠냐고 했습니다. 함께 죽으면 다음 세상에

서는 부부가 될지도 모른다는 이야기를 어디서 들었거나 연극에서 보고는 그대로 말한 것일 겁니다. 하지만 그런 단순한 사람의 순수한 마음에 끌린 것도 사실입니다. 부모님 만큼이나 나이 차가 있는 데다 촌스럽지만, 언제나 소년 같은 눈을 하고 있던 사람입니다.

어머니 아버지께는 어떤 말로도 용서받지 못할 불효지만, 저는 도저히 그 사람을 혼자 가게 하고 싶지 않습니다. 그 사람은 삼도천을 건너는 뱃사공이었습니다. 죽은 사람을 매일 건너편 기슭으로 보내는 일을 했지요. 이제는 그 역할도 끝났다고 제가 털어놓았었습니다. 저는 그 사람의 그런 슬프고 절망에 찬 혼을 내버려둘 수가 없습니다. 진심으로 사랑했는지 알 수도 없는 사람이지만, 함께 떠납니다. 그 사람 말대로 세상이 환영에 지나지 않는다면 제 죽음도 슬퍼할 필요가 없습니다. 그 사람이 죽었다는 소식을 들었을 때, 저는 세상은 헛것이었다 느꼈습니다. 때문에 저는 이 길을 가기로 했습니다. 저는 그 사람과 선착장에서 만나 저편 기슭으로 떠납니다.

12

어둠이 내려앉은 공장에 미노루가 서 있었다. 보르반과 선반기계에 둘러싸여, 선대로부터 내려온 바이스와 쇠장식이 쌓여 있는, 변함없는 작업대 앞이었다. 창으로 비쳐든 빛이 어두운 공장의 바닥을 예리하게 잘라내고 있었다. 미세한 먼지가 떠다니는 것이 보였다. 어느 틈으론가 들어오는 바람에 따라 우아하게 눈앞에서 떠다녔다.

미노루는 입속으로 자살이라는 감미로운 단어를 되풀이해보았다. 그 말 속에 내재되어 있는 악과 희망을 곱씹었다. 자살하는 동물은 분명 인간뿐일 것이다. 어째서 인간만이 자살을 하는 것일까. 어째서 다른 동물들처럼 마지막까지 살아내려 하지 않고 생을 포기하는 것일까. 어떤 절망이 사람들로 하여금 죽음을 택하게 만드는 것일까. 미노루는 데츠조가 던지고 간 의문들에 대해 생각했다. 그가 넘은 일선—線이야 말로, 옳고 그름은 제쳐두고라도 인간이 인간일 수 있는 방법이 아니었을까 생각하다, 다시 쓴 웃음을 지었다.

다른 사람을 죽이는 것과는 달리, 그는 자신을 죽인 것이다. 스스로를 죽인다는 것은 어떤 것일까. 미노루가 기름으로 얼룩진 손을 목 언저리로 가져가 조이는 시늉을 해보고는 손을 내렸다. 인간은 자살할 수 있는 사람과 그렇지 못한 사람이 있다는 생각이 들었다.

미노루는 데츠조에게 죽음은 패배가 아니라고 했다. 그렇게 잘라 말할 수 있을까. 스스로에게 물음을 던지고 다시 입가에 쓴웃음을 지었다.

13

완성된 소형경운기가 새로 만들어진 창고에 쌓여가는 광경은 장관이었다. 반짝이는 금속 경운기가 차곡차곡 늘어나자 공작소 직원들 얼굴에 미소가 떠날 날이 없었다. 이윽고 출하가 시작되어 공작소는 철포 수리 시절에도 경험하지 못한 성황을 누렸다. 그러나 그런 성황도 6월 들어 아리아케 해 위에 버티고 있는 먹구름 때문에 예기치 못한 상황으로 전개되었다.

치쿠고 강 하류지역은 지반이 낮고 평평해 예전부터 집중호우나 태풍의 수해가 잦았다. 하구주변이 해발 0에서 3미터 정도밖에 되지 않은 데다, 오오노지마의 해발은 평균 0미터였다. 게다가 상류 쪽에는 연 강수량 2천에서 3천 밀리미터나 되는 아소, 구쥬산악지대가 있어 예로부터 유역주민들의 피해는 이만저만이 아니었다.

1953년 6월의 집중호우는 천 밀리미터가 넘었는데, 이는 그해 강수량의 반 이상인 큰 비였다.

취약한 제방이 무너지고 사가평야 일대의 논밭이 토사에 매몰되어 작물을 심을 수 없게 되었다.

결국 농가로부터 한 푼도 수금할 수가 없어 에구치 공작소는 도산위기에 놓였다. 게다가 나고야에서 사들인 소형경운기에 단 발동기 대금을 치르지 못하자 거래처에서 소송을 걸고 말았다. 피고가 된 미노루는 몇 번이나 섬 바깥에 있는 재판소로 가 사람들에게 고개를 숙여야 했다. 무엇보다 미노루를 곤혹스럽게 하고 괴롭혔던 것은 외지 사람들이 아닌 가까운 사람들이었다.

큰형과 작은형 모두 미노루가 청한 도움을 거절했다.

"우리도 형편이 어렵다."

둘은 입을 맞춘 것처럼 같은 말로 거절하며 한 푼도 빌려주지 않았다. 친척들도 마찬가지였다. 아들이 징병에 끌려가지 않도록 미노루 공장에서 일할 수 있게 부탁했던 섬사람들도

240

가난한 탓에 모두가 외면했다. 대대로 친하게 지내던 이웃들과도 서먹서먹해졌다. 이제 철포 수리점도 끝인가 보다, 모르는 척하는 게 나을 게야, 하는 섬사람들의 소문이 누에와 아이들의 귀에까지 들어왔다. 누에는 집안일은 걱정 말라며 미노루를 격려했다. 누에가 미노루 몰래 어렸을 적 친구들에게 쌀을 꾸어오는 것을 미노루도 알고 있었다. 가족들에게 그런 일까지 시키는 자신이 한심스러울 뿐이었다.

갑자기 절박해진 생활은 당장 먹을 것을 걱정하게 만들었다. 창고에는 발동기가 뜯겨나간 경운기 프레임만이 집채처럼 쌓여 있었다. 팔 수 있는 것은 모조리 팔아 공장도 텅 비어 초라했다. 철포 수리를 한다고 우대받던 전시 중에 질투를 산 결과였을 것이다. 미노루는 아침부터 밤까지 돈을 구하러 뛰어다니느라 때로는 멀리 구마모토에까지 갔다.

잠을 이루지 못하는 미노루가 밤이면 정신적인 고통에 구토가 일기도 했다. 그럴 때는 가족들 몰래 집을 빠져나와 공장 앞 맨바닥에서 머리를 감싸고 구르기도 했다. 차가운 땅위를 몇 번이고 굴렀다. 냉담한 세상을 증오하면서도 사람들은 미워할 수 없었다. 모든 것을 자신의 탓으로 돌렸기 때문에 하루하루가 더욱 고통스러웠다. 사람들이 저렇게까지 냉담해진 것은 패전 때문이라 생각하려 했다. 모든 것이, 사람들조차도 바꾸어버린, 바로 그 전쟁 때문이라 스스로에게 타일렀다.

문득 데츠조가 선택한 죽음에 대해 생각해보았다. 지금 목숨을 끊는다면 이런 고통스러운 책임을 짊어지지 않아도 된다. 미노루는 바닥에 일어나 앉아 자기 손바닥을 들여다보았다. 손가락을 굽혔다 펴보았다. 자기 의지대로 움직일 수 있는 근육을 바라보며, 여기서 죽음을 택한다면 자신은 자유로워질 수 있지 않을까 생각했다. 가족들을 떠올렸다. 집안을 지키기 위해 온 힘을 기울이고 있는 누에에 대한 얼마나 큰 배반인가. 자신을 믿고 있는 아이들을 얼마나 큰 절망에 빠뜨리는 것인가. 인생에 패배한 모습을 보이게 되는 것이다. 그것도 추한 시체가 되어……

하지만 미노루는 생각했다. 죽은 다음에야 이런 것들이 무슨 상관이란 말인가. 살아 있기 때문에 가족이며 사회며 책임이란 것이 지워지는 것이다. 살아 있기 때문에 그것들을 짊어져야 한다. 죽음은 해방이며 관계의 단절이다. 죽으면 이생으로부터 자유로워질 수 있다.

미노루가 주먹을 쥐었다. 온 힘을 다해 주먹을 쥐었다. 혈관이 튀어나왔다. 이를 악물고 더 힘을 주었다. 참기 힘든 분노가 온몸을 휘감았다. 발산하지 못하고 몸속 깊은 곳에 눌러두었던 분노가 한꺼번에 분출되었다. 모두 죽었다. 이별은 어쩔 수 없는 일이라 하나, 그리움만은 언제까지고 남는다. 그 그리움은 더 이상 돌아갈 수 없는 과거만을 떠올리게 한다. 되돌릴 수 없는 관계만을 마음에 새겨간다. 미노루가 눈물을 흘렸다. 마치 어린아이처럼 울기 시작했다. 사레가 들 정도로 호흡이 곤란했다. 몸속 깊은 곳에 감춰두었던 감정이 한꺼번에 터져 나오자 주체할 수 없었다. 그럴 필요 없었다. 아무도 보고 있지 않다. 무슨 상관이란 말인가, 울고 싶은 대로 울자. 감정이 복받친 미노루는 일그러진 얼굴로 눈물을 흘렸다. 팔에 쥐가 날 때까지 미노루는 주먹을 쥐었다. 죽을 것 같지는 않았다.

린코가 그런 아버지의 모습을 몰래 지켜보고 있었다. 매일 밤잠을 이루지 못하고 밖으로 나가 괴로워하는 미노루를 매일 밤 멀리서 지켜보고 있었다.

미노루가 오오노지마 선착장 끝에 앉아 골똘히 강물을 바라보고 있을 때, 린코가 더는 참지 못하고 아버지에게 달려갔다.

"아버지!"

갑작스러운 소리에 미노루가 뒤를 돌아보았다. 눈물을 훔칠 여유도 없었다.

"나쁜 생각 같은 건 하시면 안 돼요! 어차피 언젠가는 다 죽잖아요. 이보다 더 바닥으로 내려갈 일도 없고, 수치스러운 것도 한순간이에요. 죽을 각오면 무슨 일은 못하겠어요. 식구들과 함께 힘내요. 아버지를 위해 저도 열심히 일할게요. 지면 안 돼요."

린코가 등 뒤에서 미노루에게 안기자 그 온기로 자신마저 위로받는 것 같았다. 미노루는 나약해진 자신이 부끄러웠다. 어떻게든 일어서야 해, 다시 한 번 각오를 다짐했다.

14

어느 날 저녁 미노루가 오토와의 묘를 찾았다. 창백한 달빛에 섬 저편 제방이 부드럽게 떠올랐고, 따뜻한 바람이 뜨거운 얼굴을 식혀주었다.

예전에 그랬던 것처럼 오토와의 묘비를 껴안았다. 차갑고 딱딱한 돌의 감촉이 몸으로 전해졌다. 자기가 이렇게 묘석을 안고 있는 모습을 린코나 누에 혹은 누가 본다고 생각하자 그 기묘한 모습에 웃음이 났다.

영원히 시간을 멈춰버린 소녀는 흘러가는 시간의 망각 속에서도 분명히 살아남아 있었다. 백 년, 2백 년 뒤에는 누가 이 묘를 지킬 것인가. 5백 년, 천 년 뒤에는 누가 이 섬에 살던 사람들을 기억할 것인가 미노루는 스스로에게 물었다. 죽음이란 무엇인가에 대해서도.

이 땅에 태어난 사람들은 상상도 할 수 없을 정도로 늘어날 것이고, 당연히 모든 사람들의 묘를 남길 순 없을 것이다. 어차피 묘란 한 시대의 것이다. 오토와 묘 바로 옆에 전혀 손길이 닿지 않아 검게 변색된 묘석이 있었다. 오토와의 몇 대 위 조상이 되는지, 그것이 누구의 묘인지 아는 사람은 이제 이 섬에 아무도 없다. 묘석에 새겨진 이름 외에는 아무런 기록도 남아 있지 않을 것이다. 과거의 묘들이 그랬듯이 묘를 지키는 사람이 없으면 언젠가 사라질 운명인 것이다. 사라지는 것은 어쩔 수 없는 일이라고 미노루는 생각했다. 모든 것을 남겨둘 수는 없는 법이니, 차례차례 잊히지 않으면 세상은 기억의 산물로 넘쳐날 것이다.

미노루가 일어나 오토와의 묘 옆에 있는 검은 묘석의 이름을 확인하려 손으로 이끼를 걷어내고 새겨진 글을 더듬었다. 미노루稔라는 자를 확인할 수 있었다. 자기와 같은 이름의 사람이 있었구나, 하고 미노루가 그 사람의 인생을 상상해보았다.

15

미노루에게 기꺼이 돈을 빌려준 것은 기요미뿐이었다. 화장장이의 월급에서 염출한 것이라 도저히 빚을 갚을 만큼의 금액은 되지 못했지만, 기요미의 우정은 절망 속에 있는 미노루에게 일말의 위안이 되었다. 또 기요미의 아내는 몰래 미노루 집에 쌀을 갖다 날랐다. 쌀뿐만 아니라 야채며 떡, 때로는 어디에서 구했는지 사슴이나 돼지고기까지 가지고 왔다.

"됐다, 마음 쓰지 마라."

고맙다는 말을 하러 찾아간 미노루에게 기요미가 말했다. 이런 것밖에 해줄 수가 없어 오히려 미안하다고까지 했다. 미노루는 자기도 모르게 다들 너무도 차가워서란 말이 입 밖으로 나올 뻔했지만, 기요미의 얼굴은 그런 미노루의 투정까지도 초월할 만큼 맑았다.

몇 주 후 미노루는 기요미와 나란히 둑에 앉아 그가 내민 담배를 받아 입에 물었다. 치쿠고 강이 조용히 흐르고 있었다. 6월의 큰 비로 불어났던 강물은 거짓말처럼 본래의 제 빛을 찾았고, 우아하게 울어대는 까치들이 수면 가까이 날고 있었다. 강 한가운데 있는 도랑둑에 조용히 내려앉아 날개를 쉬기도 했다.

"애써 발명했는데 아쉽게 됐다."

기요미가 담배를 피우며 중얼거렸다.

결국 대기업 발동기 회사가 미노루의 특허권을 거저와 같은 가격으로 사들여, 미노루는 그 돈으로 겨우 빚을 갚을 수 있었다. 후에 그것이 국산 인기 트랙터가 되어 전국 농가에 보급되었지만, 거기에 미노루 이름은 없었다.

"괜찮다. 이것도 다 수행이니까."

"수행? 무슨 수행?"

"살아가는 수행이지."

"미노루, 아직도 철이 안 들었구먼. 이젠 좀 편히 지낼 생각을 해야 되지 않겠나?"

"편한 인생 같은 건 없네."

"느긋하게 살면 오죽 좋을까."

"느긋하게 지낼 수야 없지. 다시 새로운 특허를 딸 거다. 철포장이 미노루란 이름을 다시 찾아야지."

두 사람이 함께 웃으며 둑 비탈에 드러누웠다.

"우리도 이제 오십 중반이다."

잠시 후에 기요미가 말했다. 미노루도 그래, 하고 중얼거렸다.

"앞으로 몇 년이나 살까?"

"30년은 살 수 있지 않을까?"

"그건 무리지. 몸이 못 따라간다."

"그럼 20년 정도……."

둘은 말이 없었다. 해가 구름 사이로 모습을 드러냈다. 햇살이 눈을 찔러 미노루가 눈을 감았다. 눈꺼풀을 통해 붉은 열이 눈동자 바로 위로 움직이는 것을 느낄 수 있었다. 미노루가 몸을 반쯤 일으켰다. 피가 머리끝에서 차츰 내려오는 것을 느꼈다. 문득 졸음이 밀려왔다.

"언젠가는 죽겠지."

미노루가 고개를 끄덕였다.

"데츠조랑 하야토는 지금 뭣들 하고 있을까? 그렇게 서둘러 가서는."

　미노루는 고개를 저었다.

　새로 온 뱃사공이 운전하는 나룻배가 친쇼 사이를 지나 이
쪽으로 오는 것이 보였다. 배는 만원이었다. 두 사람은 말이
없었다. 그렇지만 지금 서로가 무슨 생각을 하는지 알 수 있
었다.

제6장

1

섬 북서쪽 끝자락에는 갈대밭을 헤치고 가야 겨우 닿을 수 있는 오래된 공동묘지가 있었다. 17세기에 이 섬을 개척하기 위해 이주해온 사람들의 묘였다. 그들은 티푸스 같은 전염병으로 목숨을 잃었다는 이야기도 있었다.

미노루는 가끔 공동묘지를 찾아가 풀을 뽑고 술을 뿌리기도 했다. 무성한 갈대를 잘라내니 이제는 제법 묘지 같아 보였다.

또 일가친척이 모두 사망해 돌보는 이 없는 무덤을 발견하면 정성껏 공양을 했다. 작은 섬이지만 방치되고 돌보는 이 없는 쓸쓸한 무덤이 곳곳에 널려 있었다. 그런 무덤을 보면 왠지 자기 곁을 떠난 사람들이 떠올랐다.

1944년에는 오오카와초, 가와구치, 다구치, 기무라, 미츠마타, 오오노지마가 하나로 합병되어 오오카와 시로 승격되었다. 촌의회 의원이던 미노루는 그대로 시의원이 되었다. 오오노지마에 다리를 놓기 위해 심혈을 기울이는 한편, 섬을 위해 할 수 있는 일이 무엇인가를 생각하며 커다란 책임감을 느꼈다.

땅 대부분이 해발 0미터로 낮은 오오노지마는 낮은 언덕 같은 묘지에 맞는 적합한 땅이 거의 없었고, 섬에 하나밖에 없는 절 경내도 좁아 위패를 모시는 데는 한계가 있었다. 그러다 1950년 중반부터 전국적으로도 납골당이라는 새로운 공동묘지가 건립되기 시작해 미노루도 오오노지마에 공동납골당을 세우기 위한 방도를 궁리하게 되었다.

미노루가 시간 날 때면 돌보는 이 없는 묘들에 혼자 공양을 다닌다는 사실을 알게 된 누에가 미노루를 돕기 시작했다. 그러는 사이 린코와 에츠코까지 따라나서 어느새 이 일은 에구치가의 휴일 행사가 되었다.

"여보게, 누에. 이렇게 작은 섬이니 친척이고 남이고 할 게
뭐 있겠나?"

미노루가 묘표조차 없는 묘를 돌보며 누에에게 말했다.

"이 섬과 인연이 있던 사람들이면 다 먼 친척 같은 거지. 아
니, 거슬러 올라가면 다 같은 조상이 아닌가. 그런데 이렇게
쓸쓸하게 내버려졌으니. 사람들의 정이란 살아 있을 때까지
만인가 보오."

누에가 물로 묘석을 닦으며 고개를 끄덕였다.

"당신 말대로네요. 언젠가 당신이나 나, 살아 있는 사람들
은 모두 잊혀지겠지요."

섬사람들은 미노루 일가가 연고 없는 묘를 돌보러 다니는
것을 자주 목격하게 되었다. 더러는 뭣 하러 그런 일을 하러
다니냐, 하고 놀리듯이 묻기도 했다. 미노루는 누구나 언젠가
는 이렇게 될 테니까, 하고 주저 없이 대답했다.

2
소형경운기 사업의 실패는 미노루가 시선을 땅에서 바다로

돌리게 되는 계기가 되었다. 미노루가 눈여겨본 것은 드넓은 아리아케 해의 수산자원이었다. 특히 메이지시대 때부터 시작된 김 양식은 아리아케 해 주변의 구마모토와 후쿠오카 지역의 중요한 산업으로 주목받고 있었다. 전쟁 전에는 천연채묘採苗였던 것이 1958년경부터 인공채묘가 도입되면서 김 양식 산업이 크게 확대되었다.

미노루가 처음 제작한 것은 김 건조기였다. 김을 말리기 위해서는 많은 시간과 공간이 필요했다. 김을 따서 대나무 발에다 한 장씩 뜬 다음 햇볕에 널어 건조시켰다.

미노루가 만든 것은 드럼통처럼 생긴 원형건조기였다. 대나무 발에 받쳐 뜬 김을 몇 장씩 엮어 기계 안에 매달고 팬을 돌려 안으로 온풍을 보내 김을 건조시키는 방식이었다. 이 기계의 도입으로 날씨에 좌우되지 않고 김을 건조시킬 수가 있게 되었고 시간도 대폭 단축되었다.

기계를 개발했으나 미노루에게는 이를 생산할 자본이 없었다. 소형경운기 사업 실패로 은행에서 융자를 받을 수 없었다. 결국 미노루는 집과 토지를 담보로 오오노지마 어업조합에서 자금을 조달받기로 했다. 실패하면 무일푼이 될 뿐 아니라 선대로부터 지켜온 집을 날리게 되는 것이다. 미노루와 가족 모두에게 커다란 모험이었다.

가을 수확기에 맞춰 밤낮으로 기계를 생산했다. 미노루는 예전처럼 집중호우와 같은 천재로 인해 김 양식에 피해를 입지 않을까 불안했지만, 더 이상 뒤로 물러설 수는 없었다.

이 무렵 미노루는 건조기에 이어 김 채취기도 고안했다. 지금까지는 김발에 붙은 김을 어민들이 일일이 손으로 채취해야 했다. 미노루가 개발한 채취기는 망을 걸어올리면서 김만 분리해낼 수 있었다. 폭 3미터 정도 되는 이 기계를 김 채취선에 한 대씩 설치했다. 양식장으로 나가 바다에서 끌어올린 망을 그대로 기계에 통과시켰다. 기계 속에서 특수 제작된 롤러 컷터가 망에서 김을 자동적으로 채취하였다.

김 채취는 날이 추워지는 11월경에서 해가 바뀌는 1월 말까지가 절정기였다. 손으로 일일이 김을 딸 때면 추위에 온몸의 감각이 없을 정도였다. 에구치식 김 채취기는 어민들의 노고를 대폭 줄여주어 크게 환영받았다.

김 채취 철이면 아리아케 함대라 불리는 수백 척의 배가 일제히 바다를 향해 치쿠고 강 남쪽으로 향했다. 어민들이 뱃머리에 서서 당당하게 바다와 맞섰다. 고막을 때리는 소음과 흰 파도를 차고 나가는 어선들의 모습은 장관이었으며, 지역

주민들의 자랑거리이기도 했다.

미노루도 어업조합의 배를 타고 어장으로 나갔다. 넓은 아리아케 해를 매운 많은 양식 배의 모습에 미노루는 오랜만에 가슴이 뛰었다. 미노루도 어부들처럼 뱃머리에 서서 정면으로 바닷바람을 맞았다. 차가운 바닷바람이 폐 속까지 스며들었다.

멀리서 반짝이는 넓은 바다를 보며 미노루는 살아 있다는 실감이란 이런 것인가 생각했다. 서둘러 세상을 떠난 하야토와 데츠조를 떠올리며 그들의 몫까지 살고자 다짐했다.

이윽고 김 망을 쳐놓은 긴 대나무들이 꽂혀 있는 어장에 도착하자, 아리아케 함대의 엔진소리가 낮아져 마치 서로를 고무하는 동물들이 으르렁거리는 소리처럼 울려 퍼졌다. 배들이 각자의 작업위치에 멈추자 이윽고 으르렁대던 소리도 하나 둘 잦아져 배는 바다 위에서 잠을 자듯 얌전해졌다.

"에구치 씨, 정말 좋은 기계를 만들어줬수다!"

함께 배를 타고 나온 어업조합장이 크게 외쳤다. 미노루가 고개를 끄덕이며 어부들이 기계로 김 망을 끌어올리는 모습을 유심히 살펴보았다. 해는 수직으로 바다 위에 떠 있었다.

"살아 있다."

미노루가 작은 소리로 중얼거렸다. 손바닥을 펼쳐 찬찬히 바라보았다. 주먹을 쥐니 손바닥 깊숙한 곳에서 힘이 배어나는 것을 느낄 수 있었다.

3

가네코의 검은 눈동자가 좌우 다른 방향으로 움직였다. 언제부터인가 조금씩 다른 방향을 헤매게 되었다. 노화로 인한 사시였지만, 미노루는 어머니가 오랫동안 과거와 현재를 동시에 봐왔기 때문인 것 같았다.

가네코는 이제 이부자리에서 일어나질 못했다. 회복하기 힘들 거라는 의사의 소견이 있었다. 발뒤꿈치가 약해져 혼자서는 걷지도 못했다. 미노루가 일이 없는 시간에 얼굴을 내밀면, 기다렸다는 듯이 베개맡에 앉혀놓고 이야기를 했다. 여전히 어긋난 가네코의 시간 축 때문에 이야기는 여기저기로 연대를 무시하고 탈선하기 일쑤여서 거기에 맞춰 이야기하기 위해서는 인내와 애정이 필요했다.

"아버지는 어디에 계시나? 아직 마루에 계시나?"

미노루는 어머니가 이야기하는 아버지가 누구인지를 먼저 확인해야 했다.

"어떤 아버지요?"

"무슨 말을 하는 거요. 당신 아버지 말이요."

미노루는 어머니의 이야기 상대가 자신이 아닌 아버지 나가시로라는 것을 깨달았다. 그러니까 아버지란 미노루의 할아버지인 에구치 우에몬이 되는 것이다. 우에몬은 미노루가 철들기 전에 타계했다. 집 뒤에 커다란 우에몬의 돌무덤이 있지만, 어떤 인물이었는지 미노루는 잘 알지 못했다. 가네코가 입을 삐죽이며 방 한쪽 구석을 노려보았다.

"아버님이 갑자기 돌아가신 할아버님 때문에 낙담이 크신가 보요."

할아버님은 나가시로의 조부가 틀림없다. 에구치가는 본래 섬에 가장 먼저 이주해온 사무라이였으나 개척이 끝난 다음 대장장이가 되었다. 칼을 만드는 것만으로는 먹고살기가 힘들어 낫과 호미도 만들었다. 솜씨가 뛰어났던 나가시로의 할아버지는 다치바나 번의 마음에 들어 평생 다치바나 번에 칼을 만들었다는 이야기를 들었다.

"할아버님은 마루 화롯가에 앉아 있는 걸 좋아하셨잖아요.

화롯불을 보면 할아버님 생각이 나요. 항상 화롯가에 앉아 뜨거운 차를 드셨잖아요. 훌륭하신 분이셨죠. 아버님이 저렇게 낙담하시는 것도 무리가 아니지요. 그렇지만 언제까지나 저렇게 어깨를 축 늘어뜨리고 계셔서야…….”

가네코가 코를 훌쩍이더니, 내 말대로죠라는 얼굴을 했다.

“나도 화롯가에 앉아 계신 할아버님께 자주 말벗이 되어 드리기도 했어요. 할아버님 좀 어떠세요 하고. 할아버님은 말수는 적었지만 정말 좋은 분이셨어요. 시집온 나를 따뜻하게 지켜봐주신 것도 할아버님뿐이셨다고요. 어머니가 시집살이를 시킬 때도 많이 도와주셨고. 그래서 혼자 쓸쓸하게 계시는 걸 보면 마음이 아팠지요. 그렇게 좋으신 분한테 쓸쓸한 말년이 기다리고 있을 줄은 몰랐구먼요. 나이가 든다는 건 참으로 쓸쓸해요. 나도 그렇게 될 거라 생각하면…….”

가네코가 무릎 언저리를 주무르기 시작했다. 미노루가, 아프세요? 하고 묻자 아니요, 하고 고개를 저었다.

“언젠가 할아버님께 이야기를 들은 적이 있어요. 사실은 할머님이랑 혼인할 생각이 없었다고. 따로 좋아하는 아가씨가 있었답디다. 그런데 젊은 나이에 돌아가셨다네요.”

“왜 돌아가셨답니까?”

미노루가 오토와를 떠올리며 물었다. 가네코가 미간에 주름을 잡고 기억해내려 고개를 갸웃거렸다. 잠시 기억을 반추하고 있는 모양이었다.

"자살했다고 들었어요."

확신에 찬 대답이었다. 가네코의 오른쪽 눈은 왼쪽 눈과 전혀 다른 쪽을 바라보고 있었다. 그 양쪽 눈으로 좇는 것이 가네코 안에서는 어떻게 보이는지 미노루는 궁금했다.

"치쿠고 강에 몸을 던졌다죠."

"왜요?"

"글쎄, 그건 나도 몰라요. 좁은 섬이니 이런저런 일들이 있었겠지요. 이도저도 어쩔 수 없을 때도 있고요. 모르는 게 약일 때도 있고. 아무것도 모르는 게 나아요. 남자는 평생 남자고, 여자는 평생 여자요. 할아버님은 평생 그 사람 생각을 했답디다."

미노루는 오토와와 나누었던 입맞춤이 떠올랐다. 화로 앞에서 과거를 가슴에 품고 살아온 조상의 애절한 마음을 상상하며.

"피곤하니 좀 쉴라요."

가네코가 눈을 감았다. 미노루가 이불을 덮어주고 방을 나오려고 했다.

"린코는 집에 있느냐?"

미노루가 뒤를 돌아보자 가네코의 눈동자가 똑바로 미노루를 응시하고 있었다.

"왜요?"

"조금 산책하고 싶어서. 린코가 아이들 중에서 제일 의지가 된다."

가네코가 현실로 돌아왔다. 몇 번 눈을 깜박이더니 긴 한숨을 내쉬었다.

"알겠습니다. 불러올 테니 잠시만 기다리세요."

방을 나가려는 미노루를 가네코가 불러세웠다.

"내친김에 이시타로도 함께 불러오너라. 짚신을 어디다 숨겼는지 오늘은 꼭 밝혀내야겠다."

4

린코는 커가면서 점점 여성스러워져 섬에서는 아리따운 외모와 밝은 성격으로 평판이 자자했다. 언제부턴가 달님이란 별명으로 불리게 된 린코를 보려는 섬 청년들이 집 앞을 기웃거리기 시작했다. 무엇보다 심성이 착한 아이였다. 쉬는 날이면 혼자된 노인들 집을 돌아다니며 자기 식구처럼 헌신적으로 돌보았다. 그런 헌신적인 모습은 누구에게나 사랑받았고 화술 또한 뛰어나 마을 축제나 축하연 같은 곳에 불려 다니며 활달한 말솜씨를 자랑해 박수를 받기도 했다.

청년들이 집 앞으로 찾아왔지만 청혼을 하는 용기 있는 젊은이는 없었다. 동경의 대상이기는 하나 린코에게는 섬의 청년들이 함부로 다가가기 힘든 분위기가 있었다. 미노루는 린코가 자유롭게 연애결혼을 하길 바랐다. 섬의 오랜 풍습인 정약결혼은 반대였다. 자기 힘으로 상대를 찾아 누구에게도 무엇으로부터도 구속받지 않는 사랑을 키워가길 바랐다.

집 앞을 기웃거리는 청년 중에 린코에게 사랑을 고백할 만한 녀석이 없나, 하고 살펴보는 것은 미노루의 즐거움이기도 했다. 그러나 대부분이 심약한 청년들로 미노루의 얼굴을 보자마자 달아나기 일쑤였다. 때문에 린코는 늘 혼자였다. 그렇다고 주변의 염려처럼 혼사를 서두르거나 초조해하지도 않고 노인들을 보살피는 데 열중했다.

"한심한 녀석들."

미노루가 그런 청년들을 보며 한숨을 쉬었다.

그런 미노루의 염려와 상관없이 린코는 후쿠오카 시에서 열리는 사회인을 위한 웅변연구회란 모임에서 오오카와 출신의 청년을 만나 사랑에 빠졌다. 도쿄에 있는 대학을 나와 소설가가 되겠다는, 얼굴이 희고 몸집도 작은 젊은이는 미노루가 그리던 야성적이고 듬직한 남편상과는 거리가 멀었다. 게다가 소설 같은 걸 써서 생계를 꾸리겠다는 현실감 없는 이야기도 이해하기 힘들었다. 처음 만난 자리에서도 청년은 말수가 많고 건방진 인상이었다.

"저는 글로 세상을 더욱 자유롭게 변화시키고자 합니다."

미노루로서는 이해하기 힘든 상대였지만 린코가 고른 남자라 스스로를 타일렀다.

"자네가 말하는 자유란 무엇인가?"

청년은 그 말을 기다렸다는 듯이 입가에 미소를 띠고 목젖을 울렸다.

"네, 일본은 더욱 개화되어야 합니다. 젊은 사람들이 과거에 얽매이지 않고 새로운 일에 도전할 수 있어야 합니다. 저는 소설로 사람들 마음속에 파고들어 새로운 기풍을 불어넣을 생각입니다."

미노루가 린코를 보았다. 린코는 미소를 띠고 청년을 바라
보고 있었다. 거기에는 미노루가 상상한 것 이상의 신뢰감이
넘쳤다. 자신을 따르던 아이가 성장하여 이성의 상대를 찾
아낸 것이다. 아버지로서 약간의 질투가 났으나 반대할 수
는 없는 노릇이었다. 미노루는 믿기로 했다. 마음이 선한 린
코가 선택했으니 그것을 평가하기로 했다. 그것이 이 청년이
말하는 새로운 기풍인지도 모른다며 다시 한 번 자신을 타일
렀다.

5

미노루는 보르반으로 철판에 구멍을 뚫으며 자기 손등 위
를 달리는 수없는 주름을 바라보았다. 금속을 뚫는 거슬리는
드릴 소리를 들으며 미노루의 눈동자가 흐르는 시간의 속도
를 잡으려고 미세하게 움직였다. 미노루가 기계를 멈추고 자
기 손을 들여다보았다. 기름으로 얼룩진 손을 쥐었다. 엊그
제까지는 소년이었는데, 어느새 시간이 흘러 이렇게 초로가

되었다.

미노루는 작업을 잠시 멈추고 공장 밖으로 나갔다. 햇살이 눈부셔 눈을 가늘게 떴다. 용수로가의 논두렁을 천천히 걸었다. 산뜻한 바람이 미노루 얼굴을 쓰다듬었다. 눈앞에 펼쳐진 논이 저 멀리 둑까지 이어졌다. 익숙한 광경이었다. 태어나 60년이 지났지만 풍경은 그다지 변하지 않았다. 흔들리는 벼 이삭과 흐르는 구름과 저 감시자 같은 태양도 그대로다. 그런데 살아 있는 것들은 시간을 들이마시고 점점 늙어간다. 치매에 걸린 가네코처럼 그 머릿속을 알 수 없게 된다. 태어나 죽어가는 인간들에 대해 생각했다. 섬은 커지지도 작아지지도 않고 예전과 똑같은데 인간만이 새로 태어나고 늙어간다.

도대체 나란 무엇일까 미노루가 자문했다. 왜 태어나서 이렇게 삶과 죽음에 대한 생각을 하는 걸까. 이 의문이 죽기 전에 풀어야 하는 수수께끼 같다 생각하니 웃음이 나오려고 했다.

까치가 미노루 머리 위를 날아갔다. 희고 까만 새가 힘차게 나르는 모습을 잠시 바라보았다.

평생을 좇아다니는 이 의문이야말로 존재의 이유가 아닐까 문득 깨달았다. 절대로 찾을 수 없는 대답. 결코 다다를 수 없는 진리. 아무리 고뇌한다 해도 얻을 수 없는 이해. 애초에 대답 같은 것은 없었다. 왜일까 하는 의문을 계속 품는 것이 삶 그 자체가 아닐까.

문득 미노루가 연달아 눈을 깜박였다. 어째서 눈을 깜박여야 하는 걸까 지금껏 셀 수 없이 품었던 의문이 떠올라, 미노루가 얼떨결에 눈가로 손을 가져갔다. 그리고 어렸을 때부터 줄곧 떠나지 않았던 의문이 떠올랐다. 그러자 갑자기 눈을 깜박이는 데 신중해졌다. 눈을 깜박이는 것을 참아보았다. 눈동자가 건조해져 아팠다. 그 아픔 너머에는 무엇이 있는지 궁금해 미노루는 가능한 한 견디었다. 눈을 깜박이지 않으면 눈이 찌그러질까. 아니 눈을 깜박이지 않으면 세상이 무너질까. 자신이 늘 이렇게 뭔가를 생각하며 살아가고 있다는 것에 대한 감탄이 미노루 입에서 새어 나왔다. 생각이 자신을 움직이고 있음을 깨달았다. 얼떨결에 미노루가 다시 눈을 깜박였다. 뭔가가 변하는 것은 그 순간이라 미노루는 단정했다. 생각이 아닌 보다 강한 확신이었다.

눈을 깜박이는 것이야말로 인간을 죽음으로 이끄는 음모의 신호였다. 눈을 깜박이는 그 순간 세상은 변하고 있었다. 세상에는 알아차리지 못할 정도의 아주 작은 변화가 이루어지고 있었던 것이다.

미노루가 이번에는 더욱 진지하게 눈을 깜박이지 않게 참 았다. 이를 참는 것으로 누군가에게 대항하고 있음을 알았 다. 자살보다는 위험이 적은 반역이었다. 이렇게 누군가의 계략을 저지하고 있다는 것이 기뻤다. 마음속에는 승리감이 끓었다. 세상의 이치를 깨달은 것 같았다. 이제 겨우 그 꼬리 를 잡은 것이다.

미노루가 눈에 힘을 주었다. 이 순간이야말로 미노루에게 의문을 품게 하는 근본 이유라며. 하늘님이라고도 부를 수 있을 어떤 존재는 이러한 인간의 반란을 어떻게 생각할까 여 기며. 그리고 미노루는 다시 실망했다. 이렇게 자신을 생각하 게 만드는 것이 무엇인지를 생각했기 때문이다. 자기가 눈을 깜박이는 것을 참게 하고, 그 순간이 바로 삶의 정체를 밝히 는 열쇠라고 가르쳐준 누군가에게 미노루는 어쩔 수 없이 굴 복하고 마음이 약해져 눈을 꼭 감고 말았다. 그 순간 다시 세 상이 움직이는 것 같았다. 미노루가 눈을 뜨고 세상이 1초 전 과 어떻게 달라졌는지 찾아내려 했다. 그러나 작은 방심이 미노루로 하여금 다시 눈을 깜박이게 했다. 아무리 애써도 눈을 깜빡이지 않을 수 없었다.

인간은 죽지 않는 이상 눈을 깜박인다. 역시 그렇구나, 미노루는 깨달았다. 죽은 자는 의문을 품지 않는다. 의문을 품지 않기 때문에 눈을 깜박이지 않는 것이다. 눈을 깜박이지 않기 때문에 결국 사자死者가 되는 것이다.

미노루가 몇 번이고 빨리 눈을 깜박여보았다. 그리고 마지막에는 눈을 꼭 감았다. 미간을 좁히고 얼굴을 주름으로 가득 채우고 눈을 꼭 감았다. 온몸의 힘이 미간으로 모이더니 이윽고 머리끝에서 하늘을 향해 빠져나갔다.

1959년에 김 건조기와 김 채취기로 특허를 받았다. 공장은 전에 없던 호황을 누렸다. 처음에는 후쿠오카 현 어업조합에서만 수주하던 기계는 구마모토 현과 사가 현에서도 주문이 들어오더니 이윽고 아이치 현과 도쿄 등 전국 김 양식장으로 보급되었다.

같은 해 도쿄에 있는 린코가 아이를 낳았다.

미노루는 배를 타고 돌아오는 딸을 맞으러 선착장으로 나갔다. 엔진이 달린 배 앞머리에 손자를 안고 있는 린코를 보자 미노루는 절로 눈물이 나왔다. 아들 다쿠마를 잃은 뒤에 처음 보이는 눈물이기도 했다. 린코 곁에는 신랑인 고타로가 서 있었다. 문필가로는 아직 생계를 책임질 수 없어 자존심 강한 청년은 세상살이의 어려움을 온몸으로 느끼며 낮에는 신문사에서 일하고 저녁에는 소설을 썼다. 린코도 일을 했다. 여자가 밖에 나가 일을 한다는 것이 아직 섬에서는 생각지 못할 일이었다. 그러나 미노루는 그러한 새로운 가정에 자신의 피가 닿은 새로운 섬을 본 것 같았다.

6

미노루의 아들들이 힘을 모아 에구치 공작소를 지켜갔다. 둘째 다케시는 미노루의 뒤를 이어 개발에 전념해 김 건조기의 대형화와 전 자동화에 공헌했다. 삼남인 도요하루는 서글서글한 성격과 린코를 닮은 언변으로 혼자서 영업을 도맡아 에구치 공작소를 규슈중부의 최대공장으로 확장시켰다. 성실하고 우직한 성격의 장남 뎃타가 형제들을 하나로 모아 미노루를 보좌하며 실질적으로 공장을 운영해 숙련공들의 신뢰를 쌓았다. 에구치 공작소는 이 삼형제의 열정과 노력으로 나날이 번창해갔다.

일에 적극적인 아들들은 손자를 만드는 일에도 적극적이었다. 해마다 아이들이 태어나 집안은 더욱 떠들썩해졌다. 결혼하고 아이들이 태어날 때마다 차남, 삼남 순으로 좁아진 본가에서 분가하도록 했다. 미노루는 아이들에게 토지를 나누어주고 거기에 새로 집을 짓게 했다.

예순한 살이 된 미노루는 침침한 마루의 화로 앞에 앉아 있었다. 화로 앞은 미노루의 지정석이었다. 불을 피우는 것은 누에의 일이었다. 누에는 아직 해가 뜨기도 전에 일어나 화로에 불을 붙이고 다시 잠을 잤다. 첫째 며느리가 들어와 자기가 하겠노라 나섰지만 누에는 자신의 중요한 임무라며 거절했다. 겨울날이면 불을 지피는 동안 추위가 뼛속까지 사무쳤다. 그러나 누에는 첫닭이 울 때 일어나 마루를 덥히는 일을 거르지 않았다.

미노루가 화로 앞에 앉아 차를 준비했다. 뜨거운 차 한 잔은 그날의 활력이었다. 화롯불을 쬐며 뜨거운 차를 조금씩 홀짝이며 생각에 열중했다.

미노루는 생각하며 눈을 깜박였다. 아무런 주저 없이 눈을 깜박였다. 세상이 그 순간에 변한다면 하늘님에 의해 개조된 곳을 찾아내 보이겠노라 주시했다. 그러나 그런 결의도 일상의 번거로움에 차차 잦아들었다. 미노루는 이미 나이가 들었다. 주의는 했지만 점점 체력이 떨어졌다.

미노루가 가만히 타들어가는 숯을 바라보았다. 침침한 마루에서 숯만이 빨갛게 타들어가고 있었다. 사람에게도 저런 시기가 있지. 그러나 그 시기가 지나면 이윽고 불이 꺼진 숯처럼 재로 남는 법. 그것은 누구에게나 마찬가지, 살아 있는 사람 모두에게 평등하지, 하고 생각했다.

미노루가 식은 차를 다시 홀짝였다. 식은 차에 뜨거운 물을 붓고 양손으로 찻잔을 감싸며 다시 한 모금 마셨다. 뜨거운 물이 식도를 타고 흘러 들어가다 이윽고 위에 다다른 것을 느꼈다. 그 뜨거움을 느낄 수 있는 자신은 아직 살아 있다고 미노루가 중얼거렸다.

부엌에서 여자들이 식사준비를 하는 소리가 들렸다. 때때로 웃음소리도 들렸다. 여럿이서 식탁에 둘러앉아 된장국을 마시는 소리가 들렸다. 차남과 삼남이 각각 분가해 살지만 아침이면 미노루 집에 모여 일가가 함께 식사를 하며 화목을 다졌다.

식사가 끝나면 아들들이 각자 준비를 마치고 미노루에게 오늘 하루 있을 업무에 대한 설명을 했다. 미노루는 대부분 아들들의 의견이나 제안에 따랐으나, 가끔은 지시를 내리기도 했다. 때로는 아들들이 미노루와는 다른 의견이나 방식을 제안하며 자신들에게 맡겨달라 하기도 했다. 그럴 때면 미노루는 그렇게 하라며 순순히 그들에게 장래를 맡겼다.

둘째 아들 다케시가 이제는 스테인리스의 시대가 올 거라며 미노루를 설득했다. 언제까지 철만 고집하고 있을 수 없다 하루빨리 녹이 슬지 않는 스테인리스로 바꾸는 것만이 우리 공장이 살길이라 역설했다. 미노루는 내심 서운했다. 그런 것에 철이 밀리는 시대란 말인가. 철은 녹이 슬기 때문에 좋은 것이라 마음속으로 중얼거렸지만 그것을 입 밖에 내지는 않았다.

미노루가 발명한 김 채취기는 그러한 시대의 요청에 맞춰 조금씩 개량을 거듭하며 철에서 스테인리스로 변화되었다. 공장은 더욱 확장되었고 사가시내에는 본사공장이, 오오카와 신답에는 새 공장이, 오오무타에는 수리공장이 들어서게 되었다.

여기저기 공장이 들어서고 직원도 늘었지만 미노루는 좀처럼 오오노지마의 낡은 공장 밖으로 나가지 않았다. 섬에서 여전히 기름에 전 작업복에 슬리퍼를 끌며 일했다.

7

미노루는 오후가 되면 예전 나가시로의 대장간이었던 집 앞 작은 공장에 나가 혼자 보르반이나 선반기계를 만지거나 도면을 그렸다. 미노루는 한 해 전부터 차남 다케시가 착안한 국화를 크기별로 선별해 묶는 기계 제작에 착수했다. 어두운 공장에서 철과 마주하고 있으면 자신이 육십을 넘겼다는 것이 믿어지지 않았다. 아무리 공장이 확장되었어도 오오노지마의 공장은 미노루의 원점이었다.

그곳에는 많은 추억이 서려 있었다. 낡은 공장 한쪽에는 아버지와 어머니가 쓰던 풀무가 그대로 놓여 있었다. 철침과 바이스와 구형 절단기도 있다. 많은 개발과 제품 개량이 이루어진 곳도 이 철 냄새가 배어 있는 공장에서다.

미노루와 인연을 맺은 사람들 모습이 아직 그곳에 깃들어 있었다. 그중에서도 아버지 나가시로의 모습이 가장 많이 남아 있었다. 미노루는 공장에 발을 디딜 때마다 기름에 전 아버지 그 자체였다 할 수 있는 공장 냄새를 가슴 깊이 들이마시고 벽에 걸린 아버지가 만든 검을 향해 손을 모았다. 나가시로의 지시에 따라 대장간 일을 배우고 있는 착각이 들 때도 있었다.

때로는 어스름한 공장에 아버지가 나타나 뭘 하고 있느냐, 하고 꾸짖었다. 미노루는 시공을 뛰어넘어 어둠 속에서 위엄 있고 듬직한 아버지의 부드러운 움직임을 보았다. 아버지 곁에는 어머니 가네코가 있었다. 아직 살아 있는데도 어머니의 정념이 그곳에 서려 있었다. 아들을 잃고 마음의 문을 닫고 있을 무렵의 나약한 어머니였다. 그들은 대개 아무 말 없이 일을 했다. 이시타로도 얼굴을 내밀었다. 자신은 이미 육십이 넘었는데 형은 여전히 어린아이였다.

"미노루 어찌 지내느냐, 잘 있느냐?"

미노루가 멍하니 형의 망령을 바라보았다. 형의 기억들을 긁어모아 보지만 애매하고 흐릿한 인상들뿐이었다. 이시타로의 혼은 이윽고 다쿠마로 변했다. 어머니는 그런 이시타로를 멍하니 바라보며 풀무 앞에 쭈그리고 앉아 눈물을 흘렸다. 아버지 나가시로의 표정은 어둠에 묻혀 확인할 수 없었다.

군복을 입은 하야토도 공장 입구에 서 있었다. 군모 챙 때문에 예리한 눈빛은 분간할 수 없었지만, 젊고 늠름한 병사의 모습이었다. 하야토 뒤에는 시베리아에서 죽은 많은 일본병사들이 허리를 펴고 서 있었다. 그리운 얼굴도 있었지만 하나같이 모두 눈동자가 없었다. 눈 주위만 도려내어진 군인들이 공장 어둠 저편에까지 서 있다 이윽고 기계인형처럼 제자리걸음을 시작했다. 모두 앞으로 가, 라는 명령을 기다리고 있었다.

미노루가 일어나 경례를 하려다 공장 기둥에 맨 밧줄에 목을 매달고 축 늘어져 있는 데츠조를 보았다. 미노루를 바라보는 눈동자가 창백한 것이 썩어가는 생선 눈알 같았다.

"미노루⋯⋯."

애절한 목소리로 미노루를 불렀다. 미노루가 허리를 세워 데츠조에게 손을 뻗으려 했다. 그러자 등 뒤에서 또 다른 소리가 미노루를 불렀다.

"미노루, 어서 이쪽으로 와."

뒤를 돌아보니 오토와였다. 팔을 벌린 그 모습은 금방이라도 사라질 것처럼 아련했고, 겨우 확인한 미소는 마치 울고 있는 것 같았다.

8

미노루가 골불骨佛(뼈로 만든 불상) 건립을 생각한 것은 그날 밤이었다.

아침까지 잠을 이루지 못하고 누에의 잠든 얼굴을 바라보며 세상을 떠난 이들을 떠올리고 있었다. 다시 그들과 만날 수 있을까. 두 번 다시 못 만날까. 누에도 언젠가 내 앞에서 모습을 감추겠지. 인간은 이별로부터 자유로워질 수 없었다. 미노루가 살며시 누에의 손을 잡았다. 눈가가 뜨거워졌다. 나이가 들어서 그런가, 눈물을 훔치며 그런 자신이 어이없다 하면서도 생각은 그칠 줄을 몰랐다.

과거를 살았던 사람들과 미래를 살 사람들이 하나가 된다면 그보다 더 인간적인 것이 또 있을까. 괴로움과 기쁨을 초월해 한데 섞여 처음으로 돌아갈 수 있다면 그것이 바로 인간의 행복이 아닐까.

미노루는 문득 섬에 묻힌 유골들을 모아 그것으로 불상을 만들면 어떨까 하는 생각이 떠올랐다. 그 순간 지금껏 생각하고 고민해왔던 죽음에 대한 미혹이 사라졌다.

공동납골당에 유골단지를 모을 것이 아니라 도민 모두의 뼈로 하나의 불상을 세우는 것이다. 미노루는 가당치도 않은 엉뚱한 생각에 자기도 모르게 웃음이 나왔지만, 머릿속에서는 불상이 점점 확실하고 늠름한 모습으로 세워져 몸이 떨렸다.

미노루는 뼈로 만든 불상에 대한 생각으로 아침까지 결국 잠을 이루지 못했다. 과연 가능한 일일까. 하지만 이것이 실현된다면 영혼은 조상과 일체가 되고 모든 이들과 이별하지 않고 후세에 다시 만날 수 있을지도 모른다. 불상으로 하나가 된다면 미래의 섬사람들도 그들을 잊지 않을 것이다.

다음 생에서의 만남을 다짐하는 불상. 섬이 존재하는 한 누구에게도 잊히지 않을 묘. 자손들과 조상과의 소통의 장. 이 섬과의 인연을 소중히 간직할 기념비. 과거와 하나가 되는 미래…….

이불 속에서 미노루는 상상의 날개를 펴며 흥분했다. 조금씩 날이 새는 기척이 느껴졌다. 덧문 저편에서 세상이 조금씩 눈뜨고 있었다. 물오리 떼들의 울음소리가 멀리서 들려왔다. 성급한 닭이 섬 저편에서 울고 있었다.

미노루 머릿속에는 이미 뼈로 된 불상이 완성되었다. 곁에서 자고 있는 누에에게 그 이야기를 하고 싶어 참기가 힘들었다. 장지문으로 비쳐든 새벽빛이 누에 얼굴 위에서 가녀리게 흔들리고 있었다. 그 얼굴을 바라보며 언젠가는 자신들도 이별을 하게 되리라 생각했다. 다음 생에서도 누에와 만나기를 바라는 미노루의 마음속에 가만히 정적이 내려앉고 있었다.

얼굴을 빤히 바라보고 있는데 갑자기 누에가 깨는 바람에 미노루가 놀랐다. 마치 죽은 사람이 되살아난 것 같았다. 누에는 그런 미노루를 아랑곳 않고 기계적으로 일어나 마루로 나갔다. 화롯불을 지피려는 것이다. 반쯤 잠이 든 상태였지만 능숙하게 불을 지피는 누에의 뒷모습이 미노루에게는 마치 부처처럼 보였다.

눈을 반쯤 감고 다시 비틀거리는 걸음으로 이불 속으로 들어가는 누에의 모습은 마치 몽유병 환자 같았다.

"누에."

미노루가 낮은 소리로 불러보았지만 대답이 없었다.

잠시 망설이던 미노루가 일어났다. 이부자리에서 빠져나와 날이 새기 시작한 밖으로 나갔다. 가을의 새벽 공기가 차가웠다.

아직 완전히 새지 않은 날이 어둠을 멀리 쫓아내고 있었다. 미노루가 몇 번 심호흡을 하고는 아침 안개 속을 걸어 공장으로 들어갔다. 기름과 잘린 철 냄새로 충만한 공장의 새벽 공기를 맡으며 미노루는 창고 깊숙이 숨겨두었던 38구경을 끄집어냈다. 천으로 둘둘 말아놓은 그 총은 전쟁이 끝나고 하야츠에 강에 총기를 모두 내다버렸을 때도 버리지 못하고 남겨둔 것이었다. 미노루가 총을 짊어지고 갈대밭으로 향했다.

갈대밭을 지나 둑으로 올라갔다. 사위는 아직 어슴푸레했고 아무런 기척이 없었다. 주저앉아 총을 꺼내 기름을 바르며 꼼꼼히 점검했다. 총의 무게가 그대로 전해졌다. 방아쇠를 당겼다. 찰칵 하는 마른 소리가 총이 아직 건재함을 확인시켜주었다.

미노루는 남아 있는 총알을 장착했다. 그리고 배를 깔고 누워 강물을 향해 총을 겨누었다. 철의 감촉이 좋았다. 그 감촉을 느끼며 자신이 아직 살아 있다는 것을 실감했다. 실감을 바랐다. 더욱 살아 있다는 실감을 원했다.

부드러운 살과 따뜻한 피의 감촉이 머릿속에서 그려졌다. 미노루는 다시 총을 겨누고 흐르는 강물을 겨냥했다. 많은 사람의 목숨을 빼앗은 총을 겨누며 미노루는 사라져간 이들의 혼을 떠올렸다. 사람을 죽인 자만이 알 수 있는 고통이다. 미노루는 시베리아에서 자신이 죽인 청년을 떠올렸다. 나무아미타불, 미노루가 중얼거리더니 방아쇠를 당겼다. 파열음이 일대에 메아리쳤고 미노루는 눈을 감았다. 이 순간 세상은 분명 크게 변했을 것이다. 자칫 눈을 오랫동안 감아버린 것이 후회스러웠다. 천천히 눈을 뜨자 하늘 저편에서 비쳐드

는 햇살이 시야를 가리던 것들을 몰아냈다. 하늘님은 어디에
다 어떤 장치를 해두었을까 하고 주의 깊게 살펴보았다. 세
상의 모든 잠을 깨운 듯한 총성이었다. 아직 잠들어 있던 들
새들이 일제히 날아올랐다.

　미노루가 눈을 깜박이고 연달아 방아쇠를 당겼다. 화약 냄
새가 코를 찔렀다. 총알이 바닥나자 미노루가 자리에서 일어
나 두근거리는 가슴을 진정시킬 새도 없이 단숨에 둑을 달려
내려갔다. 선착장에 다다르자 치쿠고 강을 향해 총을 있는
힘껏 내던졌다.

9

　미노루는 그날부터 골불을 만드는 일에 골몰하기 시작했
다. 우선 신담에 있는 정육점에 가서 엄청난 양의 돼지 뼈를
얻어 공장에서 쇠망치와 톱으로 뼈를 부숴보았다. 어느 정도
잘게 부순 뼈를 다시 나무망치로 곱게 부숴보려 했지만, 이
방법은 뼈의 입자가 거친 데다 시간이 너무 많이 걸렸다.

　미노루를 보러 공장에 나온 누에가 뼈에 둘러싸여 있는 미

노루를 보고는 말을 잃었다. 이제껏 이렇게 많은 뼈를 본 적이 없었다. 해괴한 광경에 그저 한동안 입을 벌리고 서 있을 수밖에 없었다.

"대체 뭘 하는 거요?"

누에가 크게 숨을 들이쉬고 겨우 입을 열었다. 이마의 땀을 뚝뚝 흘리며 미노루가 대답했다.

"이걸로 불상을 만들 것이야."

미노루는 섬에 있는 묘의 뼈들을 모아 그것으로 불상을 만들겠노라 설명했다. 누에가 눈을 휘둥그렇게 뜨고 미노루 주위에 흩어진 돼지 뼈들을 둘러보았다. 미노루가 가볍게 행동하는 사람이 아니라는 것을 누구보다 잘 알고 있는 누에였다. 누에가 미노루 곁에 앉아 잠시 뼈로 만든 불상을 상상해보았다. 아무리 냉정하게 생각해보아도 너무나 터무니없는 일이라 누에가 신중하게 입을 열었다.

"공동납골당을 만들어 거기에 유골단지를 갖다 놓는 것만으로는 안 된단 말이요?"

미노루가 고개를 끄덕였다.

"그것도 좋겠지. 하지만 이 섬에 어울리는 납골당을 만드는 것이 지금 살고 있는 우리들의 책임이 아닌가. 섬사람들이 가슴을 펴고 자기 조상을 모실 수 있는 방법을 생각해내야지. 그리고 절대로 잊지 못할 납골당이어야 하고. 모두의 뼈와 혼이 하나가 되는 거네."

미노루가 손을 쉬지 않고 작업을 계속했다. 묘를 파헤쳐 뼈를 모아 그것을 가루로 만들어 불상을 만든다는 것은 도대체 어떤 걸까, 누에는 상상만으로도 온몸이 떨렸다.

"모두가 하나가 된다는 건 좋은 일 같기도 하지만 한편으로는 무서운 일 아니요?"

누에가 미노루의 얼굴색을 살피며 자신의 솔직한 생각을 말했다. 자기가 죽은 뒤 다른 사람들 뼈와 섞인다는 것을 상상해보니, 말로는 표현할 수 없는 기묘한 느낌이었다.

"뭐가 무섭다는 거요. 다 같은 섬사람 아닌가. 조상들도 다 이웃이었고. 게다가 사람은 모두 본래 같은 곳에서 시작되었을 게야."

"이렇게 좁은 섬이지만 사람들 생각이나 입장은 다 달라서, 자기는 저런 사람하고는 다르다는 자부심을 가진 이들도 많고. 그런 사람들을 한 불상으로 만든다는 게 정말로 가능할까요?"

미노루가 고개를 끄덕이며 웃었다.

"부자건 가난한 자건, 훌륭한 묘를 세웠건, 영원히 땅 위에 묘를 남겨둘 수는 없지 않나. 저 갈대밭의 연고 없는 묘지들처럼 언젠가는 쓸쓸하게 남겨질 게야. 조상님을 하나로 해두면 섬이 있는 한 섬사람들이 조상을 잊는 일은 절대로 없을 게야."

미노루의 말에 누에가 고개를 끄덕였지만, 불안한 마음은 사라지지 않았다. 정말 그런 일이 가능할까, 주변에 흩어진 뼈들을 둘러보며 말을 삼켰다.

10

"가장 중요한 것은 모두가 하나가 된다는 게야."

미노루가 곧장 기요미를 찾아가 자기 계획을 설명했다.

"좋은 생각이로구먼. 섬에 있는 뼈들을 다 모은다면 그거야말로 엄청난 불상이 되겠구먼."

"그렇지, 아주 큰 불상이 되겠지."

"모두 조상을 정성껏 섬기고 죽음을 존엄하게 생각하게 될 게야."

"그래, 그 불상이 섬의 상징이 된다면 사람들은 조상을 더욱 잘 모시게 될 거네."

"좋은 일이다."

"음, 모두가 하나가 되는 걸세."

두 사람이 이를 드러내고 웃었다. 미노루가 어렸을 때 기요미 집 헛간에서 본 소녀의 시체를 떠올렸다. 강에서 건져진 시체는 이미 부패하기 시작했지만 정갈해 보였었다. 그 아이는 기요미 아버지가 화장을 시켰다. 유골을 찾으러 오는 가족이 없어 결국 소녀는 오오노지마 끝자락에 조용히 잠들었다. 그 아이의 뼈도 함께 섞어야겠다고 미노루는 생각했다.

전에 없는 결의로 미노루는 불상 건립에 모든 힘을 기울이며 주민들을 설득하는 데 나섰다. 한 집 한 집 일일이 찾아다니며 공동납골당의 필요성에 대해 설명했다. 미노루와 기요미가 당초 예상했던 것보다 도민의 관심은 훨씬 높았다. 유복한 것과는 거리가 먼 섬사람들은 묘를 세워야 할 토지와 묘석, 그리고 이를 관리하기 위한 비용 때문에 허덕이는 경우가 많았다.

이제는 중부큐슈를 대표하는 실업가 중 하나가 된 미노루가 솔선해 골불을 만들겠다면야, 하고 많은 사람들이 긍정적인 답변을 했다. 그렇다고 반대의견이 없었던 것은 아니다. 섬사람들은 대부분이 불교신자였지만 종파가 달랐다. 그것

285

을 하나의 불상으로 만들겠다는 것이니 반대의견이 있는 것
도 당연했다. 개중에는 익명의 편지로 사람들의 마음을 현혹
시킨다느니, 선거 때문에 이름을 팔기 위한 행위라 비난하거
나, 대문 앞에 몰래 고양이 뼈를 갖다놓는 사람도 있었다.

그러나 미노루와 기요미가 정중하게 각 집을 돌며 착실하
게 설득한 보람이 있어 제안에 동참하는 사람은 날로 늘어나,
두 번째 설명회를 마친 다음에는 누에의 걱정과는 달리 섬의
대부분의 가정에서 찬동을 얻을 수 있었다.

미노루가 스님을 찾아가 절의 경내 한쪽에 불상을 세울 수
있게 해주십사 부탁했다. 쇼락쿠지勝樂寺는 정토진종(일본의
불교 종파 중 하나) 니시혼간지西本願寺 사찰이어서 섬사람 모두
가 이곳 신도라고는 할 수 없었다. 에구치가는 대대로 야나
가와 시에 있는 다른 절의 단가檀家였는데 그곳은 히가시혼간
지東本願寺파였다. 오오노지마에 사찰은 쇼락쿠지밖에 없으나
각지에서 이주해온 주민의 종파는 다양했다. 도민의 마음을
하나로 엮는 것과 미래에 대한 안심을 위해서라도 경내에 납
골당을 건설하자는 것이 미노루의 생각이었다.

스님은 이미 여든여섯이란 고령이었지만 미노루의 생각에
이해를 표했다.

"돌보는 이 없는 묘처럼 쓸쓸한 것도 없지. 자네다운 생각이로구먼."

미노루가 스님에게 머리를 숙여 부탁했다.

"자네 아버지에게는 많은 도움을 받았네. 말수는 적었지만 덕이 있는 분이셨지. 어려운 사람들한테는 다정했고 권력을 휘두르는 사람들한테는 엄하셨어."

스님이 미노루를 보며 웃었다.

"화장장이의 월급을 올리는 데도 앞장섰고 파산한 사람들에게 토지를 빌려주기도 하며 어찌나 착실했는지 늘 머리가 숙여졌다네. 자네가 그런 생각을 하게 된 것도 결국은 그 피를 이어받은 것이겠지."

미노루는 쑥스러웠지만 스님 말씀에 이것이 아버지의 의지에 따른 것이란 것을 깨달았다. 어딘가 멀리서 아버지의 혼이 미노루를 지켜보고 있는 것 같았다.

"납골당을 만드는데 땅을 내놓을 수밖에."

스님이 잠시 생각에 잠긴 듯하더니 고개를 끄덕였다. 미노루가 반사적으로 감사하다며 고개를 숙였다.

"그렇지만 종파가 다른 사람들을 어떻게 할 생각인가?"

미노루가 똑바로 스님을 바라보고 말했다.

"같은 인간입니다. 그리고 같은 섬사람입니다. 얼토당토않은 말로 들리실지 모르겠습니다만, 이 섬에 사는 사람들은 모두 여기에 개펄이 만들어졌을 때부터 이미 어떤 운명을 함께했다고 봅니다."

스님이 고개를 끄덕이더니 사람들을 설득시킬 수 있다면 나도 돕겠네, 하고 말했다. 미노루 얼굴에 화기가 돌았다. 스님이 미노루에게 물었다.

"그런데 어떻게 그런 생각을 하게 되었나?"

미노루가 어렸을 때부터 보아왔던 흰 부처에 대한 이야기를 했다. 미노루의 이야기가 끝나도 스님은 잠시 말이 없었다. 그러고는 고개를 끄덕이더니 벼룻집을 꺼내 먹물에 붓을 적신 뒤 종이에다 크게 글자를 쓰기 시작했다.

"구회일처具會一處란 말이 있네."

스님이 반지를 미노루 쪽으로 보이며 말했다.

"사람은 가난한 자나 부유한 자나 본래는 모두가 같다는 뜻이네. 세상의 쓸데없는 규율이나 가치관을 초월해 인간의 존재란 하나란 뜻이지."

미노루가 구회일처라는 말을 입속으로 반복했다. 자신이 생각한 것을 한마디로 표현하는 말 같았다.

288

"자네가 생각해낸 것이 바로 이 말일세. 자네가 생각한 납 골당은 분명 많은 사람들을 돕고, 오늘을 살아가는 섬사람들에게 조상의 은덕을 가르치는 일이 될 걸세. 나도 힘닿는 데까지 도울 테니 끝까지 뜻을 포기하지 말고 이루길 바라네."

미노루가 스님을 똑바로 쳐다보며 구회일처란 말을 가슴속으로 되풀이했다.

11

구십을 넘긴 가네코는 이 섬의 최장수 기록을 경신했다. 한쪽 눈의 검은 눈동자가 이제는 모두 희어졌다. 다른 한쪽 눈은 한천 같은 액체가 표면을 덮었고, 갈색 색소가 빠져 작아진 눈이 그 속에서 호흡하고 있었다.

머리칼은 거의 빠졌고 피부는 까칠까칠하게 말랐지만 나이가 들수록 기억은 과거로 거슬러 올라가 표정에는 오히려 윤기가 돌고 의식이 젊어지는 것을 알 수 있었다.

"당신 아버지가 우리 집에 오셔서 며느리로 삼고 싶다고 하셨을 땐 어찌나 기뻤던지. 내 인생은 그때 결정 났지요. 나한테는 선택할 권리 같은 건 없었지만, 간절히 바라고 있었으니까요. 조상님, 부처님께 빌었던 소원이 이루어진 걸요. 그처럼 기뻤던 일은 없었지요. 당신은 나한테 말도 안 걸어줬잖아요. 늘 멀리 있어서 이쪽을 보는지 어떤지도 몰라 가슴만 졸였는걸. 그런데 날 보고 있었던 거예요. 정말 몰랐어요. 난 미인도 아닌 데다 그저 몸 하나 튼튼한 게 자랑이었으니까. 그래서 당신이 날 택해줬을 때는 어쩌나 기뻤던지. 당신이라 좋았소. 거짓말을 하지 않아도 됐으니까. 평생 거짓말을 하고 살아야 했다면 그건 지옥이지요. 좋아하지도 않는 사람한테 혼사가 들어왔다면 그럴 수밖에 없지 않소. 당신이라 다행이었어요. 당신이라 정말 좋았어요."

움푹 팬 가네코의 눈가가 붉어졌다. 미노루가 작게 고개를 끄덕였다.

"당신이 처음으로 나한테 말을 걸어줬을 때를 기억해요. 어디에서였더라. 아마도 축제에서였지요. 엔니찌緣日(신불神佛과 이 세상과의 인연이 강하다는 날로 이때 참배하면 영검이 크다고 전해진다―옮긴이)로 사람들이 북적거렸던 때지요. 나는 예쁘게 단장하지도 않았는데 어찌 말을 걸어줬는지 몰라. 예쁘게 하고 나온 아가씨들이 많았는데. 어째서 나였수? 혹, 다른 아가씨들한테 다 말을 걸고 내가 마지막이었소?"

가네코가 미소를 지었다. 한천으로 덮인 눈동자에 전등 빛
이 어렴풋이 비쳤다.

"인연이었던 게지요. 인연이었다 말고 뭐라 하겠소. 인연
을 믿고 있었지. 그러니 이렇게 맺어진 걸 테고. 이제 아이들
을 많이 낳아야지요. 많이 낳아 훌륭히 키워 집안을 일으켜
야지요. 그게 여자들의 일인걸. 난 당신을 위해 살고 죽을 거
요. 그러니 무리하면 안 돼요. 만에 하나 당신한테 무슨 일이
라도 생기면 내 인생도 거기서 끝이라오. 재가 같은 건 생각
지도 못해요."

이제 가네코는 웃지 않았다. 미노루가 가네코의 손을 살며
시 잡았다.

"그렇지만 내가 당신보다 오래 살게요. 그렇잖소, 내가 먼
저 죽으면 당신 혼자서는 아무것도 못 할 테니. 내가 죽으면
당신은 폐인이 되고 말 거예요. 그렇게는 못하지요. 걱정 말
아요. 나는 튼튼한 게 자랑이니까."

가네코가 웃었다. 시선은 먼 곳을 보고 있었다. 입술을 몇
번 적시더니 조용히 눈을 감았다. 미노루는 어머니보다 오래
살아야겠다고 다짐했다.

제7장

1

도민 대부분의 찬동을 얻은 뒤에도 공동납골당 계획을 구체화하기까지는 생각 외로 많은 시간이 걸렸다. 지금껏 아무도 생각지 못한 골불을 만들기 위해서는 뼈를 분쇄하는 방법, 납골당 건립에 드는 비용마련 등의 난제가 산적해 있었다.

가장 큰 문제는 누가 골불을 만드느냐는 것이었다. 조상의 뼈로 만들어 사람들이 대대로 모실 불상이므로 작은 실수도 허락되지 않았다. 불상의 모습과 그 의미 또한 예술적 가치

를 지닌 것으로 하기 위해서는 그에 상응하는 작가를 찾아야
했다.

미노루는 현의 예술가단체에 타진해 저명한 조각가들을 소
개받았다. 몇 달간 연락을 주고받다 결국 오사카에 거주하는
이하라 하치헤이라는 조각가로 결정이 됐다. 그의 개인전 팸
플릿에 실린 불상 사진을 보고 미노루는 시선을 뗄 수가 없었
다. 초벌구이로 된 단순한 작품이었지만 부드러운 곡선과 작
품 전체에서 풍기는 온화함은 미노루가 꿈꾸던 불상이었다.

이하라는 불상을 제작한 경험도 풍부했고, 게다가 그의 집
안은 오오노지마에서 그리 멀지 않은 야나가와 출신으로 대
대로 다치바나 번의 초상화를 그리던 집안이었다.

미노루는 바로 이하라에게 골불 제작을 의뢰하는 편지를
썼다. 편지 왕래로 그의 인간됨과 감촉을 느낄 필요가 있었
다. 직접 오사카로 가서 의뢰하는 것이 빠를 수도 있었지만,
그 무렵 앓기 시작한 위통 때문에 미노루는 오랜 여행을 할
수 없었다. 왜 사람은 죽는지, 왜 조상들을 제대로 모실 수 없
게 되는지, 그리고 잊혀가는지에 대한 자신의 견해를 편지에
담았다. 편지는 조각가에게 보내는 것이면서 동시에 자기 자
신에게 던지는 물음이기도 했다.

때때로 날아드는 이하라의 답장은 늘 미노루에게 용기를 북돋아주었다.

　선생을 아직 뵌 적이 없습니다만, 이상하게도 인품이 느껴집니다. 선생이 섬에 골불을 세우고자 하는 취지를 저도 충분히 이해할 수 있었습니다. 저 또한 전쟁터에 갔다온 사람입니다. 선생처럼 직접적인 고통을 겪지는 않았지만 많은 동료들의 죽음을 목격했습니다. 그런 희생을 바탕으로 지금의 평화가 있다는 것을 오늘을 사는 사람들에게 전할 필요가 있습니다. 왜 우리는 목숨을 부여받았는지, 그 목숨이 어째서 이리도 가벼운지, 저도 선생처럼 삶과 죽음에 대해 고민할 때가 많습니다.
　저는 조각가입니다. 조각을 통해 사람들의 마음과 자연의 모습을 담아낼 수 있다면 그보다 더 뜻깊은 일이 있겠습니까. 섬에 사셨던 분들의 뼈로 하나의 불상을 만든다는 생각은 조각가인 저의 마음을 크게 흔들어놓았습니다. 이보다 더 신비로운 일은 앞으로도 없을 것입니다. 선생께서 걱정하시는 보수를 크게 요구할 생각은 없습니다. 처음에 제안하신 금액으로 충분합니다. 그보다 제작기간이 더 염려

됩니다. 요즘 이런저런 일들로 바빠 골볼을 만든 후 바로 프랑스로 출발해야 합니다. 그러니 실제 제작기간은 3주 정도가 됩니다. 시간을 유용하게 쓰기 위해 사전준비에 만전을 기하고자 합니다. 현재 미대에 재학 중인 아들을 조수로 데려갈 생각입니다만, 일손은 많을수록 좋습니다. 이 점에 대해 좀 더 의논할 수 있었으면 합니다.

선생의 편지는 늘 저를 감동하게 합니다. 인간은 어리석다 하시면서도 선생은 그 어리석은 사람들을 보듬어 안고 계시기 때문입니다. 편지를 읽으면 선생이 그들을 믿고 계신다는 것을 느낄 수 있습니다. 비록 그 끝이 보인다 해도 마지막까지 인간의 존엄을 포기하지 않고 살아가실 선생의 모습에서 저는 희망을 발견합니다. 이번 작업에 저 또한 기대가 큽니다. 도민의 기대를 저버리지 않을 불상을 만들고자 합니다. 현재 간단한 도면을 준비 중에 있습니다. 가까운 시일 내에 보내드리도록 하겠습니다. 모쪼록 무리하지 마십시오. 뵐 날을 진심으로 고대하고 있습니다.

이하라 하치헤이

2

　가네코의 의식이 더욱 과거로 거슬러 올라가더니 이윽고 어린아이가 되었다. 어디를 쳐다보는지 더욱 알 수 없게 된 시선 저편에는 분명 그녀의 부모와 형제, 친척들이 있을 것이다. 가네코는 그 혼들의 일거일동에 몸을 떨고 박수를 치거나 울고 웃었다. 미노루는 어머니의 얼굴을 바라보며 그녀가 거의 한 세기 전의 과거를 살고 있다 생각했다.

　가네코는 자기 방 이부자리에 조그맣게 누워 있었다. 이제는 린코가 있을 때처럼 마당으로 바람을 쐬러 나가지도 않았다. 가족들이 보살필 시간과 여유가 없어서가 아니라 체력이 따라주지 못했기 때문이다.

　가네코의 의식과는 반대로 몸은 눈에 띄게 쇠약해졌지만 금방 숨이 끊어질 것 같지는 않았다. 백 세를 목전에 두고 노화가 심해질 뿐이었다. 그대로 커다란 나무뿌리처럼 변하는 게 아닐까 싶을 정도로 그녀는 천천히 늙어갔다. 사람이라기보다는 몇천 년을 살아온 나무의 가지와 줄기 끝이 서서히 말라가는 것 같았다. 사람의 손이라기보다 마른 가지 같았지만 그래도 살아 있음은 분명했다. 미노루가 때때로 젖은 수건으로 가네코의 몸을 닦아주었다. 세게 문지르면 피부가 벗겨질 것 같아 살살 누르며 닦았다. 뼈에 살이 겨우 붙어 있는 것 같았다. 그래도 가네코는 살아 있었다. 식욕도 있었고 배변도 잘 보았다. 그만큼 가족들의 수발이 쉽지는 않았지만 그래도 미노루는 어머니가 살아계시는 데 감사했다. 꿈처럼 기억 속을 헤매고 다니더라도 살아계시기를 바랐다. 어머니가 불려 가시는 날까지 아들로서 가능한 한 정성껏 돌보고 싶었다.

얼굴의 피부가 완전히 처지고 눈이 패였지만 입술은 부어서 명란 같았다. 가네코는 물고기처럼 입을 뻐끔거리며 숨을 쉬었다. 주름투성이 얼굴 한가운데에 눈동자만이 생생히 움직였다. 갑자기 얼굴을 찡그리고 눈을 뒤집고는 왜 안 놀아주는 거야, 하고 소리를 치기도 했다.

미노루가 곁에 있어도 알아채지 못할 때가 더 많았다. 누군가가 곁에 있다는 것을 알아도 그것이 미노루라는 것은 좀처럼 인식하지 못했다. 가네코는 자신의 기억 속에 살고 있는 사람들과 소통하고 있었다. 그래도 살아 있었다.

3

일이 끝나면 미노루는 치쿠고 강 저편으로 지는 석양을 바라보기 위해 둑으로 나갔다. 강 저편으로 붉은 해가 지고 있었다. 되풀이다, 하고 미노루는 생각했다. 저녁 해는 어제도 저렇게 졌었지. 분명 내일도 같은 모습일 것이다. 그리고 밤이 새면 내일이 찾아온다. 미노루는 내일에 대해 불안을 느낀 적이 없었다. 내일은 반드시 찾아오게 되어 있었다.

아침 해에 눈을 뜨면 다시 하루가 시작되는구나, 하고 이불 속에서 생각했다. 매일 그런 날의 되풀이였다. 그런 반복되는 아침을 아무런 의심 없이 맞았다. 자고 일어나고 자고 일어나고, 미노루는 단순하지만 규칙적인 생활을 반복했다. 아무런 의문도 없이 자고 싶을 때 잠이 들고 아침이 되면 누가 깨우지 않아도 자연스럽게 눈을 떴다. 일어나면 할 일이 있었고 그 일로 하루의 대부분을 보냈으며 지쳐 잠이 들었다. 기분 좋은 피로를 느끼며 잠이 들었다가도 해가 뜰 때면 자연스럽게 눈이 떠졌다.

미노루는 부지런했다. 내일이란 미래는 착실히 찾아왔다. 내일이 오지 않을지도 모른다는 의심 같은 건 해본 적이 없었다. 그러나 육십을 넘긴 지금 미노루는 문득 내일이 오지 않을지도 모른다는 생각을 하게 되었다.

4

1964년 늦가을, 섬은 골불 건립이라는 개척 이래의 최대 사업으로 들끓었다. 공동납골당 건립위원회가 발족되어 미노루가 위원장에 기요미가 부위원장에 취임했다. 이하라 하치헤이가 섬에 도착하기 전에 끝내야 할 20평 정도의 납골당 건립을 위해 섬 목수들이 바쁘게 움직였다. 동시에 수천 구나되는 유골들을 발굴해 한곳에 모아 가루로 만드는 작업도 시작되려 했다.

조상의 묘는 각 부락의 책임하에 발굴하기로 했다. 무덤을 열기 전에 도민들이 절에 모여 조상들에게 제를 올렸다. 섬에 흩어져 있는 묘들을 잠 깨우는 것에 대해 스님이 조상들에게 용서를 구했다. 법당 안에 다 들어가지 못할 정도로 사람들이 모여들었기 때문에 결국엔 경내에서 제가 올려졌다. 누에와 미노루의 아들들도 참석했다. 스님의 독경소리가 하늘 멀리 퍼졌다. 맑게 갠 하늘이 눈부셨다.

독경 소리를 들으며 미노루는 하늘을 나는 까치들을 바라보았다. 언제나 저 새들이 자신을 지켜보고 있는 것 같았다. 반짝이는 새의 푸른 눈이 미노루의 눈을 깊숙이 찔렀다. 새로 변한 누군가가 늘 자신을 지켜보고 있었다. 까치가 이윽고 햇살 속으로 모습을 감추었다.

묘는 대개 일가별로 모여 있었다. 미노루 일가도 집 뒤쪽에 50평 정도 되는 묘지가 있었다. 훌륭한 묘석이 선 것도 있었지만 석판이나 나무로 된 허술한 묘표만이 서 있는 묘도 많았다. 이제는 묘비명조차 읽기 힘들 만큼 낡고 상한 묘도 있었다.

미노루는 우선 자기 선대의 묘부터 파기로 했다. 기요미를 비롯해 이웃에서 몇 사람이 도와주러 왔다. 집 뒤 무덤가에는 몇십 개나 되는 묘가 어깨를 나란히 하고 있었다. 낡은 묘석에 지나온 시간이 묻어나는 것 같았다. 잠을 깨운 조상들은 골불에 대해 어떻게 생각하실까. 미노루가 우뚝 선 묘석에 귀를 기울여보았다. 묘석이 하늘 먼 곳을 응시하고 있는 것 같았다. 듬직한 묘석 뒤로 더 윗대 조상들의 토장묘가 있었다. 개척을 위해 이 섬에 이주해온 선대 조상들의 묘이다. 어릴 적 미노루는 친구들과 곧잘 그 묘 위에서 놀았다. 묘지는 섬 아이들의 더없이 좋은 놀이터였다.

화장한 유골을 모신 묘에는 사람이 들어갈 수 있을 정도의 작은 돌문이 앞쪽에 있었다. 쇠로 된 빗장이 달린 것도 있었고 그저 돌로 막아놓은 것도 있었다. 몇 구의 유골을 함께 모신 것도 있고, 한 사람만 들어 있는 묘도 있었다. 본가뿐 아니라 분가와 그다지 멀지 않은 친척들도 이곳에 잠들어 있었다.

미노루는 우선 증조할아버지 도쿠노스케가 잠든 묘를 열기로 했다. 화장이 확대될 무렵에 에구치가는 섬에서 가장 먼저 할아버지 세대까지의 토장묘들을 화장했었다. 그곳에는 증조부와 증조모뿐 아니라 병이나 사고로 세상을 떠난 아이들의 유골도 들어 있었다. 오랫동안 닫혀 있던 단단한 돌문은 어른 몇 명이서 철로 된 지레를 사용해 열어야 했다. 돌과 돌 사이를 매운 흙을 치우고 돌문을 걷어내자 움막 같은 공간이 드러났다. 어둡고 차가웠지만 그 속에는 어떤 기척이 충만해 있는 것을 느낄 수 있었다.

미노루가 땅에 손을 짚고 무덤 안으로 들어가자, 조상들이 뭣 하러 왔느냐고 묻는 듯 썰렁한 냉기가 귀에서 목 뒤까지 느껴졌다. 무덤 안 양쪽에 놓인 두 단짜리 선반에 조상들의 유골단지가 나란히 놓여 있었다. 단지들이 어렴풋이 보였다. 미노루에게는 사람들의 눈동자가 보였다. 안광이 미노루를

감쌌다. 그것이 화해인지 충고인지 알 수가 없었다. 미노루
가 급히 손을 모으고 조상들에게 골불에 대한 보고를 했다.
그리고 도와달라 빌었다.

"왜 그러나?"

미노루가 납골묘에 머리를 박고 좀처럼 움직이지 않자 기
요미가 걱정이 되어 물었다. 괜찮네, 미노루가 대답했다. 무
덤 안에서 메아리친 자기 목소리가 고막을 통해 뇌 깊숙한 곳
까지 닿았다. 잠시 후 미노루가 됐다, 하고 스스로 다짐하고
는 유골단지를 하나하나 만져보았다. 항아리는 생각보다 무
거웠다. 무덤 속 공기가 조상들의 혼에 잠겨 있었던 것처럼
눅눅했다.

미노루가 유골단지들을 밖으로 꺼냈다. 항아리를 신중하
게 가슴에 안아 옮겼다. 붕대 같은 천에 말린 것도 있었고 각
진 항아리, 붉은 테두리가 쳐진 항아리 등 다양했다. 밖으로
꺼낸 유골단지들을 깨끗이 닦아 수레에 실었다.

아버지 나가시로의 묘에는 형 이시타로와 아들 다쿠마의
유골단지도 함께 들어 있었다. 나가시로의 유골단지 뚜껑을
열자 산호조각처럼 색이 바랜 뼈들이 눈에 들어왔다. 미노루
가 손가락으로 작은 뼈 조각을 꺼내보았다. 생전의 단단하던

아버지 육체를 떠올렸다. 작업할 때의 엄격한 얼굴도 떠올랐다. 뼈를 통해 아버지가 이 땅에 살아 있을 때의 기억들이 차례차례 미노루의 뇌리를 스쳐갔다. 모두 잊고 있었던 그리운 광경이었다.

형의 뼈는 타서 대부분이 까맸다. 그렇지만 그 까만 뼈도 형이 존재했었다는 흔적으로 미노루에게 다가왔다. 미노루가 새삼 형을 떠올렸다. 뼈를 손에 쥐고 형, 하고 불러보았다. 뒷논 볏단에 짚신을 숨겼던 일, 막대기로 자전거 바퀴를 돌리며 놀았던 일, 팽나무 열매로 총알을 만든 소총과 새총으로 까치를 잡았던 일들이 떠올라 미노루는 그리움에 사무쳤다.

뼈는 살아 있던 육체의 일부였다. 이곳에 분명 그들이 있었다는 존재의 증거였다.

미노루는 아들인 다쿠마의 유골단지만은 열어볼 수가 없었다. 아직 살아 있는 다쿠마를 단지 안에 밀어 넣은 것 같았기 때문이다. 뚜껑을 열면 애처롭게 자기를 올려다보는 아들과 마주칠 것만 같았다. 그 얼굴과 마주하고 어떻게 이 일을 계속할 수 있을지 자신이 없었다. 미노루가 아들의 유골단지를 수레에 실었다.

"보지 않아도 괜찮겠나?"

기요미가 등 뒤에서 물었다. 미노루가 고개를 숙인 채 끄덕였다. 그때 공장 담벼락에 붙어 미노루의 작업을 지켜보고 있던 누에와 눈이 마주쳤다. 누에는 다쿠마의 유골을 도저히 볼 수가 없다며 따라오지 않았다.

"괜찮네. 이 녀석도 이젠 쓸쓸하지 않을 게야. 다 같이 하나가 되는 거니까."

미노루가 누에를 향해 소리쳤다.

5

기미에 부탁으로 미노루가 데츠조 일가의 묘를 함께 열었다. 마른 미노루가 묘소 안에 몸을 굽히고 들어가 유골단지를 꺼냈다. 기억이 생생한 데츠조 어머니와 아버지의 유골도 있었고 한눈에도 아직 새것인 데츠조의 유골단지도 있었다. 기요미에게 데츠조의 유골단지를 건네며 미노루는 자기도 모르게 한숨을 쉬었다. 그날 밤 데츠조가 했던 삶과 죽음에 대한 이야기가 하나하나 뇌리를 스쳤다. 몸집이 큰 기요미에게 작은 유골단지가 되어 안겨 있는 모습이 더욱 애절했다.

"셀 수도 없을 만큼 많은 사람들을 화장했지만, 불알친구의 이런 모습을 보는 건 역시 힘들구나."

기요미가 두 손으로 항아리를 위로 쳐들었다. 푸른 하늘 아래 항아리는 둔탁한 어둠을 뿜어냈다. 미노루가 천천히 일어났다. 수레에는 데츠조 일가의 유골이 나란히 놓여 있었다.

"데츠조 부모님 생각이 나는구나. 길을 가다 만나면 항상 웃으면서 조심하라고 챙겨주셨지. 집에 놀러 가면 아무것도 없어 어쩌냐 하시면서도 맛난 것들을 만들어주셨어. 다들 어디로 가신 걸까? 어째서 모두 사라져야 한단 말이냐. 우리도 머지않아 그렇게 되겠지만……."

미노루는 자신을 떠난 적이 없는 의문들을 어린아이처럼 새삼스럽게 이야기하는 자신에게 화가 나 그만 혀를 찼다.

"해답이 있는 게 아니지. 살아 있는 동안에는 답을 찾을 수 없다는 걸 알면서도 이렇게 말을 하지 않고는 못 배기니 원. 자신 있게 이야기하는 사람들도 저세상으로 가보지 않은 한 알 수 없는 법. 알 수 없다는 게 결국 답이겠지."

미노루가 크게 숨을 내쉬며 입가에 미소를 지었다. 기요미가 아무 말 없이 데츠조의 유골을 수레에 실었다.

각지에서 모인 유골을 사찰 창고에 보관했다. 몇 주가 지나자 창고는 발 디딜 틈도 없을 지경이었다. 하야토 일가의 유골도 있었고 기요미 아버지의 유골도 있었다. 유골단지 위에는 그리운 이름을 적은 종이가 붙어 있었는데, 성만 봐도 어느 부락의 일가인지 알 수 있을 정도였다.

6

마지막으로 토장묘가 남았다.

오토와는 토장을 했다. 오토와 일가 중 그녀만 토장을 한 이유는 오토와 아버지가 그녀의 혼이 다시 살아나기를 빌어서였다. 미노루는 오토와의 묘를 파기 전날 밤 꿈을 꾸었다.

발밑에 서 있는 오토와가 미노루 기억 속에서 그 풍만한 육체를 드러냈다.

미노루는 이제 예순여섯이 되었지만 아직도 그녀 입술의 감촉을 잊지 못했다. 부드럽고 생기 넘치는 아름다운 입술이었다. 물론 기억이 거짓말을 한다는 것을 미노루는 알고 있었다. 그렇지만 미노루 기억 속에서 오토와는 더욱 더 아름답게 갈고 다듬어져갔다.

오토와의 품에 안겼을 때의 애절한 느낌도 살갗에 그대로 남아 있었다. 눈을 감으면 오토와의 벌거벗은 젊은 육체를 생생하게 되살릴 수 있었다. 오토와는 아직 미노루의 마음속에 살아 있었다. 때문에 미노루는 그녀가 죽었다는 사실을 좀처럼 인정할 수가 없었다.

오래전 오토와에게 쫓기던 논두렁에서 미노루는 오토와의 환상을 좇아갔다. 미노루의 눈동자는 반세기나 지난 오오노지마의 하늘을 바라보고 있었다. 햇살을 가린 구름들이 잔뜩 내려앉아 사위가 어슴푸레했다. 오토와의 건강한 뒤꿈치만이 앞을 확인할 수 있는 지침이었다. 오토와가 지날 때마다 진흙이 튀었다. 땅을 디딜 때마다 종아리가 단단히 조여졌다. 오토와의 커다란 둔부가 미노루 앞에서 춤을 추었다.

"오토와……."

미노루가 큰소리로 부르자 오토와가 뒤를 돌아보며 웃었다. 그녀의 흔들리는 생생한 나체를 미노루가 갈대숲 앞에서 붙잡았다. 그녀를 안고 비단처럼 차가운 감촉에 미노루는 몸을 떨었다. 오래전에 품었던 욕망이 끓어올랐다. 오토와가 입을 벌리고 미노루 가슴에 안겨 있다. 살아 있다. 그녀의 한숨과 냄새가 느껴졌다. 꿈이란 것을 알면서도 미노루는 오토와가 살아 있음을 느꼈다.

오토와의 소담스럽고 풍만한 가슴이 미노루의 마음을 간질였다. 거칠어진 호흡을 미노루에게 혹 하고 불며 오토와가 웃고 있다.

"미노루……."

"응?"

미노루는 흐트러진 마음을 진정시키기 위해 안간힘을 썼다.

"내일 내 무덤을 팔 거지?"

그래, 하고 미노루가 고개를 끄덕였다. 역시 꿈이었다는 생각에 슬퍼졌다. 언젠가 꿈에서 깨면 또다시 오토와와 만날 수 없게 될 것이다.

"처참해진 내 모습을 보더라도 날 싫어하면 안 돼."

미노루가 놀랐다.

"처참해진 모습이라고?"

"그래, 난 벌거벗은 모습마저도 벗어버렸는걸. 껍질과 살도 전부 벗어던졌어. 그런 애처로운 모습을 미노루에게 보이는 건 역시 부끄러워."

오토와는 더는 웃지 않았다. 거칠었던 호흡도 잦아들었다. 조용한 눈동자로 미노루를 바라보고 있었다. 부드럽고 윤기 있는 오토와의 얼굴에서 갑자기 빛이 사라지고 그늘이 들더니 피부 빛이 바래어 눈가와 볼, 입술이 점점 늘어지고 말라패어갔다. 어느새 코가 뭉개지고 눈동자와 눈가가 썩어들어가 더 이상 알아볼 수 없을 정도로 함몰되자, 이가 두드러지고 아름답던 얼굴이 끔찍한 해골로 변했다.

미노루는 자기 품에 안고 있는 것이 오토와가 아닌 해골이라는 것을 깨닫고 소리를 치며 벌떡 일어났다.

7

전날 밤의 꿈 때문에 오토와 묘 앞에 선 미노루의 마음이 무거웠다. 유골을 확인한 순간 미노루 안에서 오토와는 완전히 죽은 사람이 되는 것이다. 미노루는 몸이 안 좋다는 핑계로 일의 대부분을 기요미에게 맡겼다. 기요미가 오토와 묘 위에 꽂힌 묘표를 치우고 삽으로 묘를 파기 시작했다. 미노루는 자기 몸이 깎이는 심정으로 지켜보았다. 한동안 움직이던 기요미의 삽에 항아리 뚜껑이 닿는 소리가 났다. 예전의 토장용 옹기는 커다란 술독과 같은 모양이었다.

"나왔다."

기요미가 조심스럽게 삽으로 옹관 뚜껑 위의 흙을 치웠다.

"여기 묻힌 사람은 참으로 미인이었지."

기요미 말에 미노루가 놀라 고개를 들었다.

"시집가서 남편과 그 짓을 하던 도중에 죽었다고 우리 아버지가 그러더라."

"도중에……?"

"그래, 꽁꽁 묶여서. 결혼 후 줄곧 이상한 짓만 요구했다나. 내장이 자궁 쪽에서 파열되었다니 대체 뭘 집어넣었는지 모르겠다."

미노루는 온몸의 힘이 빠진 채 서 있었다. 오토와의 마지막을 미노루는 몰랐다. 갑자기 구토가 일었다. 지금까지 그녀에게 어떤 일이 있었는지 알려고 하지 않았었다.

"꾸며낸 이야기겠지."

"아니다."

기요미가 고개를 저었다.

"이 사람 아버지가 처음엔 화장을 하려고 우리 아버지를 찾아왔었다. 그 때 들은 이야기라셨다. 우리 아버지 입이 무거워 다른 사람은 아무도 모른다."

미노루가 오토와의 옹관 앞으로 다가와 털썩 주저앉았다.

"신랑이었단 자가 그 지역에선 이상하기로 유명했단다. 거기선 시집올 사람이 없었던 게지. 그런 사실도 모르고 시집을 갔으니. ……결국 그 남자는 정신이상자라 무죄가 됐다나."

기요미가 고개를 저었다.

"몸에는 화상에다 멍 자국이 수두룩했다더라. 이도 몇 개는 부러져나갔고. 차마 눈 뜨고 못 볼 정도였다던데. 제대로 눈을 못 감았을 게야."

미노루는 흐르는 눈물을 주체할 수 없었다. 기요미는 자신이 쓸데없는 이야기를 했다는 걸 깨달았다.

"미안하다. 자네랑은 친하게 지냈었지. 우리한테는 누나 같은 사람이었으니까."

기요미가 중얼거리더니 이젠 옛날이야기다, 벌써 50년도 더 지난걸, 하며 삽을 내려놓고 미노루 앞에 앉아 옹관 뚜껑에 손을 얹었다.

"연다."

기요미가 힘주어 말을 해 미노루도 함께 뚜껑에 손을 얹었다. 하나 둘 셋, 하고 기요미가 호령을 붙이자 다음 순간 뚜껑이 열렸다. 어느새 구름 속에 숨어 있던 해가 얼굴을 내밀었다.

눈이 부셔 미노루가 눈을 가늘게 떴다. 보지 마, 수줍은 오토와의 목소리가 들리는 것 같았다. 미노루가 옹관 속을 들여다보았다. 믿을 수가 없었다.

항아리 속에는 다리를 쭈그리고 앉은 오토와의 해골이 있었다. 그 몸이 녹아내린 것인지 오랜 시간 동안 빗물이 고인 것인지, 항아리 사분의 일 정도까지 찬 반투명한 새파란 액체가 빛에 반사되었다. 머리카락은 죽은 후에도 계속 자라는 걸까, 50년 이상이 지났는데 흑단처럼 긴 머리카락이 곡선을 그리며 파란 액체에까지 닿아 있었다.

오토와의 해골이 부끄러운 듯 고개를 숙이고 있었다. 눈동자는 공동이 되어 있었다. 세상의 모든 빛을 빨아들일 것 같은 불행한 움막 같았다. 그녀의 얼굴을 더이상 상상할 수가 없었다. 뼈가 되면 모두 한가지였다. 죽은 후에는 그저 뼈만 남는다. 미노루는 복받치는 감정을 더 이상 누를 수가 없었다. 눈물이 멈추질 않았다. 기요미 앞이었지만 소리 내어 울었다.

잠시 후, 둘이서 오토와의 뼈를 꺼내기 위해 옹관 속으로 손을 뻗었다. 미노루의 손이 떨렸다. 손이 닿자 뼈가 와르르 무너져 옹관 바닥으로 떨어졌다.

8

결국 3천 구에 이르는 유골이 모였다. 천 3백 킬로그램, 쌀 섬 오십 개나 되는 양이었다. 유골은 시간과 노력을 절약하기 위해 기계로 분쇄하기로 했다. 실험 결과 보리껍질을 벗기는 분쇄기가 가장 적합하다는 것을 알았다. 쇠망치로 부수는 것보다 입자가 고르고 시간을 절약할 수 있었다. 한 명이 기계 손잡이를 돌리고 다른 한 명이 위쪽 투입구에다 뼈를 집어넣었다. 시험 삼아 돼지 뼈를 갈아보았는데 깨끗하게 가루가 되어 나왔다.

분쇄작업은 주로 두 사람이 도맡아 했다. 미노루와 기요미가 교대로 기계를 돌리고, 손잡이를 돌리지 않는 쪽이 투입구에 뼈를 집어넣었다. 체력 소모가 많은 일이었다. 살집이 있는 기요미는 손잡이를 돌리면서 땀을 뚝뚝 흘렸고 한겨울인데도 셔츠가 마를 틈이 없었다. 부채꼴 모양으로 된 투입구에 뼈를 집어넣으면 강철로 된 톱니바퀴를 지나면서 가루가 되어 밑에 받쳐놓은 바구니에 쌓였다. 우둑우둑 하고 뼈가 부서지는 소리는 시간이 지나도 익숙해지지 않았다. 미노루는 귓속에서 경련이 일 때마다 구회일처란 말을 되뇌며 마음을 다잡았다.

따로 한쪽에 두었던 오토와의 뼈를 미노루가 기계에 넣었다. 토장묘에서 꺼낸 뼈들은 오랜 시간이 지나면서 화석처럼 굳어져, 부수기 쉽게 하기 위해서는 간단한 화장을 해야 했다.

'오토와, 다 같이 하나가 되는 거요. 그러니 슬퍼하지 마오. 오토와 어머니와 아버지도 함께이고 우리 아버지도 함께 있소. 섬사람 모두가 함께 있으니 이젠 안심하고 성불하오.'

미노루가 마음속으로 중얼거리며 조금씩 뼈를 기계에 집어넣었다. 가루가 된 오토와의 뼈가 바구니 위에서 섬사람들 뼈와 섞이더니 점점 분간할 수 없게 되었다. 뼈가 톱니바퀴를 지나는 소리 저편에서 오토와의 목소리가 들리는 것 같았다.

"미노루."

미노루가 자기도 모르게 분쇄기 속을 들여다보았다.

"미노루도 함께 가는 거 아니야?"

미노루가 턱을 당겼다. 골불에 미노루는 함께 들어갈 수가 없었다. 골불이 완성된 다음에 죽은 도민의 뼈는 유골단지에 담아 두 번째 골불을 만들 분량이 될 때까지 납골당 지하실에 보관하기로 되어 있었다. 다음 골불이 만들어지려면 아마도 수백 년이 걸릴 것이다.

"나는 다음 불상에 들어가게 되오."

미노루 대답에 화난 듯한 오토와의 목소리가 들렸다.

"안 돼, 같이 가야지. 다른 불상 속에 들어가면 영원히 헤어지는 게 되잖아. 날 좋아한다고 하지 않았어?"

미노루가 오토와의 마지막 뼈를 기계에 쏟아 부었다.

"미노루……."

그 소리를 뿌리치듯 미노루가 눈을 감았다.

"미노루."

기요미 소리에 미노루가 눈을 떴다.

"미노루, 이걸로 끝이네."

두 사람이 동시에 바구니에 쌓인 가루를 확인했다. 뼛가루는 바구니에서 넘칠 지경이었다.

"이게 백 명분이다."

기요미가 말했다.

"백 명……."

미노루가 뒤를 돌아보았다. 창고에는 아직도 많은 뼈들이 순서를 기다리고 있었다.

"전부 가루로 만들려면 도대체 얼마나 걸릴까?"

"모르겠네. 가능한 한 서두를 수밖에."

미노루가 기요미를 재촉했다. 이제 두 달 후면 이하라가 불상을 만들기 위해 섬에 도착할 것이다. 그동안 모든 준비를 마쳐야 했다.

미노루와 기요미는 하루도 쉬지 않고 분쇄기를 돌렸다. 가루가 된 뼈는 대략 백 명 단위로 쌀섬에 넣어 보관했다. 미노루는 지병인 위통을 참아가며 일했다. 어떻게든 기간 내에 불상을 만들어야 했다.

납골당이 완성될 즈음에는 이제껏 반대했던 사람 중에서도 자기 조상들의 뼈도 한데 섞어달라 부탁하는 이들이 있었다. 기요미가 이제 와서 그런 부탁을 한다고 화를 냈지만 미노루는 아무 말 없이 기꺼이 받아주었다.

9

집에 도착하니 가네코의 비명소리가 들렸다. 미노루가 뼛가루가 묻은 복장 그대로 어머니 방으로 달려갔다. 방문이 열려 있고 가네코가 툇마루에 나와 있었다. 어떻게 거기까지 나왔는지 알 수 없었다. 혼자 힘으로는 길 수도 없으니 누가 햇볕을 쬐게 하려고 데리고 나왔을 터이다. 예전에는 린코가 곧잘 그랬었다. 날씨도 좋으니 누에나 에츠코가 데리고 나왔다 잠시 근처에 볼일을 보러 갔을 거라 생각했다. 가네코가 마당에 떨어질 것 같은 자세로 알 수 없는 비명을 지르고 있었다. 살려달라는 소리가 아니었다. 누군가의 이름을 부르고 있었다. 그것이 이시타로라는 것을 알고 미노루는 그 자리에 굳어버렸다. 가네코는 꿈속에서 이시타로를 살리려고 안간힘을 쓰고 있는 것이다. 그렇다면 혼자서 여기까지 기어 나왔단 말인가. 가네코가 조금씩 툇마루 끝으로 기어갔다. 그 움직임은 너무도 작았다.

미노루는 어머니를 붙잡으려다 문득 멈추었다. 툇마루 높이는 마당에서 1미터 정도였다. 거기에서 떨어지면 어머니가 돌아가실지도 모른다 생각했기 때문이다. 순간적인 생각이었지만, 미노루는 경련을 일으킨듯 몸을 떨었다.

"이시타로, 이시타로!"

가네코는 줄곧 어린 시절의 기억 속에 살고 있었다. 때문에 기억에서 이시타로의 일은 사라졌었다. 골불에는 이시타로의 뼈도 있었다. 미노루는 그 속에 어머니의 뼈를 넣어드리고 싶었다. 그러면 그곳에서 잃어버린 아들과 만날 수 있을 것이다. 아들을 구하지 못했다는 가책을 안고 살아온 그녀의 긴 시간들을 되돌릴 수 있지 않을까 망설였다.

"이시타로, 이시타로!"

가네코가 이가 다 빠진 입으로 온 힘을 다해 이시타로를 불렀다. 그녀의 눈앞에는 분명 치쿠고 강에 빠져 휩쓸려가는 아들이 있을 것이다. 줄곧 자기 때문이라 책망해왔을 것이다. 그 죄책감에서 해방되었으면 싶어 미노루가 눈을 꼭 감았다.

그러나 막상 가네코가 툇마루에서 떨어지려하자 미노루는 반사적으로 달려가 어머니를 끌어안았다. 가네코가 미노루 품에 안겨 큰 소리로 이시타로를 불렀다.

"미안하다. 미안하다. 다시는 손을 놓지 않을 테니 용서해다오."

미노루가 이시타로를 대신해 어머니를 꼭 껴안았다.

10

다음날 아침 가네코가 세상을 떠났다. 이제껏 가네코를 보아왔던 의사가 달려와 죽음을 확인했다. 임종하셨습니다, 하고 의사가 고하자 가족들이 모두 합장을 했다. 미노루는 아무 말도 할 수 없었다. 어제 어머니는 이시타로를 살리겠다며 남은 힘을 모두 쏟아부었을 것이다. 그 얼굴은 산뜻할 정도로 만족스러워 보였다. 몸이 굳기 시작한 가네코의 입을 닫기 위해 의사가 수건으로 턱과 머리를 고정시켰다. 그리고 입가에 미소를 띠게 한 다음 눈에 손을 얹고 마지막으로 속눈썹을 가다듬었다.

"편히 가셨습니다."

의사가 마지막으로 가족들을 돌아보며 중얼거렸다. 입 밖으로는 내지 않았지만, 다행입니다라는 뜻도 포함되어 있는 것 같았다. 누에가 그동안 여러 가지 감사했습니다, 하고 고개를 숙였다.

"우리 섬의 최장수 노인이셨는데 조금은 유감스럽습니다. 그렇지만 이제 저 골불에 들어가실 수 있게 됐으니, 이것도 부처님의 뜻이겠지요."

의사가 말했다. 미노루는 어머니의 굳은 손을 잡아 가슴 위에다 포개주었다. 의사가 돌아갈 준비를 했다. 맑고 차가운 겨울 공기가 가슴속으로 스며들었다. 돌아가신 어머니의 얼굴은 이미 몇 번이고 보아온 것만 같았다. 슬프지는 않았다. 가만히 가네코의 얼굴을 바라보며 그녀의 혼이 무사히 저세상에 가 닿기를 빌었다.

11

이하라 하치헤이가 골불의 자세한 도면을 그려 보낸 것은 섣달그믐에 가까운 12월 하순이었다. 불상 크기가 5미터나 되었다. 미노루가 바라던 대로 입불상이었다.

위원회에서는 어째서 좌불상이 아니냐고 묻는 사람이 있었다.

"아이들이 강에 빠졌을 때 불상이 앉아 있으면 구할 수가 없지요. 서 있는 부처님이라면 바로 뛰어들어 구할 수 있지 않겠습니까?"

미노루가 대답했다. 그 사람은 아무 말 없이 고개를 끄덕였다.

이하라가 그린 불상에 미노루의 마음이 크게 흔들렸다. 도면이었지만 그 모습은 참으로 늠름하고 숭고했다. 똑바로 세상을 응시하는 시선은 엄격하면서도 부드러웠다. 섬사람들이 영겁으로 바라보기에 합당하다고 생각한 미노루는 만족스러웠다.

미노루는 이하라가 그린 도면을 곧 완성될 납골당에 붙여 놓고 마지막 작업을 서둘렀다. 평생을 통해 가장 충일감에 차 있는 시간이었다. 미노루와 기요미는 누구보다도 일찍 일어나 자전거를 타고 절로 향했다. 차가운 아침 공기가 미노루의 피로를 어루만져주었다. 모두가 돌아간 납골당에 가장 늦게까지 남아 납골당 문을 닫는 것도 두 사람의 몫이었다.

예순여섯의 미노루와 기요미에게는 생각보다 훨씬 힘든 일이었지만 커다란 사명감에 힘든 것도 잊었다. 누군가가 본업에 쫓겨 자리를 비울 때면 다른 한쪽이 두 사람 몫을 대신했다.

기요미가 피를 토하고 쓰러진 것도 두 사람이 함께 뼈를 분쇄하고 있을 때였다. 미노루와 기요미는 보이지 않는 힘에 의해 쉬는 날도 없이 잠자는 시간도 줄여가며 일했다.

"시간이란 묘한 것이구먼."

미노루가 중얼거렸다.

"빠른 건지 늦는 건지 알 수가 없어."

"참말이네."

기요미도 중얼거렸다.

"섬 풍경은 예전과 다를 바가 없는데, 사람만이 늙어간다. 그리고 죽어가지. 아직 80년도 안 됐는데 섬에 살던 사람들이 다 저세상으로 떠났네. 그렇지만 이 섬은 계속 남아 있지."

"참말이네."

"내가 없어진 다음 세상이란 게 아무래도 상상이 안 되네. 이렇게 생각하는 것 자체가 없어진다는 게 어떤 건지 알 수가 없단 말이네."

미노루 말에 기요미가 고개를 끄덕였다.

"미노루, 죽는다는 건 무無가 된다는 것이 아니겠나. 생각이 없어진다는 걸 두려워할 필요는 없을 게야. 모두가 공평하게 무가 되는 게 죽음이니까. 잘난 사람이나 범죄자나 모두 그저 무로 돌아가는 거지."

미노루가 살며시 기요미의 얼굴을 보았다. 기요미는 손잡이를 돌리면서 뼈가 가루가 되어 나오는 모습을 가만히 지켜보고 있었다.

"언젠가 이야기한 적이 있는 것 같네. 극락이니 지옥이니 하는 것들은 현세에서만 의미가 있는 거라고."

기요미의 얼굴에 순간 햇살이 비쳤다. 구름 사이로 비쳐든 햇살에 주위가 환하게 밝았다.

"나는 많은 사람들을 연기로 보냈기 때문에 아네. 극락정토의 가르침은 분명 살아 있는 사람들에게는 필요할 게야. 그렇지만 그건 현세를 위한 것뿐일세. 죽음이란 현세에서 생각하는 그런 형태가 있는 것이 아닐 것 같단 말이네. 나는 어떤 사람이든 모두가 무로 돌아가는 것 같아. 몸을 태우면 부자건 가난뱅이건 모두 똑같아. 연기가 돼서 하늘로 올라갈 뿐이지."

잠시 후 기요미가 피를 토하며 바닥에 쓰러졌다. 기요미가 쓰러진 모습을 보고도 미노루는 비명을 지르지 않았다. 수초 전부터 이미 그 모습을 보고 있었기 때문이었다. 오랜만에 찾아온 기시감……. 기요미가 쓰러지는 모습, 그의 혼이 역할을 마감하려는 조용한 광경을 미노루는 미리 보고 있었던 것이다.

12

부위원장인 기요미가 병원에 입원하자 미노루는 바로 유서를 작성했다. 행여 자신에게 무슨 일이 생기더라도 남은 사람들이 힘을 합해 불상을 완성시켜달라는 내용이었다. 그리고 아무 말 없이 유서를 누에에게 건넸다.

기요미는 병원에 실려 갔을 때 이미 혼수상태였다. 미노루가 그 곁을 지켰지만, 의사로부터 후두부 혈관이 파열되어 회복할 가망성이 없다는 이야기를 듣고는 바로 사찰로 발을 옮겼다.

미노루는 시간이 없음을 느꼈다. 자기 안쪽에서도 혼이 육체의 에너지를 넘어 승화하려는 것이 느껴졌기 때문이다. 육체는 바닷가의 배와 같은 것이다. 혼은 그 배를 타고 건너편 기슭으로 향한다. 배에는 수명이라는 것이 있어 기요미의 배처럼 자신의 배도 서서히 갈아탈 때가 다가오고 있었다. 모두가 올라탈 수 있는 영혼의 배를 만들어야 한다.

해가 바뀌어 드디어 골불 건립도 마지막 단계에 이르렀다.

미노루는 정월 5일부터 혼자서 작업을 시작했다. 1월 마지막 주에는 이하라 하치헤이가 올 것이다. 그때까지는 어떻게든 자신의 임무를 끝내야 했다.

강이 둘러치고 있는 오오노지마의 겨울은 체력을 소모시켰고 종일 몸을 움직여야 하는 미노루에게 추위는 너무도 매서웠다. 납골당은 거의 완성되었지만 창에는 아직 유리가 껴

있지 않아 바람이 그대로 뼛속에 사무쳤다. 미노루는 사찰 본당으로 가 볏섬에 담긴 뼛가루를 확인했다. 오십 섬을 가루로 만들어 이제 스물여덟 섬이 남았다. 이제 곧 사람들의 뼈로 불상이 만들어질 것이다. 미노루가 다짐하듯 혼자 중얼거렸다.

등 뒤에서 기척이 들렸다.

"자네였구먼, 이런 이른 시간에 누군가 했네."

미노루가 스님에게 고개를 숙여 새해 인사를 했다.

"슬슬 준비하지 않으면 시간이 부족해서요."

"지난번에 자네가 녹초가 되어 툇마루에 누워 있는 걸 봤네. 그렇게 무리해서 어쩌려고 그러나. 서두를 일이 아니지. 살아 있는 게 중요하니 남은 시간도 소중하게 보내야지."

스님이 미노루 팔에 손을 얹었다.

"같이 차 한 잔 하세. 몸이라도 좀 데우고 가게나."

두 사람이 본당 옆에 있는 방으로 들어가 고타츠(실내 난방 장치로 나무틀에 화로를 넣고 그 위에 이불 등을 씌운 것—옮긴이)에 발을 넣고 마주 앉았다. 스님이 찻주전자를 꺼내 녹차를 내주었다. 미노루가 고맙다는 인사를 하고 차를 마셨다. 뜨거운 차가 목을 타고 내려가자 살아 있다는 것을 실감할 수 있었다. 그 뜨거움을 느끼며 미노루는 생을 호흡했다.

최근 몇 달 동안 아침부터 저녁까지 쉬지 않고 일했다. 화롯가에 앉아 여유롭게 차를 마시는 일은 허락되지 않았다. 그 뜨거운 감각이야말로 미노루가 삶을 되새기는 실감 그 자체였다.

"기요미의 용태는 어떤가?"

미노루가 힘없이 고개를 저었다.

"그렇게 초조해하지 말게. 납골당도 불상도 찬찬히 하면 되는 것을. 한 번밖에 없는 인생이네, 함부로 해서는 안 되지."

스님이 충고를 하며 미노루의 눈을 바라보았다.

"저한테는 저의 마지막이 보입니다."

미노루가 고개를 주억이더니 다시 차를 마셨다.

"……아직 예순여섯입니다만, 사람이 자기 생의 마지막을 확실히 볼 수 있다는 것은 행복한 일 같습니다. 제가 갈 날이 가까운 것이 보입니다. 몸이야 힘이 듭니다만, 정신적으로는 지금이 가장 고양되지 않았나 싶습니다. 살아 있는 동안 골불을 완성시킬 수 있다면 제 생을 여기에 분명히 남기고 가는 행복을 맛볼 수 있을 것 같습니다."

스님이 눈을 감고 어금니를 깨물었다. 볼의 근육이 미세하게 움직였다.

"한걸음에 달려온 인생이었지만, 후회는 없습니다. 이제 불상 제작도 전망이 보이고요. 기요미를 생각하면 함께 완성을 보지 못하는 것이 한스럽습니다만, 기요미는 늘 저와 함께 있으니까요. 이 섬의 수천이나 되는 조상들의 혼도 함께 있지 않습니까."

스님이 작게 고개를 끄덕였고 미노루는 천천히 차를 음미하곤 이야기를 계속했다.

"골불 준비를 하면서 저는 삶의 의미에 대해 생각해왔습니다. 죽음을 직시하면서지요. 어렸을 때는 죽음의 정체를 몰라 그저 두려웠습니다. 그렇지만 지금은 아닙니다. 길든 짧든 자기 삶이 다하는 곳에 죽음이란 입구가 있는 것 같습니다. 죽음을 그럴듯한 논리로 파악하기는 싫습니다. 죽음은 생각을 초월하고 존재를 초월한 깊은 우주입니다. 기요미는 죽음에 대해 아무것도 없는 무라 했습니다만, 저는 죽음이란 늘 곁에 있는 거란 생각이 듭니다. 살아 있는 것들 곁에 있는 것, 그것이 평온한 죽음일 것 같습니다."

눈앞의 스님이 흐릿해 보였다. 평생 동안 눈동자에 새겨온 많은 광경들이 눈처럼 날려 시야가 흐려졌다. 스님은 웃고 있는 것처럼도 보였고 고민하는 것처럼도 보였다.

"죽는다는 건 패배가 아니니까요."

미노루가 이야기를 마치고 천천히 눈을 깜박였다. 빡빡해져 있던 눈이 촉촉해지며 진심으로 마음이 홀가분해진 것 같았다.

13

미노루가 치쿠고 강이 내려다보이는 둑에 서서 끝없이 펼쳐진 치쿠시 평야의 황량한 논을 바라보다 눈을 깜박였다. 마음의 심지에 남아 있는 것이 없는지 확인하듯 힘을 주고 깜박였다. 다시 한 번 눈을 깜박인 다음 눈앞에 어떤 변화가 일지 않았나 확인하고는 다시 눈을 깜박였다. 그 순간에도 분명 세상은 변화하고 있을 터였다. 그런데 미노루는 그 분명한 변화를 알아차릴 수가 없었다. 어딘가에 이변이 일지 않았는지 주의 깊게 찾다가 눈이 아파 다시 눈을 깜박이고, 아무런 변화도 찾지 못한 사이에 다시 눈을 깜박였다. 이것이 인간의 한계이며 그렇게 만들어진 것이다. 그렇기 때문에 인간은 살아갈 수 있는지도 모르고 어리석은 잘못을 되풀이하는 것이다. 힘이 빠진 미노루가 다시 눈앞을 응시했다. 인간이 전지전능한 존재가 아니기 때문에 미노루도 미노루 자신으로 있을 수 있었던 것이다.

하늘이 맑았다. 구름 한 점 없이 푸르렀다. 하늘 끝이 어렴풋이 둥그렇게 보였다. 미노루는 자기가 지구 위에 서 있는 것을 상상해보았다. 그저 상상에 지나지 않았다. 보이지 않는 것을 인식할 수는 없었다. 지구는 너무도 크고 우주는 그 한계를 알 수 없는 상자에 지나지 않았다.

미노루에게 중요한 것은 지금 보이는 범위 내의 세계. 오오노지마와 치쿠시 평야의 일부만으로도 충분했다. 미노루는 이곳에서 삶을 마감할 것이다. 어디론가 떠날 생각은 없었다. 이곳은 마지막까지 자신의 유일한 세계였다. 미노루가 눈을 감았다. 햇살이 눈꺼풀을 눌렀다. 붉은 피가 흐르는 것이 느껴졌다. 아직 피가 흐르고 있다는 것이 새삼 놀라웠다. 계속 이대로 삶의 숨결을 느끼고 싶었다.

14

하루 일을 끝내고 일꾼들이 집으로 돌아가자 미노루가 납
골당 한가운데로 가 앉았다. 육체를 벗어던지고 싶었다. 갑
옷처럼 무거웠다. 천장에서 보이지 않는 힘이 묵직하게 자신
을 짓누르는 것 같았다. 미노루가 무릎 위에 손을 모으고 고
개를 들었다. 그리고 골불이 세워질 자리를 바라보며 우뚝
솟은 불상을 그려보았다. 늠름한 부처가 미노루 눈앞에 서
있었다. 열린 창으로 달빛이 스며들었다. 눈앞이 흔들리더니
뿌예졌다. 육체와 정신이 유리되기 시작하는 것을 알 수 있
었다.

1965년 1월 14일. 섬사람들이 소정월이라 부르는 정월대보
름을 맞아 미노루 집에서는 친척과 에구치 공작소 직원들이
모여 술과 음식을 나누며 잔치를 벌였다. 미노루가 차남 다케
시와 함께 개발한 국화 선별기의 용법특허를 축하하는 자리
이기도 했다. 권커니 잡거니 하는 남자들의 웃음소리가 끊이
지 않았다. 대청에는 남자들로 떠들썩했고 식당에는 여자들
로 왁자지껄했으며 이층은 미노루 손자들의 천국이었다. 에
구치가의 불빛이 오오노지마에서 가장 환하게 밝혀 있었다.

종업원 3백 명의 우두머리치고 미노루는 그다지 관록이 있

어 보이지 않았다. 미노루는 이미 모든 욕망이란 업을 벗어
던졌다. 회사는 아들들에 의해 더욱 견실해졌다. 미노루는
술기운으로 불콰해진 아들들을 바라보며 이런 게 만족이란
건가, 하고 생각했다.

"왜 그러세요?"

누군가가 물었다. 미노루가 차례차례 그들의 얼굴을 바라
보며 아무것도 아니다, 하고는 다시 미소를 지었다.

모든 준비가 갖추어진 이제, 마지막 소망이라면 자신이 착
안한 골불 건립을 직접 보는 것뿐이었다.

밤이 깊어지자 2차를 가자는 아들들의 제안에 집 안에서의
대보름은 끝이 났다. 11시가 지나 현관에 서서 사람들 배웅
을 마친 미노루가 여자들이 보는 앞에서 피를 토했다.

미노루의 의식이 차츰 흐려지면서 다시 흰 부처를 보았다.
늠름하고 고귀한 빛에 싸여 있었다. 미노루는 의식이 끊기는
사이사이에 부처를 향해 입을 열었다.

"이제 금방입니다."

목소리는 잦아드는 의식의 소용돌이 속에 빨려 들어갔고
행복과 슬픔, 모든 감정의 굴레까지도 동시에 조용히 그리고
깜박이듯이 사라져갔다.

/작가의 말

　이 작품의 주인공 에구치 미노루는 칼을 만드는 집안에서 태어나 전쟁 중에는 철포 개발에 종사했으며, 전쟁이 끝난 뒤에는 발명가가 된 내 할아버지 이마무라 유타카가 모델이다. 그는 전쟁의 부조리와 잘못을 깨달은 뒤 불교에 귀의했다.

　전후 정토진종淨土眞宗의 고승이 된 할아버지는 모든 사람의 평등을 강조하며 백불 건립에 힘을 기울였다. 수천 구나 되는 섬사람들의 무덤 속 뼈를 모아 부처를 완성했다. 이 골불은 지금도 후쿠오카 현 오오노지마의 쇼락쿠지勝樂寺에 보전되어 있다. 나는 매년 조상들의 성묘를 위해 이곳을 방문한다.

이 작품은 세계 각국에서 번역되어 프랑스와 독일, 이탈리아와 스페인 독자들이 매년 쇼락쿠지를 찾기도 한다. 터무니없고, 어떤 의미로는 소름 돋는 이 발상은 어디에서 기인한 것일까. 처음 백불과 마주하고 나는 자문하지 않을 수 없었다.

군국주의로 치닫던 일본에서 전쟁은 미화되었고 사람들은 나라를 위해서라는 군부의 말에 선동되어 전장에서 죽어갔다. 아시아 각국에 막대한 피해와 상상하기 힘든 슬픔을 초래했다. 인간이 살아가면서 짊어지게 될 슬픔과 덧없음, 부조리와 맞서기라도 하듯 할아버지는 전후 궁극의 평등의식을 갖게 되었다. 모든 사람은 위도 아래도 없이 똑같이 평등하다. 모두가 함께 극락정토로 건너가야 한다. 차별받다 죽은 자나 박해를 받고 쫓겨난 자도, 할아버지는 함께 하나의 불상이 되도록 했다. 그리고 이 불상이 완성된 날, 할아버지도 세상을 떠나, 그 전날 세상을 떠난 공동 제작자와 함께 마치 조상들에게 불려가듯 불상에 들어가게 된다. 이 부분은 나의 창작이 아닌 사실이다.

군국주의로 인한 참담한 시대의 변화 속에서 일본인은 무엇을 느꼈고, 무엇을 검증했으며, 어디로 향하려 한 것일까. 이 작품으로 역사를 되돌아보고자 했다.

대지진의 피해 속에 있는 오늘의 일본은 전쟁말기의 상황과 닮아 있다. 사람들은 절망하고, 원전의 위협 앞에서 무력감에 시달리고 있다. 나는 일본사람들이 이 국난을 극복해가는 과정에 유일한 희망이 있다고 생각한다. 그 속에서 우리는 역사의 진실을 배워야 할 것이다.

이 작품을 이웃 한국독자들은 어떻게 받아들일까. 이 작품의 저변에 흐르는 평화에의 기도가 전해지기를 숙원한다.

또한 이번 대지진에 가장 먼저 지원의 손길을 내밀어주신 한국 국민께 깊은 감사의 마음을 전한다. 진심으로 감사합니다.

독자와 같은 마음으로
츠지 히토나리

『백불』과 페미나상

1999년도 페미나 에트랑제상 수상

『백불』은 츠지 히토나리가 자신의 조부를 모델로 집필한 소설이다. 처음 어머니께 할아버지에 대한 이야기를 듣고 그는 무척 감동했다고 한다.

작품 첫머리에 철포장인이었던 주인공 에구치 미노루는 가족들에게 둘러싸여 이 세상과 작별을 하려 한다. 자신이 걸어온 길을 마지막 순간에 하나하나 떠올리면서. 어린 시절의 친구들, 강에 빠져 죽은 형, 젊은 나이에 세상을 떠난 첫사랑. 인생의 잔혹함과 더불어 연속적으로 나타나는 자애로운 흰 부처의 환영…….

러일전쟁, 태평양전쟁의 패배 그리고 고도경제성장이란 일본의 현대사를 배경으로 아리아케 해로 흘러가는 치쿠고 강 최하류에 떠 있는 오오노지마라는 작은 섬에사는 섬사람들의 일상이 그려진다.

이 소설은 1999년에 프랑스에서 출간되어 큰 호평을 받아, 같은 해 페미나 에트랑제상을 수상했다. 일본작가의 작품으로는 첫 수상이다.

페미나상이 만들어진 것은 1904년. 지나치게 남성 중심적인 프랑스 문단과 한 해 전에 제정된 공쿠르상에 대한 여성들의 반항의 표시이기도 했다. 심사위원은 전원 여성이지만 수상 대상작은 남녀를 불문한다. 목적은 문학의 진흥 및 여성문학자 간의 우호를 도모한다는 것이었다. 긴 역사를 지닌 프랑스의 5대 문학상 즉 공쿠르, 메디시스, 르노도, 안테라리에 그리고 페미나 중 하나인 페미나상 수상자로는 1905년의 로맹 롤랑, 1929년의 조르주 베르나노스, 1931년의 앙투안 드 생텍쥐페리 등이 있다.

페미나 에트랑제상은 불어로 번역된 외국작가의 소설에 수여되는 상으로 1986년에 제정되었다. 첫 수상자는 토르니 린드그렌(스웨덴), 1988년 아모스 오즈(이스라엘), 1989년 앨리슨 루리(미국), 1992년 줄리언 반스(영국) 등 일본에도 이름이 알려진 작가들이 수상했다.

페미나상 여성심사위원들은 1999년 11월 5일에 그 해의 세 페미나상(불어로 쓰인 소설에 수여하는 본래의 페미나상, 페미나 에트랑제상 그리고 에세이에 수여하는 페미나 바카레스코상)을 발표했다. 후보 리스트에 처음으로 등장한 츠지 히토나리의 『백불』은 단 한 번의 투표로 바로 수상이 결정되었다.

프랑스인이 읽은『백불』

심사위원 중 한 명인 작가 디안 드 마르주리 여사는 잡지 〈피가로〉의 문예평론가로도 유명한데, 수상발표 전날에 『백불』에 관한 기사를 실었다. '부처의 빛 속에서'란 제목으로 반 페이지를 할애해 크게 호평했다.

마르주리 여사는 미시마 유키오의 작품을 몇십 번이나 읽었다는 츠지 히토나리의 말을 빌어, 그의 작품에서 선배 일본 문학자들과의 유대관계를 느낄 수 있다 강조했다. "시적이고 잔혹하며, 죄의식의 그림자와 죽음에 대한 끊임없는 사고"는 츠지와 미시마 문학의 공통된 테마라 할 수 있을 것이다. 그러나 "이 훌륭한 소설을 읽고 가슴 깊이 남는 것은 '죽음은 패배가 아니다'라는 평화롭고 조용한 마음"이라 소개했다.

특히 그녀는 주인공 미노루의 인생을 통해 "악惡을 생명력으로 바꾸어가는 과정"을 아름답게 엮어낸 츠지의 역량에 감동했다고 한다. 〈피가로〉의 기사를 읽은 사람은 누구나 『백불』을 읽고 싶어 했을 것이다.

심사위원은 아니지만 작가 이렌 프랑 여사는 잡지 〈파리 매치〉에 츠지와의 대담을 소개했다. 프랑 여사가 평가하는 『백불』의 특징 중 하나는 현재 만연해 있는 대도시의 우울한 어둠이나 추하고 극단적인 섹스 등을 소재로 삼지 않았다는 점이다. 일본문학 번역가로 프랑스의 일본문화연구지 〈다루마〉에 이 작품을 소개한 도미니크 팔메 여사 또한 이 작품이 지니는 고전성에 대해 논하고 있다. 오늘날 넘쳐나는 포스트모던 작품과는 대조적으로 작가 이노우에 야스시의 작품과도 견줄 만한 서사로, 보편적인 질문을 독자에게 던지는 전통성을 갖추고 있다 평가하고 있다.

프랑 여사는 이 작품의 또 다른 감동적인 특징을 이야기했다. 그것은 츠지가 이제는 보기 힘든 클래식한 문체로 퇴폐적인 장면이나 에로틱한 장면에 이르기까지 아름다움을 잃지 않고, 배려와 인간성 넘치는 인물들을 만들어냈다는 점이다. 그녀는 "문득 덧없는 아름다움을 느낄 때, 영원과 접한 듯한 마음이 되는 작품"이라고『백불』의 인상을 말했다.

또 잡지〈엘르〉는『백불』이 프랑스인들이 가지고 있는 일본에 대한 이미지, 즉 만개한 벚꽃이나 초밥, 게이샤와 같은 것들과 거리가 먼 작품이면서도 '별세계인 일본'으로 독자를 데려가준다고 평가했다. 주인공 미노루의 정신적인 탐구 과정에 독자도 인생과 사랑, 특히 죽음에 대한 근본적인 의문을 주인공과 같은 마음으로 품게 되는 서사의 힘을 지닌 작품이기 때문이다.

기억과 사랑의 송가

이 소설은 여러 층의 이야기가 겹쳐져 있어 혼재된 층을 통한 다양한 읽기가 가능하다.

미노루라는 한 남자의 일생에 대한 홍미진진한 이야기일 뿐 아니라 인간의 죽음, 사람과 사람 사이에 끊을 수 없는 고리가 되는 사랑, 그리고 기억을 자신의 눈을 통해 사고함으로

써 독자는 누구나가 품는 의문과 직시하지 않을 수 없다.

한 사람의 이야기를 통해, 배경이 되는 세상의 움직임을 들여다볼 수 있다. 그리고 그 배경을 들여다봄으로써 개인의 삶을 보다 잘 바라볼 수 있다. 『백불』은 고전적인 소설의 신비한 힘을 가진 작품이다. 그 힘이란, 사랑이란 무엇인가, 사람은 어째서 죽는가, 존재를 마감한 이들이 기억 속에 머물러 있다는 것은 무엇인가 하는 우리가 가장 해결하기 어려운 수수께끼와 마주하는 방법과 도전을 가능하게 한다.

철학적인 동화

이 작품이 프랑스에서 평가받는 이유는 먼 일본의 작은 섬을 무대로 하면서도 프랑스인의 사상적 전통과 합치되는 점이 있기 때문이다. 신선함과 친근감을 동시에 느낄 수가 있는 것이다.

16세기의 작가 몽테뉴도 고난(죽음)에 순종하며 늘 함께 함으로써 고난에 대한 일종의 '해탈'을 꾀하려 했다. 내치는 것이 아니라 받아들이는 것. 바로 『백불』의 주인공 미노루가 평생을 통해 행한 것이다. 내 존재의 덧없음을 알고 있으면서도, 어떻게든 과거(세상을 떠난 사람들)와 현재(오늘을 살고 있는 사람들) 그리고 미래(앞으로 태어날 사람들)의 고리를 만들려고 노력하는 미노루. 그가 건립한 흰 부처는 확고한 영원의 존재와 사랑하는 사람들을 마음속에만 남겨두어야 하는 덧없음을 상징적으로 말해준다.

또 20세기의 철학자 이안은 "죽음에는 승리도 패배도 없다. 왜냐하면 죽음은 인간의 의지로는 어쩔 수 없는 대상이기 때문이다"라고 했다. 주인공 미노루는 그러한 사실을 알면서도 자기 힘으로 할 수 있는 것이 없는지 거듭 고심한다. 『백불』은 그런 의미에서 철학적인 소설 혹은 철학적인 동화라 할 수 있다.

주인공 미노루가 그의 일생을 통해 우리에게 보여준 것은 프랑스 철학자 파스칼의 말을 빌리면 "삶의 기술. 견디는 힘을 갖춤으로써 고통과 더불어 살며 고통에 대항하는 기술"이 아닐까 한다.

너무 이런 이야기만 하면 『백불』을 어려운 작품으로 생각할까 걱정이다. 왜냐하면 츠지 히토나리 작품의 또 다른 장점은 쉽게 읽히는 데 있기 때문이다. 작가는 재미있는 이야기로 독자를 이끌어가며 인생에 대한 의문을 살며시 던져준다. 『백불』의 주제는 분명 '피할 수 없는 죽음의 불안과 더불어 살아가는 것'이지만, 작품을 읽는 독자의 마음이 무겁고 어두워지는 일은 없다. 책을 덮은 다음에는 쓸쓸함 대신 평온함이 가슴에 가득 찰 것이다. 이 작품은 죽음이 아닌, 피하기 어려운 운명을 받아들이는 주인공의 적극적이고 생명력 넘치는 기량을 그리고 있기 때문이다.

작품의 무대는 과거이나 작품이 주는 인상은 매우 현대적이다. 다시 한 번 파스칼의 말을 빌리면 "오늘날 우리 사회에서 느낄 수 있는 한 경향"과 이 작품의 주제가 무관하지 않기 때문이다. "불행이나 죽음은 예와 변함이 없다.(과학이 보여준 몽상에서 우리는 눈을 떠야 한다.) 불행이나 죽음은 여전히 존재하나, 그에 대한 우리의 인식에 변화가 일고 있다. 그것은 그저 불가피한 비운이 아니라 우리의 삶과 얽혀 결코 벗어날 수 없는 인생의 분신으로 인정해가고 있다"는 것이다.

『백불』은 시대와 국경을 초월해 고요한 마음과 평정으로 이르는 보편적인 가치를 지닌 작품이다.

도쿄에서 2000년 6월
프랑스 저작사무소 대표
켕탱 코린느
Corinne QUENTIN

책 첫머리에 적힌 헌사대로 『백불』은 작가가 자신의 외할아버지를 모델로 쓴 작품입니다. 어머니께 외할아버지의 백불 건립에 관한 이야기를 들은 것은 그의 첫아들의 첫 번째 어린이날을 보내기 위해 부모님의 고향인 후쿠오카를 찾았을 때라고 합니다. 작가가 다섯 살 때 세상을 떠난 외할아버지의 이야기는 큰 감동과 함께 이제 막 아버지가 된 작가에게 자신의 뿌리와 미래와의 소통에 대해 생각하는 계기가 되었을 것입니다.

다음 해인 1997년 『해협의 빛』으로 아쿠타가와상을 수상하자, 기념비적인 첫 번째 작품으로 『백불』을 집필합니다. 도쿄에서 태어났으나 아버지의 전근으로 전국을 돌며 성장한 츠지 히토나리의 작품에는 부평초 같은 고독이 중요한 모티브가 되기도 합니다. 소년시절을 보낸 후쿠오카가 배경이 된 『백불』과 사춘기시절을 보낸 하코다테를 무대로 한 『해협의 빛』은 그런 작가가 자신의 뿌리를 되돌아보고자 하는 작품입니다.

락가수, 영화감독, 베스트셀러 작가라는 화려한 이미지가 선행되는 경향이 있으나 이 작품은 삶과 죽음, 기억과 윤회, 전쟁과 죄의식, 과거와 현재 그리고 미래에 대한 그의 진지한 생각들이 담담하고 속도감 있게 펼쳐집니다.

츠지 히토나리 씨에게 『백불』을 건네받은 것은 공지영 씨와의 합작인 『사랑 후에 오는 것들』이 완성된 2005년 겨울이었습니다. 남다른 애정을 가진 한국독자에게 꼭 전하고 싶은 작품이라고 했습니다. 그러면서도 주인공 미노루가 지나온 일본의 군국주의시대와 전시 중 무기를 수리함으로써 전쟁에 동조한 주인공의 이야기를 한국독자들이 어떻게 받아들

일지 염려하고 있었습니다. 출간에 앞서서도 오해의 소지가 있는 곳이 있다면 함께 의논하고 싶다고 했지만, 원작을 전혀 훼손하지 않았음을 밝혀둡니다. 미노루의 죄의식이 모든 사람들은 평등하다는 골불 제작으로 이어졌다는 것은 우리 독자들에게도 충분히 전해지리라 생각합니다.

이런저런 핑계로 뒤늦게 시작한 번역 막바지 작업 중 일본에서 대지진이 발생했습니다. 텔레비전 화면의 믿기 어려운 장면들과 눈덩이처럼 불어나는 사망자와 실종자수, 그리고 하루에도 몇 번씩 기습해오는 여진에 지금껏 경험하지 못한 두려움과 인간의 무력함을 느끼지 않을 수 없었습니다. 한국이든 어디든 안전한 곳으로 피해야 하는 건 아닌지, 유혹이 없었던 것도 아닙니다. 하지만 이곳에서 주어진 일을 마무리하는 것이 내 작은 기도라 생각했습니다.

미노루의 눈에 비친 마지막 모습이 그리운 섬의 풍경이었듯 그들이 마지막으로 본 광경이 그저 시커멓고 두려운 쓰나미가 아닌 따뜻하고 넉넉한 고향의 풍경과 사랑하는 이들이었기를 빌어봅니다. 쓰나미로 예전의 모습을 알아볼 수 없는 땅에는 가차 없이 눈발이 날렸습니다. 차가운 흙더미는 한여름 뙤약볕으로 뜨거워졌지만 방사능의 위험 때문에 아직도 발굴되지 못한 이들이 적지 않습니다. 그들이 온전히 가족들의 품으로 돌아가기를, 그리고 더 이상 외롭지 않게 하나의 부처로 거듭 태어나기를 빌어봅니다.

이 작품과 함께 그들을 기억하고자 합니다.

2011년 여름
김훈아